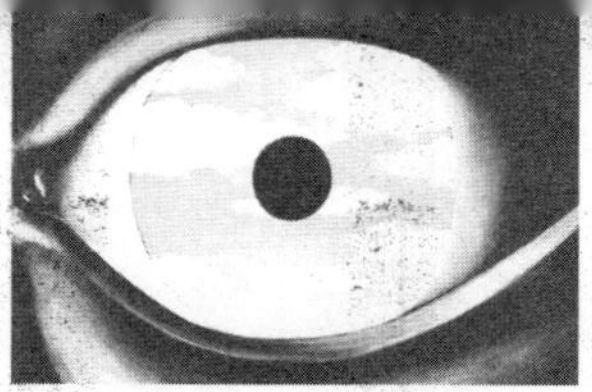

赵焰文集卷二：散文随笔精编

此生偏爱野狐禅

CISHENG PIAN’AI
YEHU CHAN

赵　焰◎著

此生偏爱野狐禅

CISHENG PIAN'AI YEHUCHAN

时代出版传媒股份有限公司
安徽文艺出版社

图书在版编目（CIP）数据

此生偏爱野狐禅/赵焰著. —合肥：安徽文艺出版社，2018.7
（赵焰文集. 卷二. 散文随笔精编）
ISBN 978-7-5396-6385-2

Ⅰ. ①此… Ⅱ. ①赵… Ⅲ. ①散文集－中国－当代
Ⅳ. ①I267

中国版本图书馆 CIP 数据核字(2018)第 127136 号

出 版 人：朱寒冬　　策　　划：朱寒冬
特邀编辑：温　溪　　统　　筹：张妍妍
责任编辑：姜婧婧　　装帧设计：张诚鑫

出版发行：时代出版传媒股份有限公司　www.press-mart.com
安徽文艺出版社　www.awpub.com
地　　址：合肥市翡翠路 1118 号　邮政编码：230071
营 销 部：(0551)63533889
印　　制：安徽新华印刷股份有限公司　(0551)65859551

开本：880×1230　1/32　印张：11.875　字数：280 千字
版次：2018 年 7 月第 1 版　2018 年 7 月第 1 次印刷
定价：36.00 元(精装)

(如发现印装质量问题，影响阅读，请与出版社联系调换)

总 序

一直以为自己是一个性情浮躁之人，定力较弱，喜新厌旧。自己的写作也是，虽然笔耕不辍，不过文字却五花八门、难成系统，既涉及徽州，也涉及晚清、民国历史；有散文、传记，也有长篇小说、中短篇小说、中国文化随笔什么的。文字全是信马由缰，兴趣所致，写得快活和欢乐，却没想到如何深入，更不考虑流芳人间什么的。回头看自己的写作之路，就像一只笨手笨脚的狗熊一路掰着玉米，掰了就咬，咬了就扔，散了一地。

写作幸运之事，是难逃时代的烙印：文明古国数十年，相当于西方历史数百年——我们的少年，尚在农耕时代；青年时代，千年未遇的社会转型光怪陆离；中年之后，电子信息时代五光十色……童年时，我们只有小人书相伴；中年后，手机在手，应有尽有。少年时，我们赤着脚在田埂上滚着铁环；中年后，我们在高速公路上开起了汽车。少年时，喜爱的姑娘浓眉大眼大圆脸；中年后，美人变成了小脸尖下巴……世界变化如此之快，除了惊奇、欣喜，就是无所适从。

人生一世，各种酸甜苦辣麻缠身。写作呢，就是一个人挤出来的茶歇，泡上一杯好茶，呷上一口，放空自己，不去想一些烦心事。现在看来，这样的活法，使我的内心丰富而坚强，虽然不能“治国、平天下”，却可以“正心、诚意、修身、齐家”。我经常戏言：哪里是勤奋，只是做不了大事，也是把别人打牌喝酒的时间，拿去在纸上胡涂乱抹罢了。这话一半是戏谑，一半也是大实话。世界如此精彩，风光各有人在，有得就有失，有失就有得。不是谁都有机会成为弄潮儿的，做不了传奇，做一个时代的观察者和记录者，或者做一个历史深海的潜水员，都是一件很好的事情。

一路前行中，也有好心人给我掌声，也为我喝彩——写徽州，有人说我是“坐天观井”：坐中国文化的井，去观徽州文化的天；写晚清，有人说我将历史写作和新闻写作结合得恰到好处；写小说，有人说我是虚实结合，以人性的视角去觉察历史人物的内心……这都是高看我了。对这些话，我都听在耳里，记在心里，视为鼓励。我也不知道哪对哪，只是兴之所至，耽于梦幻罢了。写作人都是蜘蛛，吐了一辈子丝，网住的，只是自己；也是蚕，吐出的丝，是为自己筑一厢情愿的化蝶之梦。对于写作，常识告诉我，目的是为了自己的内心，不是发财，也不是成名，而是写出真正的好文字；要说真话，必须说实话——花言巧语不是写作，自欺欺人不是写作，装腔作势不是写作。真话不一定是真理，不过假话一定不是真理。在这个世界上，说真话和说实话并不容易，很多人不知道什么是真话，很多人不敢说真话。怎么办？借助于文字，直达心灵。灵魂深处的声音，肯定是真话。

自青年时代开始写作，写写停停，停停写写，不知不觉地，就到了知天命之年，不知不觉，也写了三十多本书了。庆幸的是，我的书一直有人在读，即使是十几年前写的书，还有不少人在读在转。想起张潮的一句话：少年读书，如隙中窥月；中年读书，如庭中望月；老年读书，如台上玩月。其实写作也一样：少年写作，充满期望；中年写作，惯性使然；老年写作，不得不写，因为已无事可做。的确是这样，天下没有不散的筵席，可以对话的人会越来越少。写作，是对自己的低语，也是对世界的呓语。

写作没有让我升官发财，却让我学到了很多，得到了很多，也明白了很多。我明白最基本的道理是“我思故我在”，明白最高妙的境界是“无”。通过写作，我不再惧怕无聊，也不再惧怕“无”。我这样说，并不玄虚，是大实话，也是心里话。

感谢安徽文艺出版社，将我一路掰下的“玉米棒子”收集起来，出成文集。文集如家，能让流浪的文字和书籍，像游子般回归。不管它们是流浪狗、流浪猫也好，还是不记得路的鸽子、断了线的风筝也好，家都会善待它们，让它们排排坐、分果果，靠在大院的墙上晒太阳。晒着晒着，就成了葳蕤蓬勃的太阳花了。改一句张爱玲的话：人生，其实是一袭华美的锦袍，绣满太阳花，也爬了一些虱子。当人生的秋天来临的时候，晒着太阳，展示锦袍，也捉着虱子，应有一种阿Q般的美好。人活一世，本质上都得敝帚自珍，充满自怜和自恋的乐观主义精神，否则哪里活得下去呢？虽然文字和所有东西一样，终究是落花流水，不过能心存想念、心存安慰，又何尝不是一件美好的事情呢？

文集又如大门关上的声音，让人心存忐忑，仿佛身后有追兵，一路嗷嗷叫着举着刀剑砍来。面对此状，我更得如狗熊一样奔跑，得拼命向前，拼命跑到自己的最高点，然后像西西弗斯一样摔下来。

感谢缘分，感谢相关助缘之人，为我半生的写作，作一个总结和了断。这是一部秋天奏鸣曲，畅达之中，有平静的惬意和欢喜。

是为序。

赵焰

2018年6月

本卷序

第二卷中的四本书，都是我忙里偷闲陆陆续续写成的。2000年冬天，工作变动，为了新闻理想，也为了荣誉和自尊，我一头扑到工作当中，度过了人生中最昏天黑地的几年。直到2003年，我抬起头来，四顾茫然，自觉还是应该写点什么，不能荒废了学习、思考。于是我在全国好几家报刊上同时开了两个专栏：一个专栏谈影碟，另一个专栏谈都市生活。一段时间下来，积累了好几十万字，先后推出了两本电影随笔集，也出了两本生活随笔集。这分别是此卷中《人性边缘的忧伤》和《桃红梨白菜花黄》的前世。

电影随笔最早的专栏名字，是“夜兰花”。写《夜兰花》的时候，有人给我电子邮箱发信，自我介绍是咖啡馆的美女老板，被《夜兰花》打动，约我夜深人静看电影。我窘得要死，也不敢回信，那几日看见陌生美女就脸红。我先写了一本《夜兰花》，又写了一本《蝶影抄》，两本都出版了，既是电影指南，又可以作为灵魂慰藉。我看电影，自以为有共鸣，有艺术感觉，有独特角度，能窥见真谛。后来，两本书合体，变成《巴黎的忧伤》，直至变成本卷中《人性边缘的忧伤》。

我喜欢现在这个书名，人性边缘，如梦如幻，存有莫名其妙的忧伤，摸不到，说不出，在身体里流浪、疼痛。艺术的使命之一，就是感知它，认识它，跟它悄然低语，再一起终老此生。

写专栏《浮生日记》，用的是笔名“木瓜”。虽然与《夜兰花》诞生于同一时段，在风格上却相差很大，写得洒脱，写得风流和幽默。我曾经跟朋友开玩笑说：《浮生日记》是写给男人看的，《夜兰花》是写给女人看的。从风格上看，的确如此：《浮生日记》写得随意幽默，有玩世不恭的精神；电影随笔呢，写得细致敏锐、伤痕累累、哀鸿遍野。

从风格上说，男人更喜欢深刻玩世的东西，女人更喜欢忧伤人性的东西。好的作家，应该“男女同体”，还要具备孩童的天真、老人的智慧。我不喜欢恪守风格，希望能在更高的层次上，达到某种和谐。

人最好的状态，还是浮生，不拘于世，不泥于事。“浮生”一词，来自庄子的“浮游”思想。浮游在世，了然于胸，满眼所望，皆是“桃红梨白菜花黄”，如戴了4D眼镜。

《风掠过淮河长江》，是我写江淮文化的散文合集。之前，我一共写了六七十万字的徽州题材散文，觉得还不够，又想去了解淮河文化。悄悄去了很多次淮河两岸，写了一本薄薄的《在淮河边上讲中国历史》,反响很不错,大概是因为写淮河的书较少。我又不满足,又想去写皖江题材的散文,结果写了十来篇后卡壳,没有成书。我把写江淮的那一部分,跟写淮河的糅在一起,成为这本《风掠过淮河长江》。

胡适说:我是安徽徽州人。我也是,是徽州人,也是安徽人。风像历史文化,浩荡而轻盈,从江淮大地掠过,也从每一个安徽人心中掠过。

2007 年到 2010 年,我的全部业余时间,就是写作“晚清三部曲”(《晚清有个曾国藩》《晚清有个李鸿章》《晚清有个袁世凯》)。三本书后来在全国有一定反响,读者很多。写作期间,我读了大量历史书,做了很多笔记,《此生偏爱野狐禅》中的文章,有很多是我研究晚清民国历史的随笔。因为无功利,写起来淡定风趣,简雅好读。取名为“野狐禅”,是我觉得,历史总是别有深意,今人与历史的关系,不在于追究历史是什么模样,而在于你用什么样的眼光去看待。

《此生偏爱野狐禅》也是有前世的,书装帧精美,曾是我最漂亮、最精美的一本册子。在这书的新版中,我又补充了十来篇文章,仍是文史随笔,仍是“野狐禅”。我不是专业作家,也不是专业历史研究者,我只是兴之所至,由心而发,我喜欢文字在纸上散步、滑翔、迷顿乃至眩晕的感觉。

过去的二十年,是我人生最好的时光。现在想起来,恍若隔世。整理这几部散文集,我依稀能从文字中,品咂和回忆往昔的滋味。文字是一个好东西，真庆幸得到冥冥神意，没有放弃，一直坚持下来——那些文字，密密麻麻地蹲伏在那里，字里行间，都是我的心迹、我的呼吸、我的气味。我回读它们，有时想起一些事，会哑然失笑，如雪过天霁，春暖花开。文字可以证明曾经的思想、飘浮的生命，让我收获稻草般的温暖。

2018 年 6 月

目 MU
录 LU

第三辑 闲言碎语

第四辑　陈言旧语

第五辑　皖言徽语

第一辑　胡言乱语

宋教仁之死

中国的历史研究者中,历来是笨人比聪明人多得多。历史研究要花无穷无尽的笨功夫笨手段去读枯燥无味的书,寒灯枯坐,地老天荒,聪明人往往避之不及,都跑去读商学院去了;剩下几个浮躁点的,也去学外语、搞艺术去了。也因此,研究历史的地方往往是笨人扎堆,一个比一个笨,一个比一个迂腐,很少有人有良好大局观的,只是一味求小、求偏、求证,对于世事人心一概忽略。其实历史就是曾经活过的现实,一个人,如果不懂人情世故,不懂现实生活,他了解的,就一定不是活生生的历史,只会是字里行间的某个片段。

有一个例子似乎可以拿来佐证,那就是民国之初宋教仁被杀一案。后来那么多书籍,口口声声说袁世凯杀了宋教仁,其实稍稍想一想就不成立,袁世凯为什么要杀宋教仁呢?——国民党成立之初,孙中山向袁世凯保证致力实业修铁路,国民党的领导人实际上是代理理事长宋教仁。英气勃发的宋教仁很想在新成立的国民政府中干出一场轰轰烈烈的事业。他起草的《国民党宣言》中明确提出:中国虽号为共和立宪,而实无强健而良善之政党焉,因此,国民党决心以巩固共和、实行平民政治为根本宗旨,在中国完成共和立宪,组织志同道合之政党内阁。在宋教仁的亲自策划和领导之下,国民党利用强大的组织力量,在1912年12月至1913年2月的国会议员选举中,击败共和、民主、统一三党,大获全胜,在众、参两院870个议席中独占392席,成为国会第一大党。国民党人的胜利,让实际负责国民党事务的宋教仁踌躇满志。按照《临时约法》建立责任内阁的规定,议会第一大党当然组阁,其党魁当然出任内阁总理。因此,宋教仁下一步取代赵秉钧成为国务总理是指日可待的事情。袁世凯要正式成为大总统,正指望宋教仁在内阁中助他一力。在这种情况下,袁世凯干吗轻举妄动,影响自己正式当选民国大总统呢?这一类的动机,想一想,就觉得不合情理了。我在《晚清有个袁世凯》中也阐明了我的看法。书同兄有一次跟我聊天,问我写历史是怎么对待这些疑案的。我说,把各方面的材料摆在一起,然后用人情事理来判断。这样的方式,就像写波洛推理判断一样。袁世凯为什么要杀宋教仁?拿个理由先!

宋教仁是谁杀的?暂时还没有定论。不过陶成章被杀的案子前些年开始真相大白——陶成章曾经是仅次于孙中山的革命党二号人物,他是1912年1月14日被杀的,比宋教仁被杀早一年，地点也是上海。陶成章案跟宋教仁案一样，是当时的惊天之谜。现在水落石出，竟然是蒋介石等人干的。蒋介石和王竹卿联手去上海广慈医院，开枪将陶成章暗杀。蒋介石和王竹卿后面是谁？是陈其美。陈其美的后面是谁？不知道。当时的背景是：民国成立后，国父孙中山觉得党的组织仍不够严密，需要改组，加强纪律和执行力。有两个主要人物反对，他们认为：我们都是志同道合在一起，你不该要求组织对个人效忠，还有签字、盖手印之类的事。这两人一个是黄兴，一个是陶成章。黄兴不赞成，就走了，未与孙中山争执。陶成章却在大大小小的会议上公开骂孙，批评他，甚至公开说要倒孙。据《孙中山全集》记载，在刺陶的第二天也就是1月15日，孙中山曾致电陈其美："万急，沪军陈都督鉴：阅报载光复军司令陶成章君，于元月十四号上午两点钟，在上海法租界广慈医院被人暗刺，枪中颈、腹部，凶手逃走，陶君遂于是日身死，不胜骇异。陶君抱革命宗旨十有余年，奔走运动，不遗余力，光复之际，陶君实有巨功，猝遭惨祸，可为我民国前途痛悼。法界咫尺在沪，岂容不轨横行，贼我良士？即由沪督严速究缉，务令凶徒就获，明正其罪，以慰陶君之灵，泄天下之愤。切切。总统孙文。"

按照孙中山电报的内容来看，孙中山似乎对蒋介石刺杀陶成章一事不知情。不过据《孙中山在日活动密录》记载，"二次革命"失败后，蒋介石到了日本，立即拜访孙中山。从6月13日到8月31日，孙中山与蒋介石共见面29次，其中蒋介石去东北还离开了日本一个多月,8 月 17 日又开始见孙中山。两人可谓形影不离、情投意合。李敖在《蒋介石评传》中说蒋介石暗杀陶成章是孙中山、黄兴指使的,蒋介石“不过为孙黄一派的大阴谋,扮演了一个小角色”。李敖这人才高八斗、才华横溢,但心思不正、剑走偏锋。他的说法,姑妄听之。

《万象》2010 年 9 期、10 期张耀杰文《宋教仁案的历史现场》对宋教仁一案有详细的分析,最后得出的结论是:宋教仁案的第一嫌疑人是陈其美。文章说:“应夔丞在宋教仁案中所扮演的,既不是暗杀行动的最高决策者的角色,也不是暗杀行动的操作者的角色,而是在中央政府与上海国民党之间,专门收集用来嫁祸于中央政府的情报信息和证据材料的双面间谍的角色。具体操作执行暗杀行动的,是应夔丞在沪军都督陈其美手下任谍报科科长时的一等科员吴乃文,及其同伙王金发、陆惠生、拓鲁生、陈玉生、冯玉山、张汉彪等人。吴乃文等人所执行的显然不是来自应夔丞的命令,而是更高层的陈其美等人的命令。在上海地区拥有最大份额的军政实力和情报系统的前沪军都督陈其美,所扮演的既是侦破宋教仁案的总指挥,同时也是制造这桩谋杀案的第一嫌疑人的双重角色。……国民党方面在处理宋教仁案的过程中所采取的一个基本策略,是依次推出或者说是抛出比较低端也比较边缘的武士英、王阿发、应夔丞、冯玉山、邓文斌、张秀泉、陈玉生、陆惠生等人,而把真正了解真相的核心人物吴乃文、王金发、陈其美等人,隐藏在见不得阳光的暗箱幕后。宋教仁案经过公审公堂连续七次的依法预审，所遗留下来的最大的疑点和盲点，就在于原、被告双方配合默契地避免了武士英和应夔丞的当庭对质。这样一桩并不十分复杂的谋杀案，只要把已经抓捕归案的武士英、应夔丞、陈玉生，以及参与或见证谋杀活动的陆惠生、张秀泉、邓文斌、王阿发、何海鸣等人拉到一起当庭对质，便可以真相大白。但是，国民党方面所需要的显然不是宋教仁案的真相，反而是通过真假难辨的舆论宣传，来针对袁世凯、赵秉钧及中央政府实施道德上的妖魔化，进而退出宪政民主的制度框架挑起发动号称'二次革命'的国内战争。"

关于宋教仁之死，现在的人似乎已不太关心了。我前些日子看完《万象》那篇文章之后，曾经在微博里发了一个帖，表示自己的震惊。令人尴尬的是，几乎无人回应此帖。人们大概都在关心物价房价上涨、小三夺权之类的事了吧？实际上人们还是应该回头关注一下此事的：民国之初，政体改革摸着石头过河，搞民主宪政，搞共同执政，那些大佬一个个战战兢兢努力克制。孰料宋教仁事件发生，孙中山第一个起来"抄家伙"，于是大家都接二连三地"抄家伙"。此后大伙都不遵守规则，也坐不到一起来了。袁世凯死后，更是没有能控制住局面的人了，树倒猢狲散，一蟹不如一蟹，军阀都动辄抄家伙，把政坛搞得如流水席一般了。

小凤仙何以青史留名

在我看来，中国历史上最“八卦”的那一段时间，就算是晚清灭亡前到民国北洋那一阶段了，先是废除了科举，后来又政治大开放，不仅解除了党禁，也解除了报纸和出版禁令。很多处于转型阶段的文人在没有了既定的追求后，郁郁不得志，一部分热衷于主义和思想，另一部分全在纸上“八卦”一气。那时候又没有相应的新闻规章和法律规章，编纂者或是利益驱动，或是党派指使，或是排遣私怨，或是唯恐天下不乱，根本不顾道德底线。这使得那一段历史现在看起来都是嘈杂乱象、真假难辨、不明所以。这也是我在写作《晚清有个袁世凯》以及北洋历史时遇到的最大问题。从这一点意义上说，袁世凯也算是最倒霉的总统了，他所面对的直接攻击，可以说是历朝历代最高统治者中最多的。以致“袁大头”至今也无法立起身来，成为历史角度一个落落寡合的“冤大头”。

前段时间看凤凰卫视《锵锵三人行》中谈“蔡锷与小凤仙”，把这事的前因后果翔实说明，有关“红颜知己”之类的曾经佳话，不仅可以说是捕风捉影，简直可以说是“无”风捉影——出逃的前一天晚上，蔡锷曾和刘成禺、哈汉章等人，借口给哈汉章的祖母过八十大寿，开了个寿宴。寿宴热闹非凡。寿宴结束后，大伙唱戏的唱戏，打牌的打牌。蔡松坡、哈汉章、刘成禺，还有一个叫丁怀的，一起在寿宴隔壁的房子里打麻将，一直打了整整一夜。第二天天亮，蔡锷说：“我要走了。”大伙不让他走，说：“你再打两小时吧，还不晚。”就这样一直打到七点，蔡锷硬是要走，大家拦不住，就让他走了。

节目援引资料说蔡锷出了哈汉章家后，先是进了新华门，到了总统府，对门卫说：“我的表快了两个小时，所以来早了。”然后，就进了门在总统府里晃悠。在政事堂，蔡锷给八大胡同平时稍熟悉一点的妓女小凤仙打了一个电话，说中午我们找个地方吃饭。小凤仙哪里知道内情呢，就应承下来了。过了一会，蔡锷大摇大摆地走出政事堂，从西门上了街，坐着三等车来到天津。蔡锷走后，刘成禺写了一首《洪宪纪事诗》，故意把蔡锷的出走往与小凤仙的关系上引：

当关油壁掩罗裙，女侠谁知小凤云。
缇骑九门搜索遍，美人挟走蔡将军。

刘成禺写这首诗，当然是想给自己撇清干系，把事情搞复杂。刘成禺挑了个头，文人们就来事了，一拥而上往上面去。很快，一出中国式传奇的话本横空出世：蔡锷变成了“吕奉先”，小凤仙成为倾国倾城深明大义的“貂蝉”了，至于袁世凯，因为想当皇帝，自然成了篡位的董卓。

本来是蔡锷一个人的出走，经过报章的渲染加料后，成为悬念顿生的一台大戏，男女主人公以及反面角色都有了，戏剧冲突也有了。与此事无关的小凤仙也一夜成名，这个姿色平平的小妓女，只是因为认识蔡锷，接到一个饭局电话，就卷入一场“革命传奇”中，莫名其妙地被载入史册。不过留名也只是个空名，小凤仙并没有沾多少光，依旧当她的妓女，生活没啥改变。蔡锷 1916 年逝世后，小凤仙变得更惨了，她离开了八大胡同，先是嫁给一个东北军军官，从北京移居沈阳，隐姓埋名；后来又改嫁给一位姓陈的厨师，被四周邻居们称作“陈娘”，生活得很拮据。有资料说，小凤仙晚年最大的嗜好就是喝酒和听戏，几乎每餐都要饮两盅白酒，不过饮得很慢很慢；她喜欢听各种各样的戏，尤其是评剧，听得有滋有味如醉如痴。一直到 1976 年，“陈娘”走完了自己曲折的人生道路，终年 76 岁——她栽倒在自家平房旁的公共厕所里，是突发性的脑溢血。如果算作报纸版面呈现的话，“一代名妓”还原成报纸的边角料，“佳话”回归到豆腐干大的社会新闻。

实际上蔡锷的出走很复杂。蔡锷到了天津，进了日本领事馆，然后由日本领事馆安排坐船到日本。到了日本之后，又有人安排他绕道去了云南，开始“护法”运动。对于蔡锷“叛逃”一事，有一种说法近来浮出水面，是蔡锷的曾外孙袁泉写的文章，说蔡锷出逃一事，纯属子虚乌有，袁世凯并没有派人监视他，对他也很善待，是蔡锷自己，对袁世凯心生不满。蔡锷离开北京去日本治疗喉疾，是袁世凯亲自批的假条，蔡锷根本不是偷偷摸摸。由于蔡锷与小凤仙并不亲密，他起事后，小凤仙也没有遭到关押。

蔡锷和小凤仙就这样莫名其妙地成了八卦男女主角。类似小凤仙与蔡锷之间的八卦，晚清和民国时期尤其多，像“赛金花与瓦德西”的八卦、“袁世凯与五姨太”的八卦、“张勋与小毛子”的八卦、“吕碧城与英敛之”的八卦、“陆征祥与洋姐姐”的八卦等等。那个时代的社会，在政治找不到方向的情景下，变得向“娱乐化”方向走。乱世之中，那些弱女子就像口红般被随意涂抹：画得好的，成为“青史留名”的美人；点缀的部位不对，一下子变成个“三花脸”，成为一个让人嬉笑的丑八怪。

鲁迅与吉格斯

白岩松说人到中年之后,就喜欢以常识来判断事情了,不管这个人是谁,也不管这个人有多少光环。白岩松这一句常识,倒是讲得蛮在理。我读乱七八糟的书,逢到扑朔迷离的地方,也会用一些常理来推断,从不在乎对象是君子还是小人。这是一种成熟还是阴暗,我想还是前者的成分多一些吧。

1923 年 7 月 19 日,在教育部上班的鲁迅回到位于八道湾胡同的家。那座宽敞的四合院,是鲁迅以多年积蓄加变卖绍兴祖屋的钱买来的,然后又花了大半年将其改造为适合一家人居住,特别是适合弟弟的日本妻子羽太信子日本生活习惯的构架。刚到家,弟弟周作人脸色铁青地走过来,递来了他写给鲁迅的一封信,然后转身而去。这封信的内容如下:

鲁迅先生,我昨天才知道——但过去的事不必再说了。

我不是基督徒，却幸而能担受得起，也不想责难——大家都是可怜的人，我以前的蔷薇的梦原来都是虚幻，现在所见的或者才是真正的人生。我想订正我的思想，重新入新的生活。以后请不要再到后边的院子来，没有别的话。愿你安心、自重。七月十八日。作人。

这便是"周氏兄弟失和公案"。前因后果究竟如何，只有靠这一封没头没脑的信揣度了。因周作人在短信中写了"我不是基督徒，却幸而能担受得起，也不想责难"这一段话，不免让人联想到一些与男女之事有关的事——基督徒是不允许私通的，否则就会受到全体教友的责难。周作人不想责难，的确是有点隐约，仿佛是说：你要自重，要就此结束，不要再勾引你的弟媳妇了。

收到了周作人短信的当天，终生保持记日记习惯的鲁迅在当天的日记中写下了十几个字："上午启孟（周作人的字）自持信来，后邀欲问之，不至。"从鲁迅的日记中只可以看出，接到周作人的绝交信后，鲁迅的反应是很想找周作人面谈，但周作人拒绝了，根本不想跟他解释什么。

第二天，鲁迅早起四处看房；两周后，也就是 8 月 2 日，鲁迅借了八百元钱，携带朱安搬进了砖塔胡同的临时居所。

对于鲁迅的净身出走，周作人在 8 月 2 日的日记中写道："下午 L 夫妇移住砖塔胡同。"L 就是鲁迅，周作人竟然连哥哥的名字都不想提了，此时执笔的心境，大概可以推出所以然吧。

事情似乎没有结束——第二年的6月，周氏兄弟再次发生了大冲突：6月11日，鲁迅回八道湾去取回自己的书和一些器具，兄弟俩发生了正面冲突。根据鲁迅当天的日记和在场目击者的讲述，鲁迅刚进西厢，周作人和妻子羽太信子就从屋里奔出，指着鲁迅破口大骂，言辞污秽，不堪入耳；羽太信子又打电话喊来几位亲友，夫妻俩继续当众痛骂鲁迅。骂到酣处，周作人拿起一尺高的狮形铜香炉向鲁迅头上砸去，幸亏别人接住拦开，才未击中；而鲁迅也抓起一个陶瓦枕，掷向周作人。在众人拉架劝解下，鲁迅才得以拿了自己的东西离开。

根据现场的情况来看，周氏兄弟的这一番干仗，其激烈程度，仿佛如炸药包炸了似的。“爆炸”之际，在场的人有张凤举、徐耀辰、章廷谦和羽太信子的弟弟重九。羽太信子是用日语开骂的，除了章廷谦，在场的其他六人都懂日语，但后来对羽太信子的话谁也不愿原本道来。既然羽太信子的话不愿复制，就更说明事件的严重性，也说明事件的讳莫如深了。

这一场“爆炸”还真是深入而持久——一直延续到鲁迅逝世，周氏兄弟再也没有说过话。并且，鲁迅死后，周作人提起他，竟然说“那坟头”，可真谓是刻骨铭心吧！对于这一段公案，兄弟两人当时的日记都语焉不详。周作人大约是记在日记中的，后来，又将日记本撕了两页，连自己也不愿面对了。对个中原委，周作人说：“不辩解。”“大凡要说明我的不错，势必须先说对方的错。不然也总要举出些隐秘的事来做材料。这都是不容易说得好，或者不大想说的，那么即使辩解得有效，但是说了这些寒碜话，也就够好笑，岂不是前门驱虎而后门进了狼吗?”这话说出来，基本上等于没说，个中原委，还是搞不清楚。

周氏兄弟的失和，当时的大小报章曾有过各式各样的猜测，有正经的，也有八卦的。后来的研究者，曾将其中原因归结于两种：一种说法是经济论，鲁迅好友许寿裳和三弟周建人持这样的看法，认为兄弟失和的原因，大抵是因为信子持家挥霍，又不满鲁迅的“家长”地位，而“启孟（周作人）真昏”，听信妇人谗言。这一种观点，主要来自鲁迅自己的说法，鲁迅后来曾跟许广平谈过此事，许广平后来写在了回忆录中。在谈话中，鲁迅是这样说的：“我总以为不计较自己，总该家庭和睦了罢，在八道弯的时候，我的薪水，全行交给二太太（羽太信子），连周作人的在内，每月有六百元，然而大小病都要请日本医生来，过日子又不节约，所以总不够用，要四处向朋友借，有时候借到手连忙持回家，就看见医生的汽车从家里开出来。我就想，我用黄包车运来，怎敌得过用汽车运走呢?”从口气上来说，鲁迅在说话的后几句，仍藏有一些冷幽默和自嘲。

当然，当时接近八卦的说法，是认为鲁迅生活不检点，偷窥弟妇沐浴，因而引起事端。这种说法流传很广，不过也不足以让人们相信。日本女子洗澡本来就不介意别人看，即使鲁迅有意无意地看上两眼，也不至于引起羽太信子和儒雅的周作人雷霆万丈，更不足以引起双方一直缄默。常识告诉我们，一个事情要有“炸药包”，至少得有能引起爆炸的“炸药”才是，而像乱花钱之类的事情，似乎还不足以有“炸药包”般的功效。哥俩都是大文化人，一点经济问题，应该不会引发这样的爆炸吧？

关于周氏兄弟的失和，除了那些见于文献的内容之外，倒有一些更为离谱的说法。1991 年，《明报月刊》第 1 期发表了千家驹的文章《鲁迅与羽太信子的关系及其它》，里面提出的一个猜测很耸人听闻：周作人的日本老婆羽太信子曾经是鲁迅的妻子，证据是鲁迅 1912 年 7 月 10 日的一则日记。原文是：“午前赴东交民巷日本邮局寄东京羽太家信并日银十元。”千家驹解释说，“羽太”即羽太信子，鲁迅把寄羽太信子的信函称为“家信”，可知他们是夫妻关系。更有好事之人据此解释，“鲁迅”这个笔名中的“鲁”字取其母鲁瑞的姓，而“迅”（xùn）与“信”（xìn）在南方是谐音字，系指羽太信子。这个笔名，也是他们之间的默冥。孰料羽太信子在嫁给周作人之后，对于这样的“阴谋”深感良心不安，于是就要鲁迅断绝与她之间的暗中来往，鲁迅不愿意，羽太信子无奈，就把真相告诉了周作人，一向温文尔雅的周作人一下子发作了，于是就引发了兄弟之间的天翻地覆，以及后来兄弟之间的终生绝交。

写到这里，恰巧在报章上看到英国著名球星吉格斯“犯事”了——吉格斯这个无比低调顾家的好男人，竟然与他的弟媳娜塔莎有染：2003 年的时候，29 岁的吉格斯与 20 岁的“单亲妈妈”娜塔莎在曼彻斯特一家酒吧里一见钟情，随后双方发生了肉体关系。这时候吉格斯的妻子斯黛西正怀着孕。在此之后，吉格斯与娜塔莎一直保持着性爱关系，直到某一天娜塔莎认识了吉格斯的弟弟罗德里并嫁给了他也不停止。而且，娜塔莎后来还产有一个孩子。这段婚姻到底是不是吉格斯撮合的，以及娜塔莎后来生下的一个孩子究竟是谁的，那只有天知道了。最后的结局是，吉格斯与弟弟罗德里 30 年的兄弟情谊被彻底颠覆，可怜的弟弟罗德里冲着吉格斯大吼道："你怎么可以做这样的事情，我一直信任你，结果你在背后捅了我一刀！"回转过来，罗德里冲着娜塔莎吼的是，"我再也不相信爱情了"！

吉格斯的偷情故事，当然不能跟千家驹所说的八卦相类比。从热爱鲁迅的立场出发，对于此八卦，我是坚决地不相信，大文学家大思想家鲁迅怎么会犯球星吉格斯的错误呢？两人根本不具有可比性。千家驹一定是老糊涂了。虽然人是有弱点的，但鲁迅先生应该是个例外，似乎看不出什么缺点。我还是相信有其他原因使得周氏兄弟吵架，比如经济原因，比如一段时间双方失眠睡不好觉徒增火气，以及生命中不可承受之轻，等等。

《大宪章》与“潜规则”

我看英国电影《铁甲衣》，完全是因为它跟《大宪章》有着关系的缘故——这一部电影说的是《大宪章》签订后，英格兰国王约翰撕毁协议向北欧借兵进攻英格兰贵族，妄图废除《大宪章》的故事。电影中，圣殿骑士们再次揭竿而起奋力反抗，约翰国王遭遇了失败，只好继续遵守《大宪章》。虽然故事纯属虚构，但由于《大宪章》的背景，我仍看得津津有味。

《大宪章》是785年前，英格兰的国王与贵族之间的一个协议，一份合同书。800年前，英国的国王和诸侯贵族们在长期共处中，形成了互相的义务和责任。国王把土地以采邑的形式分赐给贵族，贵族则向国王提供劳役和赋税。国王策划战争，贵族出人出钱。国王和贵族约定，打大仗或者征重税前，必须和贵族商议。这种方式，很像中国周朝分封制中的周天子与诸侯的关系。只不过中国的这种封建制，只持续到秦始皇统一。在此之后，便是长达 2000 年高度专制的中央集权社会了。

到了 13 世纪初，由于英格兰国王约翰长期与法兰西保持战争状态，英国各地的分封贵族负担逐级加码。到了 1204 年，约翰国王失去了祖上留下来的在法兰西西北部的土地。约翰国王不甘心失败，在国内加征税收再征兵。这一次各地的贵族不同意了，他们开始拒绝执行国王的命令。与此同时，英王约翰又和罗马教皇英诺森三世发生纠纷，教皇宣布对英格兰动用褫夺教权的禁示令，不再提供宗教服务。国王越来越多地失去了民众的支持，各地的贵族胆子更壮了。英王内外交困，只好向教皇妥协。接受了教皇任命的驻坎特伯雷的大主教，承认罗马天主教会在英格兰的权力，承认自己是教皇在英格兰的封侯。教皇则将英格兰作为采邑回封给英王。

处理好这些事情，英王约翰当然不甘心自己的失败，为了夺回诺曼底和安如，约翰还是想跟法王菲利普二世再战一场。国王害怕下面不服，就采取了严厉的手段逼迫其服从。不过这一次由英王发动的英法战争，又以英国的大败而收场。当英王回到英格兰，准备东山再起继续发动战争时，贵族们不干了。1215 年春天，贵族们联合起来，占领了伦敦，和英王形成对峙的局面。双方开始了谈判，1215 年 6 月 15 日，在离温莎城堡不远的兰尼米德，贵族们草拟了一份文件呈给国王，国王在文件上加盖皇家封印。这就是英国历史上，也是西方政治史上最重要的文件之一的《大宪章》。《大宪章》的内容被快骑送往各郡，向所有的自由人宣读。

约翰国王之后的英王们也相继表示接受《大宪章》的约束。从此，《大宪章》成了英王和贵族关系的一种保障。

《大宪章》共计 63 个条款。这是国王和手下 25 五个分封贵族的权力划分协议书，是互相对义务和责任做出的承诺。《大宪章》明确了任何权力都必须受制约的原则。国王从上到下的权力，必须有一个对立面。国王不能垄断一切权力，不能包办一切，不能一手遮天。国王必须把一部分权力出让给这个对立面，而这样的分权和相互制约，必须通过共同的契约，通过互相的承诺来实行。这就是法律。《大宪章》第一次明确了国王也必须服从法律，没有人能够置自己于法律之上。并且，只有法庭才有权力判一个人是否有罪。在法庭判定有罪之前，任何人都是无罪的。这一条款确立了这样的规矩：国王想要惩罚一个人，也必须遵循一定的法律程序。对国王的权力做出限制，是英格兰贵族长期努力的目标，而在书面文件上明确做出规定并且由国王盖印保证，这是第一次。这是西方政治史上一件非常重要的事件。今日英美法制几乎所有的重要原则，都可以在《大宪章》中找到萌芽。《大宪章》种下了今日西方法制的基因。

《大宪章》制定的 1215 年，正好是中国历史上的宋末元初。那一年，成吉思汗麾下大将木华黎攻下北京，设置燕京大兴府，忽必烈也在那一年出生。当时的中国社会已是成熟的中央集权制。如果将当时英国和中国的社会制度相比较，中国的中央集权制度比英国的分封制远为先进。英国的社会制度，还停留在封建主义的阶段,这种制度与中国早年春秋战国时的封藩制以及日本近代的幕藩制有诸多相似之处:诸侯各占一方,爵位世袭,拥有兵权和土地权,与国王分权自治,是真正的封建社会。而中国,由于秦始皇用暴力建立起了中央集权的政治体制,由郡县制代替了分封制,贵族和诸侯的力量相对削弱。各地方统一由中央派属官员,所有土地隶属皇帝,不存在贵族和诸侯的分权。汉承秦制,到了汉武帝手上,这种体制得到了初步完善:封建主不复存在,地方官由中央派遣,重文轻武,土地零星分割,自由买卖,社会流动性大的情形可说正好完全相反。从某种程度上说,当时的这种政治体制,比当时英国的体制要先进得多,不仅有利于社会的稳定,办事效率也更高,对于生产力的发展以及社会秩序的稳定,能起到积极的作用。

中国的社会发展与西方的社会发展是不一样的,西方社会所经历的阶段:原始社会、奴隶社会、封建社会,再到资本主义社会。中国的社会发展,似乎有自己的特点,吴思说中国社会的发展过程是原始社会、奴隶社会、封建社会,然后是家天下社会。我与吴思的看法有些类似,只不过我以为中国自秦始皇起,封建社会结束,开始了长达数千年的专制社会或者叫极权社会,而到了明朝建立之后,更是将这种中央集权运用到登峰造极,皇帝享有绝对的权力,变得更加独裁了,不仅集天下财、权、物、土地于一身,也将百姓的性命掌握于手中。没有任何力量可以跟皇帝叫板。所有人的性命都隶属于天子,没有国民,只有草民、奴才以及暴民。

就皇帝的权力而言，中国的和外国的，简直就是两码事！由于绝对力量无法撼动，中国自然出不了《大宪章》，那些匍匐在地的草民们，有谁敢跟皇帝说个“不”字呢？

社会的发展，就是这样阴差阳错：因为力量均衡，谁也制约不了谁，所以就有了《大宪章》；因为有了《大宪章》，英国的很多事情都向公开和契约方向发展；公开和契约慢慢成为一种风气，社会走向也越来越明确。而中国呢，中国自秦大一统后，没有了均衡的力量，天平永远向着皇权倾斜，没有力量能制约皇权，也就没有了《大宪章》；没有了《大宪章》，一切摆不上桌面，都在桌子下面内斗，“潜规则”应运而生，而且发展成汩汩潜流，无数事情都成了“只能干不能说”。到了后来，更是积重难返，成了整个社会的毒瘤……对比着中国的历史道路，英国以及《大宪章》更像是斜刺里走出的一条路，条条大路通罗马，一下子就走到了中国前面去了。这真是没有办法，谁让上帝长着卷头发绿眼珠呢！

运气有时很重要

今年新出的西班牙电影《223》讲的是西班牙历史上那一场著名的政变：独裁者佛朗哥死后正处于转型阶段的西班牙，1981 年 2 月 23 日，在首都马德里，议会正在开会，电视实况转播，内容是议员们表决国王提名的临时首相。傍晚 6 点 20 分，表决刚刚开始唱票，一群民卫队武装士兵在特赫罗上校的带领下，突然闯进议会大厅，冲着天花板就是几梭子，然后命令所有人趴在地板上不许动。议员们一个个惊恐万状，狼狈地趴倒在椅子上，谁也不知道这些士兵会做出什么事情来。只有两个人始终很镇定地坐在那里，他俩一个是已辞职的前首相苏亚雷兹，另一个是共产党总书记卡利约。议员梅拉多将军喝令这些人退出去，被士兵打翻在地；苏亚雷兹冲上前去护卫将军，也被推倒在地上。

这一次行动，是军方几个极端分子发动的政变，目的是逼迫议会解散，成立军政府，重走专制和独裁的老路。政变发生后，因为政坛人物被困,群龙无首,西班牙国王胡安·卡洛斯挺身而出。国王下令王宫卫队全力戒备,不让任何军人进入。国王意识到,这时候如果一个高级将领在王宫里向外发布指令,就能起到"挟天子以令诸侯"的目的。在政局不明朗的情况下,卡洛斯国王决定不依靠任何人,只是以自己的独立判断和意志来解决问题。胡安·卡洛斯国王立即给全国各军区司令、各兵种指挥官一一打电话,询问他们的立场。在得到他们的效忠表态之后,国王命令所有军队不得擅自调动、原地待命,如果擅自调动,后果自负。军队稳住了,下一步就是对政变本身进行调查和判断了。国王开始推测,究竟是谁操纵了这一场政变。与此同时,国王还启动了与特赫罗上校的谈判,摸清楚政变的原因和要求,给他们安抚和承诺,让他们冷静,以免惹出极端行动。在这一次忙完之后,国王开始面对公众了,半夜一点多钟,国王的讲话录像突然出现在全国电视屏幕上,他以一贯的尊严,要求全体国民保持冷静,保持克制,保持理性。国王明确表态,他坚决不能容忍这一打断民主进程的行为,政变若要成功,除非先打死国王本人。不过公众在此时,不能采取任何措施。由于国王在西班牙具有至尊地位,胡安·卡洛斯国王的这番表态极具影响力。一番较量之后,不仅政变的策划者在权衡了一番后,不敢站出,扣押议员的特赫罗上校最后也不得不缴械投降了。

政变平息了,国王胡安·卡洛斯如释重负。不过他并没有急着欢庆胜利,而是在当天晚上召集了各大政党领袖开会座谈,当中包括前首相苏亚雷兹、社会党领袖冈萨雷斯、共产党总书记卡利约、右翼政党人民联盟领袖佛拉加等等，他们都代表着各自的政治势力。胡安国王指出，政变虽然失败，却并没有解决西班牙民主政府所遇到的问题。作为西班牙的政治家，一定要充分理解军人的情绪、对西班牙未来的希望以及对现状的失望，作为一个慢慢退出历史舞台的势力，他们的力量和正当要求不应该再被忽视。对这些发动政变企图颠覆政权的军人，如果各政党做法过于偏激，表现出公开的强硬的反弹，将是非常不明智的；如果把这一事件扩大到对整个军界的负面看法，更是非常有害的。胡安国王要求各政党回去检讨自己在这一事件中的问题，以怎样的一个新政策，去争取更大程度的全国团结。国王最后严厉地说，作为国王，他本不应干预政事，这一次干预，纯属责任，如果下次再遇到这样的事情，自己也不会再这样做了，因为这个事实本身，也有违法的嫌疑。国王胡安·卡洛斯一世的话，直中要害。把军人排斥在民主政治以外，是前几年各政党都犯下的疏忽。1981 年的西班牙，转型在政治体制上已经达成，但西班牙军队的中立化却还没有完成。一个真正的政治家应该考虑的，是客观环境，以及现实的局限性。政治的艺术，是在该坚定不移的前提下，进行必要的妥协，以保证能够达到目的。

几天后，300 万人在马德里和其他大城市举行“民主大游行”，以表达民众对这些年西班牙民主进程的支持，以及捍卫民主体制的决心。民众表达的信息是，不管转型过程中出现怎样的不尽如人意之处，转型的要求，都是人民的意愿，具有不可置疑的合法性。各党派领袖，民主联合会的苏亚雷兹、社会党的冈萨雷斯、共产党的卡利约和人民联盟的佛拉加，手挽手地走在马德里游行队伍的最前列，表达了各党派在民主大方向上的一致和团结。国会通过了国王提名的临时首相。临时首相向国王保证，以后将定期会见军队的主要将领，向他们通报国家的状况和政策，以寻求他们的理解和支持。当然，这样的做法，在美国等军队国家化的政体下是一件令人奇怪的事，但在西班牙，因为有着上百年军人执政的传统，这样的对话和沟通，也情有可原。两方的沟通和尊重，恰恰是政府和军队关系开始走上正常化的表现。西班牙民主制度的最后一个危机，终于过去了。

在此之后，参加政变的军人们也被依法进行了审判。作为证人的胡安国王没有一味“痛打落水狗”，而是积极为他们的行动进行辩护：特赫罗上校等军人，从一开始就没有打算开杀戒，也没有打算推翻西班牙的君主制。否则，他们不会想不到起事后第一要做的，是包围王宫、切断王宫的电话。如果他们这样做了，国王将束手无策，事件的演变就可能完全不一样。国王对于这些叛将的态度，充分显示了他在大局面前的理性、客观、公正和智慧。

“223”事变一年多之后，也就是 1982 年 10 月 28 日，西班牙又一次大选，西班牙由军事独裁向民主化国家的转型任务终于完成。这一次得票最多的第一大党，从中间偏右的民主联合会，变成中间偏左的社会党。执政权力顺利而和平地向反对党转移，一切波澜不惊。社会党的年轻领袖冈萨雷斯出任首相。自此之后，西班牙上百年的动乱和军事干预政治的传统业已结束。1986 年，西班牙正式加入欧洲共同体，也就是今天的欧盟。

《223》就是这样一个故事。我在从荧屏上回顾这一场危机完美解决的时候，不由得心生感慨：除了看到国王冷静、克制，具有巨大掌控能力之外，也看到了运气的巨大作用。因为当时孤军深入的特赫罗上校或者其他什么人，情绪一旦失控，或者枪支走火什么的导致个把人死去的话，仇恨就不可抑制，也很难说会有什么样的结局了。所以很多事情还是“谋事在人，成事在天”，上帝拯救了西班牙，就让西班牙平平安安地转型了。上帝没有垂青中国，中国就从辛亥革命起，开始了灾难深重的“U”形弯。我们现在回首辛亥革命之后的那一段乱象，设想如果当时各派势力公平谈判、齐心协力，也没有曹锟、张勋、冯玉祥等一干粗人捣乱，那么，也许中国还真会成为第二个美国。不过历史就是这样不能假设的。依照我的理解，中国的深重灾难，还是跟自己的历史、传统、文化、欠债有关，中国历史上的曹锟、张勋、冯玉祥太多了，怎么会一下子变得老老实实清明理性呢？所以必定是乱代替不乱。更何况还有日本俄国在一旁虎视眈眈唯恐天下不乱。所以中国一乱又是半个多世纪，那是再正常不过的了。

父债子还，夫债妻还；历史上欠的债，现实偿还；秦始皇汉武帝等欠的债，需要我们来偿还。

牛鞭到底有没有用？

我一直把李时珍的《本草纲目》当作文学或者童话书来看，这是指《本草纲目》之类的书非常有想象力，有意味，像是“小红帽”之类的童话。比如李时珍在谈到“凡物皆有因果，皆可相生相克”时，就说孝子的衣帽、寡妇的床头灰、草鞋等，皆可入药；男阴毛可以治蛇咬，女阴毛可以治“五淋、阴阳易病”；人魄（人吊死后的魂魄）可以镇惊吓；人股可以肉疗羸瘵（割股疗亲）；人中黄也就是人的粪便可以治呕血；梁上落下的灰尘可以治昏厥，等等。真是一派童话的味道！《本草》中还有很多偏方禁忌，也极有神秘感，比如说对女子怀孕，有数十种东西必须禁忌：吃姜会使孩子多指、得眼病；吃桑葚、鸭蛋，会使孩子倒生，且会生心寒；吃山羊肉，会使孩子多病，羊肝更是不能吃；吃鲤鱼脍及鸡蛋会使孩子成疳、多疮；吃狗肉，会使孩子无声音；吃兔肉，会使孩子缺唇；吃骡、驴、马肉，会延月难产；鸡肉合糯米吃了，会使孩子长很多寸白虫；鸡蛋合干姜吃了，会使孩子多长疮；吃雀肉又饮酒，会使孩子的心性淫乱……如此多的禁忌真不知怎么想出来的。在这种情况下，哪还有东西可吃呢？只有喝稀饭安全省心了。

中医一直说“医者，意也”，这个“意”，就是联想，就是推测。中医总体上是信“神”的，觉得冥冥之中有神在操纵，药与万物都有神性，所以一直推测和试图把握这个神性。传说世界万物俱有真名，只是出于各种原因，“真名”被隐藏了。所谓“真名”，就是一种呈现出其真实本质的名字，由于它掌握了事物最核心的秘密，所以必须秘藏起来，隐而不彰，只有别具慧心天赋异禀的人，才能发现它的真名所在并加以利用。中国人的思维方式也是如此，所以才有了仓颉造字，“天雨粟，鬼夜哭”。鬼为什么哭？那是因为有很多“真名”经过文字的标明之后，秘密外泄，透露了世界的真谛。因为如此，中医也有因为“真名”而入药的习惯。比如石榴，因为音同“石流”，所以被用来利尿和治疗结石之类；还有百合，因为叫“百合”，所以，凡药方都喜欢加入这个东西，因而百合也成了“万能之药”；穿山甲能够钻，药性肯定有利于“通”，凡是血栓血淤水肿之类的，都需要“穿山甲”来“钻”一下。我的嗓子不好，一个朋友听说了，给我寄了一大束芦苇根。我收到后先是大吃一惊，然后“脑筋急转弯”，想起中医药性与药理的方法，推测中医的判断是因为芦苇是空心的，风一吹就会响亮地发出声来。既然芦苇发声响亮，它的汤汁就肯定能利声。

中医的手段主要是实践和直觉，很多药方，都是对应着天地人之间的大理论，辅之以某些经验的积累和记录，再加上直觉、臆想和推测，最后落到某个具体事物之中。“以形补形”“吃什么补什么”就是这种思维方式的扩展，比如说吃血补血，吃肝补肝，吃猪脑补人脑，吃心补心…… 吃什么补什么有没有道理？中医认为是有的，在中医学看来，动物脏器为“血肉有情之品”，与人体相应内脏在结构、生理功能、形态、生化特征等方面有诸多相似性，一定藏有某些肝之为肝、肾之为肾、心之为心的东西，肯定调养补益等方面优于草本药物。这样的推测有一定道理，现代的医学研究表明，胰岛素可从动物胰腺中提取；猪肝中有治疗肝脏疾病的核糖核酸等元素；动物的胆汁中有可以治胆囊炎、胆石症的胆酸钠等成分。这些，从侧面也可以说明“吃什么补什么”是有一定效果的。

不过，现代医学的研究表明，就人的器官而言，藏有“肝之为肝、肾之为肾、心之为心”的东西，实际上是极有限的，最典型的是“鞭”，即动物的阴茎，一直被中医视为壮阳灵药。现代研究的成果表明，“鞭”与普通的肉一样，主要成分只是脂肪和蛋白质而已，并没有藏有某种“鞭之为鞭”的东西。至于吃“肾”，即动物的睾丸，古方用胡椒油煎羊睾丸治阳痿，太监们以食动物睾丸企图长出新的睾丸等，同样被现代医学证明无效。现代医学研究结果表明，除老年男性发生血睾酮水平不足，可用雄激素类药物治疗低血睾酮性阳痿外，其余则很少有效或根本无效。睾丸内含有大量的雄激素，过多食用会引起肝功能异常、黄疸、肝出血甚至肝脏肿瘤。而且,雄激素还是国际奥委会规定的禁药,有很大的危害性。

牛鞭马鞭到底有没有用?这还真是一个问题。西医说用处不大,但实践也有证明它用处的地方,我的一个好朋友就真遇到过让他费解的事:前些年阜阳那地方养黄牛成风,最珍贵的一道菜,莫过于红烧牛鞭了,当地人招待客人,都会上这一盘金黄色的菜肴。阜阳人送礼,也会选择送牛鞭。有一天,一位阜阳朋友来肥,带了一捆柴火一样的东西看望朋友,告知他那是牛鞭,很管用的。朋友不知这个,也没把礼物当回事。第二天,他在外吃完饭回家,小狗不停绕前绕后要吃的。朋友想起了昨日阜阳朋友送的牛鞭,便将牛鞭煮了一小碗,让小狗吃了下去。哪知吃下去没多长时间,小狗上蹿下跳,如发了疯似的。朋友这才知道,这牛鞭还真是厉害。医学不能证明的,实践证明了,该相信哪一个呢?最起码得承认,现代科学也是存有局限性的。

话题说到这里,是不是太严肃了,现在的中医,很有点因自卑而产生的极度自尊——往往是一说中医不行,立即就有很多国粹粉丝(也叫"国粉")跟你急,所以还是打住打住,说两个段子吧。一个段子是微博上看到的,疑是马丁啉的广告——诸葛亮临死前料定他死后魏延必反,暗嘱马岱杀掉魏延。蜀将中人才济济,马岱武功平平,为何诸葛亮偏要找马岱担此重任呢?因为,马岱字丁琳,马丁琳专治魏延。这一个段子的出笼,真是深得中医三昧。还有一个故事是有关历史的:当年西方有神父兼医生来中国时,曾经为自己看到的一些现象迷惑不解。有一天,这个人实在忍不住了，他问一个中国官员："在中国怎么看不到只有一条腿的人呢，中国从不发生事故吗？"这个很聪明的官员如此回答："噢，有的，但我们不懂外科手术。如果一个人的腿不行了，我们就把他整个人埋了。"

老子究竟哪里人?

《安徽商报》近日一条考古新闻引起了我的注意——安徽省文物考古研究所对当涂县新市镇临川村陶庄自然村的陶庄遗址进行考古发掘时,发现一座战国早期越国贵族土墩墓。奇怪的是,这座墓葬中竟然出土了西域的物件"蜻蜓眼"!

考古人员介绍,"蜻蜓眼"是古代一种饰物的俗称,为玻璃制成,做工极精美。公元前2500年人造玻璃出现于西亚及埃及,先是单色玻璃,1000年后又出现彩色玻璃。公元前10世纪,在玻璃珠母体上镶同心圆,制造出眼睛效果的镶嵌玻璃在地中海沿岸出现。"眼睛文化"发源于西亚或印度,当地人认为眼睛有避邪功能,游牧民族在迁徙的路途中,喜欢在身上佩戴这种镶嵌玻璃珠,可以避邪,也可以用来交换所需之物。当涂越国贵族墓中出现这种"蜻蜓眼",说明在战国时期,这里的王公贵族和西亚各国有着密切的来往。

战国时西亚玻璃制品的出土并不是孤例，前些年湖北发掘的曾侯乙墓，就有类似的玻璃装饰品出土。算起来时间上更早。“蜻蜓眼”在中国的出现，说明西域和东土之间，一直是有着联系的。除了“蜻蜓眼”之外，还有一些活物，也可以作为东土和西域交流的实证，比如说驴，有人考证出，即是周朝的时候，从北非一带传入中国的；骡也是稍后一点，由西域地区传入的。畜生和物件是人带来的，以此类推，当时应有贸易、文化以及人际方面的交流；高一层次的，还有思想的碰撞，语言和文字的杂糅。可以肯定的是，春秋战国时期的社会思潮绝不是现在想象的那样画地为牢，在东西方之间，存在着很多来往和交流。只不过很多文化现象，没有引起统治者以及“主流知识分子”的足够注意，或是把握不住，没有载入史书罢了。

这么一想，有关墨子的一些说法，就变得有理由了——一直以来，有人根据墨子的长相、打扮、思想学说体系，判断墨子不是史书上所说的宋国人，极可能是印度人。主要论据为：第一，墨子肤色很黑，墨子的黑可能是印度人，印度虽主要是雅利安人种，但印度阳光太烈，晒了很多年后，人的皮肤自然黝黑了；第二，印度也称摩罗，中国人称印度人为摩罗差，“墨”和“摩”同音；第三，墨子的形象“摩顶放踵”就是印度光头赤足的僧侣形象。最早持这种看法的是近代学者胡怀琛先生。这个胡怀琛，是我的宣城同乡，泾县溪头人，文字大家胡朴安的弟弟。胡怀琛在 1928 年说，古文字中，“翟”和“狄”通，墨翟就是“墨狄”，意思就是一个黑色的外国人，更确切地说是印度人。

持这种看法的还有王国维的弟子卫聚贤先生，他也认为墨子之学源自印度。卫聚贤在上海商务印书馆1935年出版的《墨子小传》中说，墨子“产生地究为印度或亚剌伯亦不易定”，且认为墨子的弟子随巢子也为印度人，并认为《山海经》作者可能就是随巢子。卫聚贤曾在20世纪20年代的清华研究院读书，导师有王国维、梁启超、陈寅恪、赵元任、李济等，同学有陆侃如、冯沅君、刘节、王力、姜亮夫、高亨、蒋天枢、吴其昌等人，都是声名显赫的人物。卫跟梁启超、王国维两位大师情谊很深，1927年6月1日举行毕业典礼，王国维情绪消沉，卫聚贤请王国维到自己老家太原休养，王国维没答应。第二天一早，得知王自沉昆明湖，卫悲痛万分，号啕大哭。卫聚贤对中国历史的著名看法还有：中国人发现了美洲，也发现了澳洲，并且，很多中国名人先于哥伦布之前到达美洲。卫聚贤说东晋高僧法显就曾到过美洲，这个还算靠谱；比这不靠谱的，说孔子、张衡、李白、杨贵妃女士等，都去了美洲。卫聚贤也不是乱说一气，为了有理有据，他还亲自带队现场勘察——1974年，75岁的卫先生带着一帮人乘坐仿汉代的木船，带着仿汉代的食物，不载现代化仪器设备，从香港起锚，一直驶向浩瀚的太平洋，以模拟证明早期中国人到达美洲的航行。船只快到彼岸百里处失事，幸得遇人搭救，方免于罹难！

近代学者梁启超在墨子一事的观点上，与胡、卫二人的观点也有些相似。梁启超曾说过《墨经》与印度《因明学》暗合，墨子之学不像是中原学说。近代佛教大师太虚法师则撰文说，墨子的学说不像是佛教，更像是婆罗门教，这又佐证了墨子是印度人的说法。

卫聚贤属于“在野”派学者，在野派与在朝派史家，是有区别的：在朝派原则性方向性强，不敢乱说乱动，后面有一根无形的线牵着；在野派则不一样了，可以顺着历史的现象，大胆设想，小心求证。卫聚贤对于中国文化和历史的很多见解是颠覆性的，他的观点和判断，有时候就像是在放“原子弹”——他说中国的龙形象由鳄鱼转化而来（这一点，与周作人的观点一样）；他怀疑屈原的存在，提出“屈原”就是贾谊“冤屈”的改字颠倒。卫聚贤不仅说墨子是印度人，还认为老子与扁鹊也是印度人。老子出关是干什么呢？不是去西域“化胡”，而是回家，回自己的老家——你们中原人太痴迷于权力和战争了，算了，不跟你们玩了，我回我的老家去了。

说老子与墨子是外国人并不奇怪，中国历史上的很多人，都不是中原人，尤其不是炎黄这一系的，随后慢慢变成“中国人”；并且就当时而言，国家和民族的概念并不明确和固定。孟子就说周文王是“西夷之人”；秦也被称为“戎狄”。至于唐朝的皇帝，是李家人当皇帝前被赐姓的。陈寅恪考证说李家人是天生的“虬髯”，就是卷毛连鬓胡子，这样的生理特征显然不是蒙古人种。唐太宗死前嘱咐“丧葬当从汉制”，那是生怕把他当胡人埋了。至于唐代其他一些人，安禄山是突厥人、史思明是波斯人、李白很可能有吉尔吉斯斯坦血统……既然后来有这么多胡人，那么，春秋战国时东土有一两个入了中国的胡人，也就不是一件奇怪的事。就像荣格转引的李提摩太和佐伯好郎的观点，认为中国道教金丹支派的创立人吕岩，也就是传说“八仙”之一的吕洞宾，曾是一个信奉景教的基督徒！这就相当令人震惊了。连奇崛突兀的道教也不是孤立诞生的，它也有滋生的营养。这真是——“哪有东方西方，不会各自一方。”这话不是我说的，是歌德说的。

扯淡的论文

近来网上很干净，庸俗难成，只好找点有趣味的东西读——新一期的《科学》杂志有一篇论文：在种植水稻的南部，人们更为相互依赖，而北方小麦种植区人们则更加个人主义。研究认为，这也可以解释为何中国南方离婚率低于北方，而北方发明专利数多于南方。

该研究由美国弗吉尼亚大学、北京师范大学、华南师范大学和美国密歇根大学的心理学研究者共同完成。为了验证大米理论（rice theory）的适用性，研究者选取了来自 6 个不同省份（北京、福建、广东、云南、四川和辽宁）的 1162 名汉族人作为被试者，分别考察他们的思维方式、如何看待自己和朋友的关系、忠诚度等方面，最后得出了以上结论。该研究还认为，之所以水稻和小麦种植区的文化有如此差异，是因为两者的灌溉和劳作方式要求不同：水稻需要持续水源，要求人们相互合作建立完善灌溉系统，各片田地要互相协调;小麦的种植就简单多了,农民大多数只能靠降水灌溉,也较少互相协调和合作。

该研究最后得出结论,来自水稻种植区的人想法整体性更强,他们在思维方式上更倾向于关联性而非分析性。研究者还考察了位于水稻、小麦交界线上的5个省份(四川、重庆、湖北、安徽和江苏)内部水稻种植区与小麦种植区居民的思维差异,得到的结论一致。在描述自己和周围人的关系图时,水稻种植地的人眼中的自己更小,情况和日本人相似;小麦种植区的人画出的自己则更为“膨胀”,接近欧洲人。此外,来自水稻种植省份的被试者更可能对朋友表现出忠诚,家族关系更为紧密。

在文中,研究者还将大米理论和另外两种可能解释文化差异的理论进行对比,它们分别是现代化假说(modernization hypothesis)和病原体流行理论(path-ogen prevalence theory)。现代化假说认为社会越富裕、文明化程度越高、越资本化,人就会越独立、越会分析性思考;病原体流行理论认为,传染病高发的地区,人与人之间打交道变得危险,当地文化会更孤岛化和偏集体主义。

这两种理论在解释文化差异上都有缺陷。该文章表示,按照现代化假说,经济越发达的地方离婚率应该越高、创新性越强,但这和调查的这几个省的离婚率、发明专利数均不符合。而病原体流行理论则根本无法预测离婚率与专利数。此外,现代化假说也无法解释:日、韩为何现代化程度高,却更倾向集体主义。“大米理论可以解释这一点”,研究者表示,因为日韩都是水稻文化。研究者搜集了中国1996年、2000年和2010年的离婚率数据，结果显示种植水稻地区的离婚率比种植小麦地区的离婚率更低，“水稻文化注重避免冲突、保持关系，这可能让人们不太愿意离婚”。

《科学》杂志的这一篇论文在发表后引起了不同的声音，很多人在看过这份研究结果后质疑，这样用一两个因素解释宏大社会差异的方式，是不是把多元社会平面化了？哈佛大学历史学博士研究生华锐表示，“今天的‘稻米文化’南方人很可能在一两代以前还是北方居民，所受的还是‘小麦文化’的影响”。现代社会的一大特点就是文化的快速流变和人口的大规模迁移，文章作者从古代的生产方式中去寻找现代的南北差异由来，“有缘木求鱼之感”。华锐说，作者虽然证明种植作物的不同和地域心理差异之间的关联性，但两者是否有因果联系，还值得商榷。

华锐还表示，从历史学的角度，用生产方式的差异来解释社会发展轨迹的不同，很早以前就有，比如西方历史学家魏特夫在20世纪50年代就提出：东方国家的治水需要带来了专制主义。“这受到了学界无尽的批判，这些说法之所以不太受欢迎，就是因为它们太简单化。”华锐认为，一个地区的文化特征受到很多因素的影响，而并不是每个因素都能量化、代入数学模型分析的，“用一两个因素来解释宏大的社会差异，是不是把多元的人文社会平面化了，这很值得思考”。

华锐所说的“专制制度来自治水”的观点，最早并不是出自魏特夫，而是来自李约瑟。曾写作《中国科技史》的李约瑟的观点是：中国位处大陆，没有内海，农业靠季风调节，农业为集体式的，是水利式的。中国为了控制雨水和灌溉，必须有一个强而有力的国家，以及一个很大的官僚体系来从事这个工作。换言之，中国的官僚系统和控制雨水、水利、水运都有极密切的关系。这一个观点，乍一看，让人新鲜无比，再细一想，便觉得似是而非，不是那么回事。

与以上方式相同的还有一些事情。最近有新闻说一个 34 岁的女博士花了好几年，潜心研究八角茴香（简称八角）与卤鸡肉之间的关系，专门写成了一篇 8 万字的博士学位论文《八角茴香对卤鸡肉挥发性风味的影响及其作用机制》。论文的中心内容是分析八角茴香这一种调料对卤鸡肉风味的影响，陈述加入八角的卤鸡肉和没有加入八角的卤鸡肉之间的区别，通过对比了解风味在卤煮过程中有什么影响、风味是如何形成的，从而搞清楚卤煮的温度、火力、加热时间对风味的影响，达到可控和稳定，使之在工业化生产时不失风味。女博士说，这一研究只是非常基础的研究，后面还会继续研究别的香料对肉类的影响。有记者询问女博士，这篇论文用了多少鸡肉才完成这课题的实验？女博士认真地说，做实验没用整鸡，用的是鸡大腿，数量很大，用了多少自己也记不清了。而选择八角，是因为它是生活中常用的调料，经济实惠。“为保证实验结果，我们固定选用了广西产的八角，鸡大腿则由河南一家企业固定提供。”女博士说，做实验时先将鸡腿卤煮，在固定的小区域取样，再通过电子仪器来检测产生风味的物质含量变化情况。“卤煮后的鸡腿是可以吃的,但我们很少吃。”加入八角和没有加入八角,三言两语讲不清,一篇文章也不行,得写上 8 万字才行,看来这当中的学问够深的。不过文章论文说明白了吗?我看是很难说明白,有时候很简单的事情,如果拉起架势搞得很复杂,反而越说越不明白。

与类似论文一样扯淡的还有项目。曾看到一则“中国科学家正在寻找贪官大脑共性”的消息,称:中国科学家正在研究贪官大脑的神经机制,探讨是否可以利用药物或治疗方法来抑制腐败倾向。内容为中科院心理研究所教授李纾领导的一个团队在《行为神经科学前沿》上发表报告,称当“人们宁可牺牲道德准则去追求财富”时,大脑左侧额下回稍上方的一小块区域起了“关键作用”。试验发现:受贿金额越多,受贿行为对大脑的刺激就越大。研究人员为 28 名志愿者设计了一个游戏,用核磁共振成像扫描大脑。每位参与者会获得一笔资金,金额从 8 元逐渐增至 3000 元。向参与者提供资金时,研究人员会询问他们是否愿与他人分享这笔金钱。若是接受,参与者会得到其中一定比例的金钱;若是拒绝,则所有人均得不到任何金钱。研究人员发现,无论金钱多寡,向志愿者提供金钱都会刺激他们脑部的“愉悦”区域:右侧前额叶皮层及双侧脑岛。志愿者决定接受一定比例的金钱时,他们左侧额下回的激活程度强于其他区域。资金越多,激活程度就越强。李纾表示,研究结果或可进一步阐明腐败为何发生。

乱七八糟的课题真多啊!都是内行糊外行。有些东西,只要仔细听起来,还真像模像样是那么回事。若以常识来判断,这哪里是论文啊,明显就是扯淡!

朱元璋到底长啥样？

前两年南京一家报纸曾经发表过一篇很有意思的新闻：说是南京城的模样，其实就是明太祖朱元璋的样子——将南京的古城墙连在一起，加上紫金山、玄武湖等景点来看，分明是一张惟妙惟肖明太祖的脸：塌鼻梁、刀瓦脸、高颧骨、大鼻子、大耳朵、粗眉毛。如此丑陋模样，与藏于明孝陵中那一张朱元璋的绝版图极为相似。有人猜测可能性有三：一是"高端黑"，是南京城的设计者怀着对朱元璋的刻骨仇恨有意抹黑。这当中以捐资助修南京城的江南大户沈万三以及谋士刘基（刘伯温）嫌疑最大。沈万三是江南大户，也是一个名士，以他的地位和出身，骨子里当然对盲流出身的朱元璋瞧不上。在沈万三看来，这一个皇帝也太丑了些，黑他千秋万代，是一件快乐永远的事。至于刘基，当时对朱元璋滥杀无辜非常不满，"小诸葛"精通八卦堪舆之学，以这种方式黑朱元璋，分明想让明政权早点覆灭。此后沈万三遭遇流放、刘基中毒而亡，有可能是秘密被发现后的报复。当然，也有人认为这城墙是朱元璋故意按照自己模样设计的——朱元璋耿直固执自负异常，尽管为了掩饰真实相貌杀了不少画师，画像也越来越漂亮，不过他还是想将自己的真实模样以更隐秘的方式加以保留。毕竟，那才是真实的自己。并且，比较起宣纸的画像，用砖块混凝土做成的城墙要千秋万代得多。

当然，也有另一种可能性，那就是冥冥中的巧合。天下之大，无奇不有。南京古城墙的轮廓与朱老八的模样如此相像，只能说是天造地合了。

明太祖朱元璋到底长着啥模样？从现存世的绝大多数画像来看，朱老八威风凛凛相貌堂堂气度不凡。史书上也有朱元璋“资貌奇伟、奇骨冠顶”的记载。不过现藏于明孝陵的一张朱元璋图却与此大相径庭，在那幅画像中，朱元璋身穿朝服，端坐在龙椅上，两只手交叉地放在袖筒里。该人长着黑黑的大脸，塌鼻梁，额头与太阳穴高高隆起，一对眼睛鼓突如金鱼；气质冷酷阴鸷，让人觉得恐怖无比。这张像的脸部比例也怪异：下巴又长又宽，远超于他的额头。有不少专家说，这一张才是朱元璋的真实模样，至于那些方正端庄的，极可能是经过美化的PS版。

这样的推测并非没有道理。自从汉元帝错失了王昭君一怒之下杀了毛延寿之后，那些原先自命不凡的宫廷画师一个个都学乖巧了，心里都装了一个“美图秀秀”软件：画像一定要往好看的地方画，三角眼要画成丹凤眼，塌鼻子要画成高鼻梁，矮小的要画成高大的，猥琐的要画成威猛的……在此观念之下，留存于世的是一大堆高大威猛的古代皇帝图，你看过之后根本分不清谁是秦始皇谁是汉武帝谁是魏武帝谁是唐太宗……他们全都是理想中的皇帝模样，也成了现实中他们自己的模样。

朱元璋长啥样就这样搞不清了——不过另外一则消息，引起我浓厚的兴趣：法国足球巨星、因伤没有去巴西世界杯的里贝里，在接受相关媒体的采访中，曝出自己可能有中国血统，并说他的家族一直流传着祖宗曾做过和尚和乞丐的故事。里贝里还说，自己的一位堂兄在研究中国历史时发现，自己家族流传下来的一些说法与明太祖朱元璋极其相似。在细细地研究了家族的历史后，这位堂兄发现有四大证据足以证明里贝里的身世：一是据说里贝里的一位祖宗当了皇帝不久后，被亲人夺位先逃亡到波斯，后来去了法国；二是里贝里家中至今保存着一些不知名的中国文物，像极了中国古代皇宫的用品；三是里贝里的祖先留下了一句后代都要记住的话——我们的家乡在遥远的东方；四是里贝里家族中保留的一些习惯与中国民俗几乎一样。如果里贝里的说法属实，那与朱家的历史还真有些吻合——朱元璋去世之后，建文帝朱允炆继位，四年后爆发了朱棣篡位，建文帝不知所踪。广为流传的说法是朱允炆逃到了海外——后来的郑和下西洋，一个最重要的使命就是在海外寻找建文帝的下落，活要见人，死要见尸。不过郑和耗费了半数以上国库银两，仍是没有达到目的。

如果里贝里真跟朱元璋有关系的话，那么谜团解开了，以里贝里的模样，活脱脱就是一个朱元璋的翻版：刀瓦脸、长下巴，钢一样坚硬，冰一样冷酷……像极了南京城的模样，也像极了明孝陵中的那一张朱元璋丑陋图。从遗传学的角度来说，相貌也是会循环的，曾孙子们一不留神长成祖宗的模样是很有可能的。朱元璋应该就是里贝里的模样吧——若是长得稍好一点，当年他哪能看得上大脚马皇后啊！虽然郭家的干女儿丑了些，不过朱元璋一番思量后，还是自我安慰说，得了吧，就以我这长相，哪能娶得着漂亮老婆啊！唉，不孝有三，无后为大，还是从了吧！

里贝里曝出的消息还真是让球迷们兴奋——一些网民甚至为“里贝里”的姓氏展开了“遐想”：昔先帝（建文皇帝）亡命蛮邦，每念故土子民，不忍抛弃，然社稷为伪逆所窃，归路已绝，乃叹曰：“离（离开故土），还是不离，这是一个问题。”于是便改“离不离”为姓了。连姓氏都找到根据了，网民们真是有才啊！不过想想也能理解球迷的苦心，里贝里若是朱元璋的后代，至少可以提高中国足球的水平——干脆召他回国参加比赛算了，给他一个北京户口，让里贝里更名为朱贝里。

第二辑　花言巧语

像知识分子那样

昆德拉的《笑忘录》是一本很有意味的书。有意味,是因为它格外幽默,有很多辛酸苦辣,也有很多弦外之音。昆德拉幽默的对象不只是政治和生存,还包括爱情和性。一个连爱情和性都敢幽默的人,那真是一个“老狐狸精”了。

书的开头就很幽默:1948 年,共产党领导人克莱门特·哥特瓦尔德站在布拉格一座巴洛克式宫殿的阳台上,向聚集在老城广场上数十万公民发表演说。这是波希米亚历史上的一个重大转折,是千年难得一遇的那种决定命运的时刻。那时,天正下着雪,哥特瓦尔德同志头上什么都没有戴,旁边的亲密战友克莱门蒂斯同志关怀备至地摘下自己的皮帽,把它戴在哥特瓦尔德同志的头上。在此之后,哥特瓦尔德同志站在阳台上向人民发表演说的照片成为全捷克最闻名的一张照片。不过几年后,帽子的主人克莱门蒂斯却因叛国罪被处以绞刑。昆德拉幽默地写道:从此之后,

(在那张照片上)哥特瓦尔德就一个人站在阳台上。从前站着克莱门蒂斯的地方,现在只剩下宫殿的一堵空墙(被 PS 掉了)。与克莱门蒂斯有关的,只剩下哥特瓦尔德头上的那一顶皮帽。

昆德拉的《笑忘录》出版于 1979 年的法国——这是一本小说,也不是一本小说;似乎是写政治的,也似乎不是写政治的;似乎是写爱情的,也似乎不是写爱情的;似乎是写情欲的,也似乎不是写情欲的;似乎是写虚无的,也似乎不是写虚无的……这本书一共七个章节,每个章节,都像是一个独立的故事;每一个故事,都渗透着别有意味的幽默。第一个故事写米雷克与告密者兹德娜的一段恋情——年轻俊美的米雷克为了往上爬,拼命追求有着权力背景的丑女人兹德娜。没想到第一次做爱之后,兹德娜对米雷克做爱的方式非常不满意,说他做爱的时候就像个知识分子!米雷克非常委屈,因为他已尽百分之百的力气了——"佯装粗暴地在她身上运动着,发出长长的、低沉的吼叫,就像和主人的拖鞋在争斗的一只狗一样,同时他又(略带惊讶地)观察着躺在他身下的女人,她非常冷静,无声无息,近乎无动于衷"。

昆德拉继续写道:当米雷克被指责第一次做爱时像个知识分子后,米雷克就想从第二天开始,改正下一次做爱的方式,坚决不再像个知识分子,至少得像个体育教师。他全力争取着机会,想改变留给这个女人的印象。她的定论对他是个耻辱,而他想收回这个耻辱。不过米雷克再也没获得机会。恼羞不快之下,这个女人竟然向当权机关告了密,内容当然与米雷克的言行有关——米雷克被叛了6年徒刑，他儿子2年，他的十几个朋友分别被判1到6年监禁。

因为做爱“像一个知识分子”，米雷克进了监狱。做爱还有知识分子的方式吗？这也意味着，各个阶层的做爱方式都不一样？昆德拉真是幽默啊！

另一个故事中，昆德拉写到了一男一女卡莱尔和爱娃之间的互相“猎艳”：卡莱尔看中了爱娃，爱娃也看中了卡莱尔。于是在巴赫天籁一样、适于一切但就是不适于脱衣舞的音乐中，爱娃给卡莱尔表演脱衣舞。她一件件地脱掉了衣服，然后引诱卡莱尔上床。在这里，巴赫的音乐与脱衣舞，构成了绝妙的反差。不过在男人与女人的本能中，一切都是背景，和谐与不和谐都变得不重要。

爱娃真是一个奇女子，她不在乎卡莱尔一直爱自己的妻子：“你妻子应该理解的是，你爱她，但你又是一个猎手，并且你的逐猎对她从不是威胁，反正，没有任何女人理解这一点。”她又满怀忧郁地补充一句：“没有任何女人理解男人。”爱娃说此番话的样子，不只是一个尤物，还像是一个哲学家。

还是在这个故事里，昆德拉幽默地写到了卡莱尔与自己妻子玛尔凯塔以及另外一个女子玩三人性爱的情况。卡莱尔的初衷是想尝尝滋味，结果却无所适从：“那样的夜晚没有给他带来什么快乐，相反，就像是一场苦役一样！两个女人在他面前接吻拥抱，但却无时无刻不作为情敌在警觉地互相观察，看他对谁更尽心，待谁更温柔。他谨慎地斟酌自己的每一句话，度量自己的每一次爱抚。他的举止不再像个情人，倒像一个外交家，极尽殷勤、和蔼、礼貌和公道之能事。不管怎么说，他都失败了。首先是他的情妇在做爱过程中泪如雨下，然后是玛尔凯塔开始一言不发。”这样的情景，阴差阳错，幽默无比！

还有一次，同样是玩三人性爱，因为突然想到自己的童年，以及童年时的女性偶像，卡莱尔变得兴致勃勃，他在两个呻吟的身体上往返来去，不辞辛劳，突然感觉自己就像一个所向披靡的大师。这一想法让他兴奋莫名，卡莱尔禁不住大喊：“我是鲍比·费舍尔，我是鲍比·费舍尔。”他一边喊一边大笑。鲍比·费舍尔是谁？是当时最著名的象棋大师！

昆德拉写《笑忘录》的时候，是40岁左右。男人40岁以后，堪称“老男人”了吧？这时候的他们就像洞穴里放出来的“狐狸精”，对于世界，洞若观火，伸缩有余，智慧、自嘲和幽默都焕发了。以这样的方式来表现扭曲，来对抗紧张，怎么说，也算是一种人生的经验吧？活在世界上，总得有点幽默感吧，自嘲，嘲他，以松弛来对抗紧张和荒诞。一个有幽默感的人，算是一个活得明白的人；一个有幽默感的民族，方能称得上是活得明白的民族。

人和猴子没区别

英国人德斯蒙德·莫利斯的《裸猿三部曲》是一本很有意思的书,是从比较动物学和生物人类学的角度研究原始先民和部落人的行为模式,涉及的主题有人类进化、性行为、育儿、探索、领地、进食、安抚以及人与动物的比较。在作者莫利斯眼中,“人”不是社会的人,而是“裸猿”,是圈养的动物。在这种视野里,一切动物的求偶模式都可以归纳为一个典型的过程,人类的求爱过程也不例外。莫利斯就把这种别的书叫作“爱情”的东西按照动物性的发展分为十二个阶段:一、眼对身阶段;二、眼对眼阶段;三、话对话阶段;四、手对手阶段;五、臂搭肩阶段;六、臂挽腰阶段;七、嘴对嘴阶段;八、手对头阶段;九、手对身阶段;十、嘴对乳房阶段;十一、手对生殖器阶段;十二、生殖器对生殖器阶段。

冷静地回想,所谓的“男女关系”还真是这十二个阶段,层层推进,一步不落。除非他是残疾人,或者是旧式的包办婚姻,可以省略几个步骤。这十二个阶段的具体内容，我这里就不展开了，反正，每一个过来人都会明白。莫利斯的冷静观察与写作，会让所有的“爱情”尴尬——实话实说有时候真是会讨人厌的，那么美好的爱情，在动物学家的眼中，都是一种本能，连步骤都是一模一样。以这样的方式来观察男女之情，又如何能“将爱情进行到底”？莫利斯如此阐述动物不要紧，但如此赤裸裸地阐述人类，会让一部分假道学如坐针毡。

人的身上具有动物性，这是肯定的。动物的攻击性是撕咬，人的攻击性就是战争，包括打架、武器战争、电子战争以及笔墨战争。人类的攻击性一点不比动物的攻击性弱。人的攻击性来自哪里呢？根本的，还是荷尔蒙吧，每个人从精子开始，就是跑步冠军了。只有胜利者，才能生之为人。人由性欲产生精子，因此，性欲变成了人的根本，变成了人的原动力。关于这一点，弗洛伊德等人早已说透了。弗洛伊德的书，跟莫利斯的书一样，虽然事实就是那么回事，但读起来总会让人不舒服。也难怪希特勒当年会禁了他的书。

莫利斯不把“人”看作“人”，而把“人”看作动物，看作“裸猿”，也是有道理的。分子生物学告诉我们，人与狒狒的 DNA 95.4% 是相同的，与最近的亲戚矮黑猩猩、黑猩猩、大猩猩的 DNA99% 是相同的，也就是说，人与禽兽的不同不过 1%。因此有莫利斯这样的视野，也并不是一件坏事，人实际上也是动物，只是在社会发展和社会关系中，人慢慢变得自大，变得不知天高地厚，有时候甚至忘记了自己是动物。尤其是一些手握权力或者金钱的家伙，忘记了自己是灵长类动物，把自己当作上帝了。一个人要真正地清醒，想真正地了解自己，不只是要看人文的书，也不只是要看经济学、物理学方面的书，而是应该看看动物学方面的书。不要以为自己是神是仙是英雄是道德模范，人类最基本的，还是一动物，在很多时候，跟猪马牛羊什么的，没有太大区别。最起码，在腰部以下，跟动物是没有多大区别的。

莫利斯在这一本书中，还介绍了性的十种功能，比如说生育功能、结偶功能、生理功能、探索功能等，其中引人注意的，是性行为的解闷功能和镇静功能。心平气和地想一想，性行为在某种程度上是有利于安定团结的。那些在这个世界上惹是生非的人，大都是没有正常性生活的人，特别是长期处于性幻想却得不到实质满足的人，会因为周身血脉不畅产生莫名的狂躁和仇恨。如果是一个手握战争导火索的人，就变得危险了。历史上的很多战争狂人，比如说希特勒等，都是因为性生活极度不和谐引发战争的，传说希特勒就是一个阳痿患者。在性上面得不到满足，压抑久了，他的心理就会变得狂执，变得焦躁，就会歇斯底里。对于希特勒来说，战争就是他的性生活，就是他的高潮与狂泻。与希特勒同样情况的，据说还有拉登——传说拉登年轻时交过一个美国女朋友，因为尘根偏短，饱受好几个美国女子的侮辱，最后一气之下离开美国。自尊心极强的拉登以美国为仇恨对象，成了著名的恐怖大王。拉登的心理过程，同样可用观察“裸猿”的方式来加以分析：

一、漂亮性感的金发女郎，居然嫌厌我的男根太小，真让我感到奇耻大辱；

二、这些金发女郎是美国人，她对我的嫌弃，不只是对我个人的歧视，而是对我们种族的歧视，该杀；

三、美国人都是恶棍，应该加以消灭；

四、要将他们全部消灭，只有消灭他们，才不会受他们的歧视。

这样的思维方式，不仅仅是拉登的，也是所有“愤青”的。

海豚音与阉人歌手

个体和集体都一样，一个人会有一些怪癖，一个组织、一个民族也会有一些怪癖，比如说汉民族古代的太监制度和女子裹小脚的习俗、日本的相扑习俗、印度的水葬等等，而欧洲中世纪呢，比较怪异的，是阉人歌手的出现。

阉人歌手的传统，大约是缘自一种审美吧，那种雌雄同体的声音，的确是远离尘世，有一种独特的韵味。因此，阉人歌手在16世纪出现了。在此之前，由于女性禁止在教堂中说话或歌唱，教堂唱诗班一直以男童代替女声。男童的演唱年龄很短，进入青春期后就会变声。到了16世纪，有人开始给7到12岁的男童进行阉割，以保留他们优美的嗓音。从生理的角度来说，这一招还真是很管用，阉割会造成男性激素的减少，让人的喉头不会下移，声带和共鸣腔靠得更近，发音也就因此更嘹亮。在此基础上，如果加以适当的训练，便有一种与常人不同的“海豚音”了。

欧洲历史上比较有名的阉人歌手有塞涅西诺、卡法瑞利、法拉内利等。最著名的，算是意大利的法拉内利了，1994 年的金球奖最佳外语片 *Farinelli Castrato*（《绝代妖姬》）写的就是法拉内利的故事，这是一个传奇，更是一个神话：

法拉内利出生在 18 世纪的意大利，他的哥哥瑞加多是个作曲家。法拉内利小时候有一副天生的好嗓子，哥哥瑞加多为了弟弟的好嗓子不变声，悄悄地让法拉内利喝下鸦片水，法拉内利失去知觉后，瑞加多乘机割掉了弟弟的生殖器官。待法拉内利醒来，瑞加多骗弟弟说是骑马摔下，受了伤并失去了记忆。成年之后，法拉内利成了欧洲最有名的歌手，他有着云雀一般的歌声以及俊美无比的外貌，他的粉丝遍布全欧洲，有无数女子为他疯狂。不过法拉内利已失去了对女子的爱意，或者说，他有着爱意却无法表达。不过他喜欢和哥哥配合“双簧”：法拉内利先行引诱，而后由哥哥瑞加多完成“最后一击”。

兄弟俩就这样“狼狈为奸”。直到他们的对手，同是作曲家和剧院老板的亨德尔开始离间——亨德尔在获知法拉内利被阉的真相后，告知了法拉内利。法拉内利悲痛不已，弃兄长而去。有一次演出，法拉内利在舞台上忧伤地唱起了亨德尔的《让我哭吧》，唱到后来，入戏太深泣不成音。哥哥在台下看着，心如刀绞，拿出小刀割腕自杀。当瑞加多被人救活醒来之时，看到法拉内利在他身旁，终于露出了释怀的笑容。哥俩又和好了。哥哥瑞加多后来找到法拉内利心爱的女人爱丽丝，让她怀了孕，然后选择离开。瑞加多是想补偿吧,用这种独特的方式,表明自己的忏悔。

欧洲历史上的确曾有过一个阉人歌手叫法拉内利,原名卡·布罗斯基,法拉内利是他的艺名。他的被阉,是不是由于他哥哥的缘故,已无从知晓了。15 岁那一年,法拉内利在那不勒斯登台演唱,一鸣惊人。17 岁时,法拉内利在罗马演唱波波拉创作的一首著名的小号伴奏咏叹调,人声和号音跑起了马拉松,小号精疲力竭时,法拉内利仍从容不迫。法拉内利跑赢小号一事,让他声名鹊起。在以后的 20 年内,法拉内利的歌技达到炉火纯青的地步,成为无可争议的欧洲一流歌唱家。他唱的歌曲难度极高,唱着唱着,就轻松地登上珠穆朗玛峰了。有一次,法拉内利来到伦敦,还没正式演出,只是在排练时一张口,乐队一下子哑了,一个个惊叹不已。首演中,与法拉内利扮对手戏的演员,一听法拉内利开口,竟忘记还在演戏,激动万分,上前去拥抱披枷戴锁的"敌人"。英国著名的音乐史学家查尔斯·帕尼曾这样描述 1734 年法拉内利在伦敦演唱时的情景:"他把前面的曲调处理得非常精细,乐音一点一点地逐渐增强,慢慢升到高音,而后以同样的方式缓缓减弱,下滑至低音,令人惊奇不已。歌声一停,立时掌声四起,持续五分钟之久。掌声平息后,他继续唱下去,唱得非常轻快,悦耳动听。其节奏之轻快,使那时的小提琴很难跟上。"真是"天上有一个上帝,地上有一个法拉内利"!

不过法拉内利显然有他的痛苦,他不是上帝,也不是常人,他切身感觉到的,只是人生的无常和虚幻。如日中天的时候,法拉内利选择了退出江湖，来到了西班牙菲利普五世的宫廷，专门为患有怪癖的国王菲利普五世唱歌解忧，一唱就是10年之久。每天晚上，法拉内利就用他那忧伤的男高音，伴随菲利普五世入眠，像孤独的上帝，哄着孤独的孩子。菲利普五世去世后，费丁南德六世继位，法拉内利又为其训练了一支欧洲最优秀的乐队，并邀请欧洲著名歌唱家卡法瑞利、蒙塔格那那、拉富等前往演出歌剧。法拉内利还兼管宫廷的外交事务和公共事务。再后来，法拉内利离开了宫廷，也离开了西班牙，他重新回到了意大利，在博洛尼亚度过了他的晚年。最后的岁月他还能唱得动吗？小号似的声音终究会变成铜锣的——“绝代妖姬”就这样优美地划了一个弧线，悄悄地熄灭了。

法拉内利的歌声已成为绝响，这个世界，已没人听过他的歌声。不过我听过真正阉人唱的歌，这个阉伶歌手名叫亚历桑德罗·莫雷奇(Alessandro Morechi)，死于1922年，他录制过一盘唱片，一直传到现在。我在电脑上听过他的声音，高亢、尖利、透明、悲伤、干净，还渗透着一种古怪的意味，就像从远古飘过来的幽灵一样。阉人歌手的嗓音中，仿佛总有一种抑制不住的悲情，歌声飘浮过的空间，尽是五味杂陈，然后拖曳着一个苦涩的尾巴。

阉人歌手现在没有了。由对人生理的摧残而产生的“特异功能”，没有也罢。现在还存有假声男高音，像法国的 Phillipe Jaroussky ，声音高亢，美得让人心惊肉跳摧眉折腰。他们的歌声，都是很接近阉人歌手的。为当代中国人知晓的，是俄罗斯当红歌手 Vitas。这位被当今乐坛称为“海豚音王子”的歌手,他由“咽音”所产生的风格,近似于曾经的阉伶歌手。Vitas 和 Phillipe Jaroussky 一唱起来,会让人疑心他的生理结构。如果上帝没有损害他们的身体,却给了他们如此一副歌喉,也算是格外垂青于他们了。

由欧洲的阉人歌手,让我想起了那些中国的阉人——中国历史上的太监就是阉人,这些可怜的人一入宫后,就帮着皇帝出坏主意,干坏事,往往是阉人一当政,便会社会动荡冤案迭出一塌糊涂。如果皇帝只是让太监们干点服务工作,再把那些精力旺盛的阉人们组织起来,利用他们的好嗓子,练一练“奉天承运大清帝国”“嘉靖,亲爱的嘉靖”之类的颂歌,那也不失为中国历史上一道优美的“风景”,说不定还会培养出一些类似法拉内利的天才歌手来。

心灵的秘密通道

有一些话题只要提出来似乎就会令人不舒服，因为话题一亮出，人与猴之间，人与动物之间，距离就变得近了——前几天看美国电视连续剧《斯巴达克斯前传·竞技场之神》，当中有一个情节：豢养角斗士的奴隶主 Batiatus 为了让自己的角斗士取得进入角斗场比赛的权利，拼命做工作邀请地方行政官去自己家中寻欢作乐。那个时候的罗马在很多方面是百无禁忌的。Batiatus 的老婆 Lucretia 为了让行政官员高兴，便让手下的角斗士 Cannicus 跟自己的一个婢女 Melitta 进行公开性交表演。这一个婢女是结过婚的，她与自己的丈夫、角斗士教练 Oenomaus 恩爱无比。但自那一场性活动之后，婢女情不自禁地爱上了 Cannicus，Cannicus 同样也爱上了她。他们都陷入了痛苦之中，于情于理，这都是不道德的，也是危险的，不过这样的爱情，又让他们欲罢不能……

由性引发情爱的典型案例是李安根据张爱玲小说《色·戒》

所拍的电影：一个进步女青年奉军统命令以“美人计”去接近大汉奸易先生，然后伺机杀了他。因为有缠绵缱绻的肉体关系，纯情的女学生怎么也下不了手，同仁们设好圈套准备刺杀时，女学生忘了使命，示意易先生赶快逃走。大汉奸逃脱了，女学生却被当作凶手抓住，命丧黄泉。李安的电影放映后，曾有乱七八糟的影评，把主题误读了，东拉西扯了很多不相干的东西。其实这部电影跟姑奶奶的小说一样，阐述的不就是一个常识吗？——因为有了性，无端有了爱，结果造恶果，所以要“色戒”。现在这个时代，常识都经常被误读，你看这事闹的。

张爱玲绝不是一个不谙世事的女文青，相反，这一个姑奶奶，是洞察人情世情的“人精”。《色·戒》中，张爱玲就直接写道：“又有这句谚语：‘到男人心里去的路通到胃。’是说男人好吃，碰上会做菜款待他们的女人，容易上钩。于是就有人说：‘到女人心里的路通过阴道。’据说是民国初年精通英文的那位学者说的，名字她叫不出，就晓得他替中国人多妻辩护的那句名言：‘只有一只茶壶几只茶杯，哪有一只茶壶一只茶杯的？’至于什么女人的心，她就不信名学者说得出那样下作的话。她也不相信那话。除非是说老了倒贴的风尘女人，或是风流寡妇……”——这一段小说女主人公的心思，是辜鸿铭的观点，属于话丑理端那一类。虽然张爱玲在小说中表现得不屑一顾，但在骨子里，看得出，还是颇为推崇的。

张爱玲写《色·戒》时还有些禁忌，到写《小团圆》时，姑奶奶已是百毒不侵的“老妖婆”了，有时候会随心所欲“乱写一气”了——邵之雍与盛九莉认识之后，邵之雍每日上班似的过来聒噪，一屁股就坐到天黑。但因邵之雍的身份，盛九莉也不好不给面子，只好由着他东拉西扯。邵之雍显然是个“老手”，知道什么时候“突破防线”——有一天，他晚上临走时，揿灭了烟蒂，双手按着她手臂上笑道：“眼镜拿掉它好不好？”她笑着摘下眼镜，他一吻她，一阵强有力的痉挛在他胳膊上流下去……自此，盛九莉无可救药地坠入情网。在此之后，张爱玲如此这般描写盛九莉与邵之雍的情欲：“有一天又是这样的坐在他的身上，忽然有什么东西在座下鞭打她，她无法相信——狮子老虎掸苍蝇的尾巴，包着绒布的警棍。看过的两本淫书上也没有，而且一时也联系不起来，应当立刻笑着跳起来，不予理会。但是还没有想到这一手，已经不打了，她也没有马上从他膝盖上下来，那太明显。”这一段写的是什么，我没有看懂，不过知道应该是“下三路”的把戏吧。

再看另一段，张爱玲的描写已接近于赤裸了——“秋天晚上冷得舒服”，盛九莉由邵之雍引领着到他家三楼一间“很杂乱的房间里”。一番惊心动魄的前戏垫过之后，“他眼睛里闪着兴奋的光，像鱼摆尾一样在她里面荡漾了一下”，“他忽然退出，爬到脚头。他的头发拂在她的大腿上，毛毵毵的不知道什么野兽的头，兽在幽暗的岩洞的一线黄就饮，汩汩的用舌头卷起来。她是洞口倒挂的蝙蝠，深山中藏匿的遗民，被侵犯了，被发现了，无助，无告的，有动物在小口小口地啜着她的核心——”这一段文字，不太难懂吧？这样的技艺，兰陵笑笑生、李渔之类的名士知道，大才子胡兰成自然也知道，他对盛九莉所做的，大约与对小周小范之类所做的，大抵相同吧。一个女人对于男人肉体依赖，以致在此基础上形成的精神依附，就这样铁板钉钉了。

旧式婚姻的理论基础，似乎就是潜在地建于此之上。20世纪中国提倡婚姻自由时，报章上曾经进行过激烈的大辩论，有反对者提出：包办婚姻是“理性的婚姻”，而自由恋爱所结成的婚姻呢，则是“感性的婚姻”，因为感性，所以错误远比包办婚姻多得多。辜鸿铭提出这样的观点，大约也是为了说明旧式婚姻并不是没有基础，只要有了性，婚姻便有了纽带和基础。有一次，严复和女弟子吕碧城谈起婚姻，吕碧城认为：还是由父母包办的为好，因为选择婚姻时，父母都是为子女着想，不会轻率行事，所以即使有错误，也只占少数；而且就算错了，也有一个推诿的理由——父母包办的嘛！可是，自由恋爱的年轻人，既无知识，又无学问，谈恋爱时，只凭着一时的热情，头脑中只是一个“色”字当头；当局者迷，旁观者清，明明别人见到两人根本就不般配，可是也不好说，更不能说，待到二人结婚之后，才发现诸多矛盾，日久生厌，可是已经晚了。这时的悔恨、烦恼可能比父母包办的更甚。吕碧城是极聪慧之人，她的说法，听起来似乎有一定道理。严复的观点也是这样，严复说：包办婚姻的好处在于，男女之间本来也没对对方抱太大的希望，双方都是以平常心看待的，这时候一旦有了“性”，真可谓是“画龙点睛”，“理性”有了，“感性”也有了。这样的说法，纯属“歪理邪说”,姑妄听之,姑妄听之。

顺便说一句,有关《色·戒》电影男女主人公小王与老易之间“贴身肉搏”的真假,曾引起过一番议论。以李安对于艺术的执着以及他的西方观念,那些在中国人看起来是问题的东西,在他看来根本不是问题。在这种情况下,管他那场“肉搏”是真是假呢,只要电影好看就成。

饱汉不知饿汉饥

美国电影《充气娃娃之恋》是一部很有意思的电影：拉斯是一个性格憨厚、寡言少语的男子，几乎没有什么朋友，平时也只和家人来往。拉斯也渴望着与别人沟通，只是常年的孤单生活让他忘了怎样与人交流。有一天，拉斯跑到哥哥格斯家，说，有个在网上认识的叫比安卡的女孩来他家里了。又惊又喜的格斯夫妇俩随拉斯一起去了他家，一进门，看到的东西让二人呆了半晌——所谓的女网友是拉斯订购的一个充气娃娃。不过拉斯却把充气娃娃当作了情人，对她很好，还跟她不停地说话，好像这个充气娃娃是真女子一样。格斯离开弟弟家后，立即咨询了医生。医生认为这是拉斯的错觉，原因有待调查，不过从保护弟弟的角度出发，众人也将这个充气娃娃当作真女子一样假戏真做，积极配合医生，一起踏上了一段另类的心灵之旅。

充气娃娃就这样成为度人之物，它使得一个濒于精神疾病的男青年，从此走上了身体健康、思想开悟的道路。此可谓“不二法门”，也可谓“条条大路通罗马”。问题千万百万，最好的应对就是放松，一放松，不再纠结了，便没有问题了。弗洛伊德说所有的问题都根源于性，性问题一解决，其他问题就迎刃而解了。不过做爱可以放松，但做爱牵涉面过大，家庭的、伦理的，有时候牵一发而动全身。在做爱变得不再单纯的情况下，充气娃娃也不失为一个比较好的放松方式。现代社会就是方便社会，要是有人说充气娃娃就是性生活上的“方便面”，你同意这个说法吗？

由这个电影，查一些跟充气娃娃相关的资料，出乎我意料的是，充气娃娃的诞生，竟然跟“一本正经”的德国纳粹有关——据意大利权威报纸《晚邮报》报道：世界上第一个性爱娃娃是在纳粹德国制造成功的，而且是希特勒亲自下达的秘密任务。由此看来，传说中的阳痿患者希特勒可以称得上是“充气娃娃之父”。

美国作家安东尼·佛格森也写过一本《性爱娃娃的历史》，就是说这事的：二战期间，大量德军远征他乡，由于无法正常宣泄，性欲问题成为“燃眉之急”，不仅使得德国士兵在异国他乡逛妓院从而大量染上梅毒和淋病，还由于精神苦闷发生不少问题。希特勒意识到解决性欲问题对德军的重要性，下令党卫军统领海因里希·希姆莱着手调查和研究这一问题，力争使混乱局面变得有序，从而有效提高军队的战斗力。

海因里希·希姆莱接手这一项任务后，在军队中进行了大量调研工作，随后的一份秘密报告称：“我军在巴黎最大的危险是那些分布广泛且不受限制的妓女，她们可以在酒吧、舞厅或者其他什么地方随意招徕顾客。而保护我们士兵的健康是我们义不容辞的职责。”按照希姆莱的理解，那种“慰军团”和“慰安妇”的方式，不仅不符合大德意志的精神，同时还会给军队带来麻烦。唯一的方式，就是以德国女人为蓝本，制造出与真人一模一样的替代品。为此，纳粹德国的高层制定了一项名为“博格希尔德”的秘密计划，计划的内容，就是要制造出仿真的橡皮女人。所谓“博格希尔德”，就是最普通的德国女性名字，相当于中文里的小芳或小花。

希姆莱从纳粹国防军中挑选出一些专家，组建专业团队研制充气娃娃。为了掩人耳目，计划由位于德累斯顿的德国卫生博物馆来执行，一批消毒实验室同时启动。这是一支直接听命于希姆莱的团队，负责领导和监管这个团队的人是当时德国著名的技师及合成材料专家弗朗茨·钦查克特。钦查克特在20世纪30年代就制造出一个名为“玻璃女人”的著名模型。不久，这个团队又加入了约阿西姆·马瑞高斯柯和奥伦·汉努森，此外还包括精神病医师鲁道夫·查格海默，以及当时还仅仅是艺术系的学生、后来成为雕塑家的亚瑟·林克。

这些科学家们很快研究出了几乎跟真人一模一样的“博格希尔德”。试验表明，她的功能近乎完美，几乎符合德国战士的所有需要。不过“博格希尔德”显然没有通过“道德”一关，当这一试验结果提交到德军的高层时，那些坚硬的上层军人认为大批生产这样的充气女人简直是对普鲁士精神的污辱。在那些纳粹高级将领们看来，伟大的德国士兵在自己的包袱里藏有这样的东西，真是让人啼笑皆非。在这种情况下，“博格希尔德”胎死腹中，秘密也随之隐藏，直到几十年后，才逐渐被媒体披露出来。

充气娃娃为什么没被使用？就是因为“饱汉不知饿汉饥”。在吃饱了撑着的前提下，当然可以大谈道德的重要性。就如当年中国数千万知识青年到农村，在广阔天地里如何解决生理问题呢？在这种情况下，数千万知青们靠什么？基本靠手，靠一本《曼娜回忆录》天马行空。

你喜欢哪一个？

最近流行的电视连续剧《满足》(*Satisfaction*)很像是《性与城市》的升级版，讲述的是澳大利亚一个高级风月场五个美女的故事。说是高级风月场，其实就是高级妓院；说是美女，其实就是妓女。不过妓女也是人，她们不光是涂脂抹粉搔首弄姿低级下流，她们也有正常生活，有喜怒哀乐，有友情和爱情。这部电视连续剧共三季，每季12集，共36集，每一集围绕一个人物，讲述一个相对完整的故事。

五个妓女分别叫作克罗依、梅勒妮、希瑟、蒂皮和劳伦。克罗依是一个单亲妈妈，带着一个女孩一起生活，女孩是克罗依14岁离家出走时，跟一个卡车司机一夜情后的结果。梅勒妮气质高雅、心高气傲，极富心机也极有魅力。希瑟是一个同性恋者，在她看来，在妓院上班只是体力劳动，她的真情，只对女人。蒂皮是一个看起来很阳光的小萝莉，是一个很有名望的大学教授的私生女，也是一个女文青，业余时间还在一所大学进修写作课，喜欢提笔记下自己的生活，也经常沉耽于一些美丽的幻想。至于劳伦，应该是年近半百了吧，离婚之后来妓院搞杂务挣点钱，没想到阴差阳错就成了一个性工作者。

五个人各有各的性格，各有各的魅力，各有各的故事：克罗依一直跟一个搞摇滚的青年男歌手同居。他知道她的职业，想跟她结婚，让她放弃这个工作，但她不愿意，因为她喜欢这份职业的自由和欢乐。梅勒妮过人的魅力连妓院老板也抵挡不住，他爱上了她，也心生嫉妒，竟然不安排她接客。梅勒妮很生气，在她看来，拿钱必须工作，她可不想不劳而获。希瑟一直想生个孩子，一开始谋划让她的女伴生，可她们俩哪能生得出呢？希瑟想方设法到客人那借精子，结果女伴在经历了一次失败后，与她分手。希瑟一气之下，自己向一个男人借了精子怀上孕。至于蒂皮，已组成新家庭的父亲找到了她，经常来妓院探望她。他并不跟蒂皮发生关系，只是以此回忆他死去的女友，也就是蒂皮死去的母亲。蒂皮在知道事情的真相后，便去找父亲，父亲动员她离开妓院去上学，蒂皮不答应，因为她喜欢这份工作的自由和惬意。

以前我看几乎所有妓院题材的东西，包括小说和电影，一般来说，都流溢着一股忧伤的基调，这是社会暗藏的道德评判所左右的。但这一部电视剧不是这样，它没有忧伤，只有快乐；没有鄙视，只有幽默；没有沉重，只有轻松。说到底，还是有点“无耻者无畏”的感觉。在这五个人身上，看不到一点旧时妓女的江湖气和风尘味，她们看起来风轻云淡，也看起来无心无肺，就像一群老鸟和小鸟活在森林里一样。在工作中，她们服务优质，项目齐全，无私奉献，有求必应。有时候她们甚至如天使，竭尽全力帮助那些生理和心理有缺陷的可怜的男人们。比如有一个在医院停尸房工作的客人，由于心理上的阴影，他必须跟死人才能做爱。蒂皮接待了他，按照他的要求，喝下催眠的药剂扮演死人，结果差一点真的死掉。最有意思的一个情节，发生在劳伦身上：有一次，劳伦接待了一个老头，这老头猴急而粗暴，他一直以为女人喜欢某种粗暴。心地善良的劳伦提醒他慢下来，均匀呼吸，注入爱意，谢绝粗暴。老头听从了她的话，变得投入，也变得慢下来了。劳伦以为老头对自己用情，差一点就爱上他了，一切都是阴差阳错，最后劳伦只好沮丧地苦笑。毕竟，从事这个职业的人，是很难收获真正爱情的。

这一部《满足》在澳大利亚创了很高的收视率，不仅男人爱看，女人也喜欢看。尼采曾经很刻薄地揶揄：每一个女人心底都是一个妓女。对应起来就是：每一个男人心底都是一个嫖客。也难怪男人和女人都爱看了！昆德拉也说：“任何男人都有两部色情传记。一般人们都说到第一部，它由一系列的性爱关系和短暂恋情组成。最有趣的大概是另一部传记：一大群我们想要占有却没让我们得手的女人，这是一部痛心的充满未竟之可能的历史。但是，还有第三部传记，它涉及的是一类神秘且令人不安的女人。我们喜欢她们，她们也喜欢我们，但同时我们很快明白不能占有她们,因为在我们与她们的关系中,我们处在边界的另一边。”昆德拉在这里比尼采说得更清楚。一切,还是人们的兴趣与欲望吧,不能明骚的,只有闷骚了;不能身体力行的,只好意淫或围观。值得一提的是,当地有关电视网还曾做过一个调查,大意是如果你是嫖客,五取一,你会选谁?民调的结果是各占百分之二十,萝卜青菜,各有所爱。还有人说这五个都要,从周一到周五,每天一个。“自由社会”真是什么千姿百态的东西都有,什么是“花花世界”?就是光怪陆离。

那些妓女果真活得那么轻松、如此快乐吗?我有些怀疑。不说道德的挤压,光说接待那些不顺眼的男客人,就不应该是一件幸福的事。毕竟,身体不是公共汽车,遇到不洁和龌龊,会有一些本能的感觉和抵触。更何况下三路毕竟不是排泄就是宣泄,即使是再民主自由的社会,也难获得真正的社会地位。这部电视的主人公,不也有“见不得人”的烦恼吗?

音乐中的性

我这人时常心思不正——我听著名大提琴家杰奎琳·多普蕾与她的丈夫、著名钢琴大师丹尼尔·巴伦博伊姆同台演绎的贝多芬奏鸣曲，竟然听到一种做爱的感觉！真的，是在做爱。大提琴声和钢琴声交织在一起，先是互相试探、勾引，然后纠缠、争斗、忘情，最后如两条雌雄蛇一样纠缠在一起。我听出这样的纠缠，大吃一惊，突然猛醒，原来音乐也是有性的。

不完全是某种曲子，就音乐本身来说，它的过程也像做爱。一般来说，音乐在进入正式旋律前，有一个副歌，就像做爱中的前戏；主旋律之后，一般有一个合唱，一般都会加大音响，提高音调，这就像做爱进入临战阶段了；然后逐步进入，轻揉慢捻，九浅一深，缠绵悱恻；再往后就是如火如荼，乘胜追击，直上云霄；最后大泄如注，戛然而止，旋律如泉水般喷涌。高潮之后，一般会有一个的衰减过程，悠扬悱恻，来为一首美妙的曲目结尾。

这是古典音乐，流行音乐也是如此。一首流行音乐所囊括的元素基本涵盖了做爱的重要组成部分。一般来说，做爱的时间因人而异可长可短，但低于5分钟的性爱，双方都很难尽兴。很多流行歌曲都像早泄，匆匆忙忙地就结束了，不像交响曲，有一个大起大落大悲大欢的过程。即使是按重复键，也难以让人酣畅淋漓，就像死活不服气的再次早泄。不管流行歌曲也好，交响乐也好，音乐的这种特性，应该来自人性，来自人生理的欢喜节奏。

网上高人层出不穷，我查有关资料，竟然查到了一个“做爱音乐宝典”的帖子，也不知是何人所写，真是笔下有乾坤！不过帖子里的都是流行版本，分为“调情音乐”和“做爱音乐”两大类，两大类中，又分为“温情篇”“激情篇”“迷幻篇”等。我对流行音乐不甚内行，以我对音乐的理解，只是觉得爵士乐适合调情，特质黏稠，也比较迷幻，像吸了大麻一样松软。人一摄入大麻和酒精后，大约管理智的神经会萎缩，管情欲的神经就会亢奋。当然，爵士像是老男人与老女人之间的调情，前戏太多，难直截了当。至于“做爱音乐”之“温情篇”中把 The Commodores 的 *Still* 列为首选，曲子将男人的温柔娓娓道来，既传情达意，又不失绅士风度。Roberta Flack & Donny Hathaway 的 *The Closer I Get to You*，太经典了，两个人连心都在一起了，那么相信身体也就离得不远了。

“做爱音乐”之“激情篇”把小柯的《遥望》排在首位。这首稍带感伤的情歌来自大陆首部偶像剧《将爱情进行到底》，很适合两个人靠在一起听。The Roots 的 *What They Do*，也是一首惬意的歌，听着听着，就想干坏事了。James Brown 的 *The Payback*，这首7分钟的歌曲递换了3种节奏，当然是一件好事。Barry White 的 *Love Makin'Music*，女声与 Barry White 充满磁性的男中音完美契合，轻轻的小号颂出甜蜜的呼唤，身体浸在这种声场里，想不扭动都难。

“做爱音乐”之“迷幻篇”中推荐 Mazzy Star 的 *I Cry*，旋律舒缓而忧伤，好似温柔一刀，捅的却是痛处。Virgin Suicide 的 *Playground Lover* 来自电影的主题曲，有点阴暗，似悱恻浮云般缭绕。Fight Club 的 *Marla* 是很 high 的一首电子音乐，像磕了药般，快感稀散在空气中。Art of Fighting 的 *Skeletons* 是首听起来不太舒服的歌曲，其间还有一种连骨头都要被磨掉的声响。爱情是快乐的，也是忧伤的，快乐和忧伤，就像骨头和肉一样，结合得那样紧，只要血没有流尽，它们就不会分离。

还有做完爱听的音乐：推荐 Dave Brubeck & Paul Dresmond 的 *Georgia on My Mind*，爵士版本的最佳演绎，两位大师至深至醇的深情演绎，仿佛让人回到梦中的摇篮。Paul Desmond & Jim Hall 的 *Samba Cantina*，有桑巴的浓情烈意，就像南美的红葡萄酒，少了一份香醇，却多了一份浓烈。Silje Nergaard 的 *Two Sleepy People*，选自其第二畅销专辑 *At the First Light*，听这种流行味十足的爵士乐的好处是无需动用大脑思考，闭着眼睛享受就好了。

这个帖子很有意思，说如果做爱的人是个急性子，适合听 NBA 公牛队的进场音乐；如果是个慢性子，适合听 Smoke City 的

Underwater Love，用非洲的手鼓和号叫激起你的原始欲望；如果你是缠绵派，如果你是SM系列，给你推荐相应的音乐……如果你是个同性恋者，最适合听的，是黄耀明在电影《春光乍泄》中唱的主题曲，或者是张国荣与辛晓琪的对唱《深情相拥》。

这个宝典还分得细——若她是林黛玉型，若她是热情阳光的小女人型，若她是俏皮活泼型，若她是运动型，若她是假小子型，若她是个金属狂，若她是性感成熟型……那么，有什么样的音乐适合她。还有就是以年龄划分：20岁~30岁的做爱音乐、30岁~40岁的做爱音乐、40岁以上的做爱音乐……还有，如果你正体验一夜情，那么，请听黄大炜《爱从昨夜就停了》、林忆莲《当爱已成往事》；如果你们在野外，有野外音乐的选择；如果你爱她，放的音乐不妨是梁静茹的《宁夏》、莫文蔚的*Let Us Fall in Love*；如果你们正经历快乐，不妨听听《Every Little Thing -愛の謳》；如果你恨她；如果你不愿分手；如果你想永远厮守……这里就不一一抄录了，乱花迷人眼，有些流行音乐，我压根就没听过。

有关音乐与做爱关系的一个段子是：在英国，一个年轻貌美的少女嫁给了一个花甲老人。一个月后，老人去世了，新娘哭得非常伤心。众人不解地问："老夫少妻，肯定很难做爱的，也谈不上深厚感情，你为什么哭得那么伤心呢？"新娘回答说："我的老公是个发烧友，喜欢按照音乐的节奏来做，每次晚上做爱，我们都是按照教堂的钟声，一下一下的，非常有节奏，每次我们都非常尽兴。"众人又问："那他为什么死了呢？"新娘一下子触到了痛处，大声哭了出来:“哪知道那天晚上做爱时,钟声没响,消防车却来了……”在英国,消防车是拉着铃铛疾行的,就这样,悲剧就发生了。

意大利人民爱看戏

如果我是“伟哥”的制造商，绝对要花重金聘请意大利总理贝卢斯科尼作为形象代言人——意大利法院即将开审贝卢斯科尼的性丑闻案，正在这节点上，老贝的私人医生斯卡帕格尼尼偏偏出来“添乱”，对媒体赞美道：74 岁的老贝性欲惊人，完全不像是老年人的样子，“可以一天做爱 5 次”，“他性欲的强盛度，比实际年龄至少要小 15 岁”。这时候如果“伟哥”制造商抓紧时机切入广告，说老贝的功能强大，不是因为身体好，而是蓝色小药丸在起作用，那么，“伟哥”一下子就会火上浇油起来。

有关老贝的性丑闻中，时年 17 岁的肚皮舞娘卡莉玛是中心人物。据称，卡莉玛和另一名艳女，应邀在老贝面前进行同性欢爱表演，老贝在一旁看得兴高采烈，然后大笔给钱。一些监听电话显示，老贝是“制服控”，喜欢让夜总会女郎们扮成护士、警察的模样，来提高他的“性趣”。老贝的“性趣”一盎然，还会额外加钱,大笔大笔地发美元、欧元和英镑。夜总会的女郎总喜欢来老贝的庄园“做客”,她们戏称老贝的庄园为“妓院”。据披露,每个和老贝过夜的女人,每次可以得到4300英镑左右的报酬。也因为老贝太慷慨了,有一次在老贝的别墅门口,竟然出现了要求与之过夜的美女排队的“盛况”。有一次,老贝还在自己的庄园中,召集了多达33个女人参加的性派对,重现当年古罗马帝国的场景,真是尼禄在世啊。检察官后来调查此事的真假,老贝先是矢口否认,当问及性派对时,老贝说:“这么多人,比我年轻一半的人也吃不消啊。”不过斯卡帕格尼尼医生却说:“从身体情况上说,他其实只有60岁,也许更年轻。”这时候“伟哥”制造商可以插入注释:以老贝的身体状况而言,他当然会吃不消,但吃了“伟哥”后,一切难题,迎刃而解。

贝卢斯科尼的“性趣”还“跨国”——他不仅在意大利本土招揽美女,触手还伸到了英国、法国、西班牙。媒体披露,老贝在伦敦有固定的线人,负责给他从那里空运美女过来,就像设在伦敦的办事处一样。《太阳报》披露,老贝办事处的线人会从伦敦召集美女以及女明星,飞到意大利后,专车送往他在罗马、米兰以及撒丁岛的豪宅。警方最近被泄露的录音资料显示,老贝的胃口实在不小。在一次录音对话中,“办事处主任”塔兰蒂尼询问老贝该带什么样的美女过来,老贝点到33岁的美女主持马尔科尼,后者出生在威尼斯,是一个标准的意大利美女。“办事处主任”的回复是:“她这就从伦敦过来,另外还有一个我在伦敦的朋友,非常漂亮,很年轻,才21岁。”

当然,检察官也时常被老贝的一些说法弄得晕头转向——老贝是说真话呢,还是说笑话?比如老贝有一次说:“昨晚在我的门口排起了队,有11个女人,我只用了8个,因为这是我的极限了,你不可能应付所有人。”以一挡八的话一传出,舆论大哗,检察官也生生地愣住了,毕竟,他们也是有些医学常识的,一有常识,反而难判真假了。不过老贝的线人塔兰蒂尼表示,老贝的口味范围很广,从20出头的年轻姑娘,到44岁的名妓德奥达里奥,他都乐于接受。塔兰蒂尼叹道,74岁的老贝,凭借其惊人的性能力,完全该在《吉尼斯世界纪录大全》中占据一席之地。“伟哥”制造商可以广告插入:想上吉尼斯,都把“伟哥”吃。

老贝就是这样的“开心宝”,在他在任期间,围绕着他的故事就是这样活色生香,让全世界观众看得、听得眉飞色舞、快活不已、自叹不如。让中国人想不通的是,作为总理的老贝,有如此多的绯闻,竟长期端坐在宝座之上,丝毫不受影响,真是咄咄怪事。其实只要想一想国情和历史,也就明白了——老贝之所以有如此绯闻而不下台,是因为他既是单身,也是贵族——一个离婚的老男人,当然有他的自由,也有他的私生活。并且,在意大利人看来,老贝这个“单身贵族”还是有魅力的:他很爱自己的孩子,经常谈起自己的妈妈;懂足球、会赚钱、喜欢新房子、讨厌清规戒律、爱开玩笑、有时会冒脏话、迷恋女人、喜欢开派对,如此生动活泼不假正经,正符合意大利人的审美。当然,意大利人还有骄傲的资本——老贝是土生土长的意大利人,一个意大利人,怎么可以不浪漫多情呢?古罗马的“情圣”们,比比皆是,比如埃拉伽巴卢斯,比如安东尼和尼禄,那才叫不爱江山爱美人!罗马帝国可以消失,爱情绝不能消失!还有同性恋的达·芬奇,双性恋的米开朗琪罗,以及大情圣卡萨诺瓦。我甚至怀疑东方秦宫里能用阳物转动车辘轳的嫪毐也是罗马人,否则哪有如此的能耐,又叫那样一个怪名字呢?尼禄断送了罗马帝国的江山,古罗马文明还在;而老贝呢,再折腾意大利树也常青。留着老贝在,不怕没戏看。意大利人一这样想,老贝下不下台也无所谓了。

对于意大利人来说,老贝的行为,就像丁度·巴拉斯的小电影一样富有生趣,让人怀旧,泛起悠悠的古罗马帝国之风。尤其是在意甲不景气的情况下,如此的小电影,比意甲要好看多了。既然政治无关紧要,那么,有这样的小电影经常上映,也不失为一件有意思的事。意大利人很想这样看下去,看男人的滑稽性事,看女人的丰乳肥臀。至于老贝,他肯定会把古罗马诗人奥维德的诗句记在心头:若有人提供我没有性的天堂,我会说,致谢不敏,女人是这里甜美的地狱。

姜文遇见了刘晓庆

20 世纪的八九十年代是文学青年的好时代，当年让青年们顶礼膜拜的，不是乔布斯、盖茨、巴菲特等商界领袖，而是卡夫卡、博尔赫斯、马尔克斯等作家和诗人。尤其是博尔赫斯，既写诗又写小说，所以一直如日中天。当年文青总是开口博尔赫斯闭口博尔赫斯，好像不提博尔赫斯就不知文学的玄妙似的。90 年代初，广州还专门开了一个博尔赫斯书店，不仅成为知识界的品牌，也是在倡导一种生活的品位。在很多人心目中，博尔赫斯要比那个偏远的国家有名得多，很多人不清楚阿根廷在哪个洲，但却知道博尔赫斯有个《曲径交叉的花园》。

阿根廷是一个很奇怪的国家，虽然经济平平，不显山露水，不争强好胜，但感觉这个国家的所有人都带有艺术家气质，个个显得激情四溢、桀骜不驯、才华四溢、魅力十足，比如革命家格瓦纳，比如球星兼吸毒家马拉多纳，比如个性与魅力十足的女钢琴家阿格里奇，等等。70年代阿根廷出了一个庇隆总统，本是一个独裁者不值一提，但他却有一个漂亮而富有魅力的夫人，叫艾微塔，深得阿根廷人的拥护。也因此，阿根廷人写了一个著名的歌剧《艾微塔》，将这女人一生的魅力加以展示。90年代时，好莱坞将这部歌剧拍成电影并由麦当娜主演，艾微塔更是变得全球著名。歌剧和电影中都有一首非常有名的歌，叫《阿根廷，别为我哭泣》。这首歌，不仅文青们知道，球迷们也知道，以至于每逢世界杯阿根廷足球队遭淘汰时，央视体育频道的张斌和刘建宏们就找出这张碟来放一遍，配上马拉多纳眼泪汪汪的镜头煽情。

格瓦纳、马拉多纳、阿格里奇、艾微塔、博尔赫斯等当然都是阿根廷国宝级名人了，除此之外，文青们便很少再知道阿根廷了。实际上阿根廷还有一个电影大师艾里西欧·苏比耶拉更文艺，他执导的电影《别往下看》《爱的作用》《面向东南方的男人》《海滩上最后一道风景》《心灵的阴影》《死时，告诉我你要去哪》等，都以极其美丽的诗意而著称。他的电影，似乎更有一种别样的调调。

艾里西欧·苏比耶拉的电影在国内很难找，我也只看过他的《爱的作用》以及《别往下看》，相比较而言，这两年拍的《别往下看》更好也更有味道——影片的开头，以旁白和字幕的形式呈现，是法国“盛宴时代”超现实主义诗人安德烈·布勒东的诗句：无论在何处，每当社会认为生命无足轻重的时候，我们必须透过爱神之眼去看一切，当时机成熟时，须由爱神来恢复被死神打破的生命与死亡之间的平衡。当一个男中音吟诵着这样的诗句时,那就意味着,这是一部很有点意思的电影。

电影故事是这样的:少年埃洛是一个广告模特,从事的是游动人体广告工作,他每天的任务就是或踩着4米高的高跷,或穿各式各样的道具服在街头游走。父亲去世后,外表平静的埃洛陷入对父亲的思念中,他常常靠着墓地的松树睡着了,又常常在幻觉中看见死去的父亲和其他魂灵们。由于极度悲伤,埃洛患上了梦游症。有一天晚上,埃洛在天台上梦游,从一扇能看见月亮的天窗失足掉下,恰巧落在一位美女的床上。美女是一位女巫的孙女,也是一个精通性爱的“性导师”。姑娘看埃洛极度忧郁,便尝试着以性爱的方式帮助他。好女人一直是男人的学校,自此以后,在他们之间开始了一段奇异的性爱和人生之旅:有时踩着高跷在云端上接吻;有时兴趣盎然地探究性爱的真谛。埃洛还出现了一个奇怪的灵异现象——每当高潮来临,埃洛都会灵魂短时出窍,周游于世界各地。后来,姑娘要舍埃洛而去了,埃洛恋恋不舍,姑娘告诉他,应该平静地接受这个结局,开始新的生活,因为他已具备让自己快乐,也让别人快乐的能力……以现在通俗的说法,这一句话的意思是说,埃洛已自我打通,具备了做“极品男人”的能力,已经可以毕业单干了。

这当然是一个美妙的故事。这个电影,让我想起了很多著名的“姐弟恋”,比如乔治·桑与肖邦、克拉拉与舒曼、列宁与克鲁普斯卡亚、芳婷与努里耶夫,当代娱乐界的麦当娜与西恩·潘、王菲与李亚鹏，还有最新的“姐弟恋”袁莉和林博文，等等。这种“姐弟恋”一直带有某种拯救和施与的性质，就像女教授带学生，学生一旦拿到学位，学到本领，故事也就结束了。这种“姐弟恋”，就像老虎跟猫学本领，一场游戏一场梦。

前几天看到微博上说“极品男人”的十要素：一、不娘；二、长相俊朗；三、嗓音有磁性；四、酷爱篮球足球等直男运动；五、干净讲卫生，穿衣得当；六、有适当体毛；七、性格直爽大方；八、闷骚有点坏；九、身体健康，性功能强健；十、烟酒适当。这十个要求，还真是有点“极品”的意味。男人成为极品，很多是年轻的时候，靠“女导师”手把手口对口地培养出来的。关于“人生三大幸事”，通常的说法是“少年有名师，中年有贤妻，晚年有个好名声”，这个理解起来不难。但还有一种说法是：“少年有姐姐，中年死老婆，晚年收了个女弟子”，说这同样是人生三大幸事，只不过有些“潜规则”罢了。男人青少年时最幸运的，是遇到一个懂事的“姐姐”，兼有导师和母亲的义务，可以口对口传达，手把手教授，心连心引导。

玉要抚摸人要“养”，很多男人“化蛹成蝶”的背后，都曾有这样的隐秘，就像宋江撞见了九天玄女，贾宝玉梦见警幻仙子，姜文遇见了刘晓庆。

好马偏吃回头草

好莱坞演员莱昂纳多·迪卡普里奥与凯特·温斯莱特的关系很有意思：

不说10来年前的《泰坦尼克号》，先说2008年——这一年莱昂纳多·迪卡普里奥携手凯特·温斯莱特出演了《革命之路》一片，该片的导演是萨姆·门德斯，凯特的第二任丈夫，双方还育有一个孩子。按照常规，萨姆·门德斯跟所有的好莱坞导演一样，照例得在影片中放置点"鸡精"——那就是安排莱昂纳多·迪卡普里奥和凯特·温斯莱特拍摄了一组有性爱镜头的床戏。随之而来的是，影片上映之后，门德斯与温斯莱特的婚姻走向破裂，莱昂纳多·迪卡普里奥和凯特·温斯莱特在事隔10年之后，重新成为"知心好友"。

门德斯显然是引狼入室——莱昂纳多·迪卡普里奥后来在谈及凯特·温斯莱特时，承认是因为这场床戏导致了她和丈夫萨姆·门德斯的婚姻出现裂缝。迪卡普里奥说:“那场戏,对于我们任何一个人而言,都是非常艰难的时刻。凯特拍完这场戏后,就一直在担忧会不会给她的丈夫带来困扰。”“我安慰过凯特,跟她说,这只是表演,不过她一直说‘这真是一件不可思议的事情’。她跟我说过,电影上映后,萨姆就表达过自己的不满。凯特当时吓坏了,因为她竟然跟她最好的朋友在表演那个事情,而导演就是她的丈夫。”

关于这一件事的前因后果,门德斯也有自己的说法——“凯特·温斯莱特是当我定下拍摄计划时就想找的女主角。而当原定的男主角因为一些原因退出拍摄后,凯特就对我说,可否找莱昂纳多呢?莱昂纳多顺利完成了拍摄,他对于这个角色的演出相当精彩,我很满意。”

于是就拍片了——对于片中与莱昂纳多·迪卡普里奥的激情戏,凯特·温斯莱特曾一度表示不安,她说:“毕竟我老公就在镜头后面站着看我和莱昂纳多,感觉上就和偷情差不多!但萨姆对我说:‘凯特,你就放心去拍摄吧,我会全力支持你。’有萨姆的支持,才让我和莱昂纳多得以顺利地拍完了那几场戏。”

不过一些微妙的东西还是来了,就像鬼魂显灵,也像《色·戒》中王佳芝与易先生之间的缠绵悱恻,虽然无影无踪,但还是刻骨铭心,如无形的绳索,通过肉体,将两人的灵魂系成了死结。拍摄的过程中,在一旁指挥的门德斯慢慢觉得有些不对劲了,可能是双方入戏太深吧,门德斯后来说“那个场面气氛怪异”,他这样说:“拍摄的时候我都在场,凯特·温斯莱特和莱昂纳多·迪卡普里奥都觉得那个场面和气氛相当怪异,当然,我也那么觉得!不过,电影毕竟只是电影。”

一切都鸡飞蛋打,这一对干柴烈火,就这样无意当中被点燃,点火的,就是一旁的“衰人”门德斯。谁让门德斯选了温斯莱特永远忘不了的“知心好友”呢?本来时空相隔,双方已成死水,现在一旦亲密,便死灰复燃沉渣泛起了。实际上只要看一看当年拍摄的《泰坦尼克号》,所有人都会认为迪卡普里奥和温斯莱特是天生一对。当初是因为年轻时不懂爱情,只是矜持一下,恍惚一下,懈怠一下,机会就失去了。等到明白过来,时光流逝,一切已不由自主,错过了,就永远错过了。

实际上温斯莱特在与门德斯结合之前,曾有过两段不算长的“姻缘”,一是在拍摄李安导演的《理智与情感》时,与男演员史蒂芬·特德有过一场恋爱,但这名男演员很快因患癌症死于1997年,当时只有34岁。在《泰坦尼克号》首映的时候,温斯莱特还缺席了那么重要的典礼,为自己曾经的男友奔丧。在拍过《泰坦尼克号》之后,也许是因为某种打击吧,温斯莱特与助理导演吉姆·特莱普里顿于1998年11月结为伉俪。这同样是拍电影时一见钟情的,他们共同在非洲的马拉喀什拍摄《可怕的怪癖》,温斯莱特与吉姆很快就结了婚。结实粗壮的温斯莱特果然像一个家庭主妇一样,结婚不久就成了一个孩子的母亲。不过这一段婚姻持续没几年就结束了,越来越出名的温斯莱特哪会甘心当一个助理导演的妻子呢？前一秒，她还宣称爱吉姆超过爱自己，转眼，她就冷冷地宣布："我们要离婚。"

你别说，温斯莱特还真算是一个"水性杨花"之人，每一次，她都是在拍电影时爱上了男主角或者导演。与门德斯的交往同样也是如此——萨姆·门德斯也是英国人，一开始是百老汇成功的舞台剧导演，随后开始在电影界小试牛刀，他的处女作《美国美人》一举拿下了奥斯卡最佳影片奖。2001 年，门德斯邀请温斯莱特主演自己的舞台剧《第 12 夜》，离婚才两个月的温斯莱特当然知道自己不可能抽身去演出舞台剧，但还是不放过见门德斯的机会，并与门德斯一见钟情。随后，英国演员爱玛·汤普森当了一回红娘，安排两人"再见钟情"。2003 年，两人在加勒比海安奎拉岛举行秘密的婚礼，这时候，温斯莱特已怀有 8 个月的身孕了。很快，温斯莱特又为门德斯生了一个儿子。

现在，这一段英国电影圈的头号"权力夫妻"的婚姻结束了，原因竟然是因为旧情，鬼知道当年迪卡普里奥与温斯莱特之间发生了什么，连三岁的小孩都知道"文艺圈真乱"这个"成语"了。不过时过境迁，双方都不是原来的自己了，冷静下来之后，似乎都对重温旧梦不抱有信心，莱昂纳多·迪卡普里奥透露，凯特·温斯莱特的失败婚姻的确给他留下了阴影，他说："我看到了很多婚姻，都是无疾而终。我不知道我自己是否会结婚。"莱昂纳多·迪卡普里奥在与温斯莱特重燃旧情之后，仍与曾经的女友以色列超级名模芭尔·拉法莉保持着某种温度。温斯莱特也是，一方面与迪卡普里奥重续旧情，另一方面，身边又有了一个模特小男友。对于与迪卡普里奥之间的关系，温斯莱特最近的说法是："他比世界上任何一个人都了解我。通常情况下男人们都会用一个厚脸皮的吻或是轻浮的调情和人拉近距离，但莱昂和我？不。他是我的靠山。如果我没有他，我不知道我他妈的（在这里她用了fuck）会变成什么样子。"

迪卡普里奥还是娶了温斯莱特吧！连张艺谋和肖华都复婚了，再折腾还有什么意思呢？狗也好人也好，马也好车也好，什么还是原配的好。

幽默不是学来的

20 世纪二三十年代,中国一帮知识分子在深入地反思和研究国民性的时候,曾经对幽默这一特性很感兴趣,林语堂、周作人、老舍等人都写了很多文章,论述幽默的来历、属性,辨明幽默的原因,探讨幽默与文化的关系,等等。林语堂说中国没有幽默,只有“滑稽”;“滑稽”不同于“幽默”,层次上比“幽默”要低:“滑稽”只是开玩笑,轻松一笑而已,而“幽默”却有更高的企图,有着思想性和艺术性。

老舍对于幽默也有自己的说法,他认为幽默要有讽刺,要机智;幽默的作家必须有极强的观察力与想象力,必须有极强的驾驭语言的能力,要写得俏皮、泼辣、精辟;只有拥有很强的观察能力,才能把生活中一切可笑的事、互相矛盾的事,都看出来,具体地加以描画和批评;因为想象力极强,可以把观察到的加以夸张,使人一看就笑起来,而且永远不忘……林语堂和老舍说了半天,看似说出了幽默的内涵和外延，其实也没把幽默讲得更清楚。幽默是什么？不好说。林语堂说幽默是人类心灵开放的花朵，是类似搔痒的乐趣。这是用比喻在说事。黑格尔说，真正的幽默没有无穷的好心情是不可想象的。这“无穷的好心情”是指什么，语焉不详。卡夫卡的好朋友、奥匈帝国作家马克斯·布罗德曾给幽默下过定义：“幽默是这样一种神秘的才能，即通过混乱、通过事物的一种倒置来克服通过秩序（公道）所不能清除的苦难和考验。”这一个定义，你看得懂吗？反正我没有看懂。

恶搞不是幽默。20世纪90年代流行周星驰喜剧电影的时候，我架不住一窝蜂的宣传，也看了一场。看了之后，差点吐了出来。我觉得这不是幽默，这是硬搞，好比绑架一个人，想让他笑，于是脱了他的鞋与袜，用力挠他的脚板心。这样的喜剧效果档次不高，难怪欧美人一点不喜欢周星驰的电影。钱钟书在《论笑》当中说：“真有幽默的人能笑，我们跟着他笑；假充幽默的小花脸可笑，我们对着他笑。”周星驰的电影，我们不是跟着他笑，而是对着他笑。不笑是觉得他太可怜了——还是笑一个吧。

尖刻也不是幽默。侯宝林曾说过一个段子：猪年的一天，北京人挤公交，有个人挤的时候用力大了点，边上那位就不太高兴：“哎哟，今年是猪年啊，所以拱得就厉害。”挤的那位则针锋相对：“狗年已经过去了，怎么还叫啊！”这是幽默吗？好像也不是。我觉得这话带有强烈的攻击性，不是幽默，是骂仗的尖刻。

油滑更不是幽默。老舍说中国的喜剧剧目如《瞎子逛灯》之类没有多少意思,不过是充分地做出可笑的局面,引人发笑。传统庐剧《讨学钱》也是如此:一帮油滑的泥腿子乡下人在损可怜的读书人,说他们穷与酸……这种方式不是幽默,那是损人,是损弱者和残疾人。油滑与幽默最大的区别是,油滑属痞气,幽默却有贵气。

欧美人比东方人幽默,这应是公认的了。他们有着精神上的优越感,凡事也想得开,经济上也好,又有空闲,幽默自然就来了。不过欧美人盘踞时间最长的上海和香港,当地人却很少幽默性,真是怪事!可见幽默真不是学来的。中国比较有幽默感的,还是见多识广的北京人。虽然皇城根下的人有点流于油滑玩世不恭,但那种见多识广的从容淡定,的确是幽默不可或缺的元素。

幽默是什么?幽默是轻松,不是沉重;是自然而然,不是生拉硬拽;是自损自贬的自我娱乐,不是损他贬他的攻击讽刺;是点到即止,不是穷追猛打。幽默是润滑剂,带有善意和嘲讽;幽默是逆向思维,风格要冷,是冷嘲而不是热讽;幽默是民主,不是说一不二的专制;幽默要有境界,人境界一上去了,幽默感就出来了,就像当年的孔子庄子一样……幽默的确很难说得清楚,它只可意会不可言传,它似乎带有某种神性,跟智慧和"道"相连……在我看来,理想的幽默就像是上帝衣袂扇起的风,既有小温暖,又有小凉爽。汪曾祺曾写小诗云:"我有一好处,平生不整人。写作颇勤快,人间送小温。"这样的小温暖是什么?就是幽默!汪老头才是衣袂扇着小风的幽默大师,充满着宽容,充满着苦中作乐,充满着悲观的乐观主义精神。

幽默好像还与气候有关——这个世界上的幽默民族,大都生活在北纬30°至40°的地方,很少能看到寒带和热带的人有幽默感,也很少能看到那个地方出幽默大师或幽默作品——寒带太冷,人太坚硬,自然幽默不起来;至于热带,天天闷热得人五心烦躁,哪有心情去幽默呢!

芭蕾本是色情戏

俄裔法国作家弗拉基米尔·费多洛夫斯基的《俄罗斯芭蕾秘史》是一本很有意思的书。由于书的材料源于与相关芭蕾舞演员私下的聊天,所以该书不只是介绍俄罗斯芭蕾舞的发展情况,还有着很多关于芭蕾经典人物的八卦,这是我之前在很多书上看不到的。比如佳吉列夫与尼金斯基、与马辛、与里法尔,努里耶夫与芳婷,马辛与萨维拉,尼金斯基与罗莫拉,斯特拉文斯基与夏奈尔,毕加索与奥尔嘉,等等。这当中既有同性恋,也有老少恋、姐弟恋,读起来石破天惊也活色生香。

我原来以为芭蕾舞是属于俄罗斯的,看过这书才发现孤陋寡闻——芭蕾舞最早产生于文艺复兴时的意大利,不久传到了法国。法国大革命前,芭蕾舞在巴黎一度很红火。不过那时候的芭蕾舞并不高雅,它最初的状况,估计跟康康舞以及旧时代的黄梅小调什么的差不多,属于市井小剧场跳一跳乐一乐。法国大革命爆发后，由于俄国沙皇亚历山大三世酷爱芭蕾，法国芭蕾舞艺术家们纷纷逃往俄国，芭蕾的火种在俄国熊熊燃烧起来。当然，芭蕾舞在俄国同样经历了一个从被人瞧不起到受人尊重的过程：一开始，圣彼得堡的芭蕾学校被看作是个伤风败俗的地方，地位跟中国的妓院差不多。有很多俄国人看不懂芭蕾，他们打着哈欠，等待台上的人开口说话。柴可夫斯基最初用交响曲的方式给芭蕾舞配曲之时，俄罗斯最有影响的记者之一拉洛什曾对柴老师说："您不应该把舞蹈那么理想化。芭蕾是为了刺激阳痿的老人而创造出来的。"这话说得损到家了！一段时间之后，经过佩蒂帕、柴可夫斯基等人的努力，芭蕾在俄国得到了发扬光大，慢慢成为成熟高妙的艺术；之后，随着佳吉列夫带领尼金斯基、马辛、里法尔等一帮人在法国成立了俄罗斯芭蕾舞剧院，芭蕾"回家"大获成功，一跃成为世界公认的最受欢迎的舞蹈，也成为一门集文学、音乐、舞蹈和美术于一身的综合艺术。

这本书，更多写到的是俄罗斯芭蕾舞团负责人佳吉列夫对芭蕾的贡献。佳吉列夫是一个奇才——他学的是法律，却爱上了芭蕾，为芭蕾奉献了他的一生。他用全部心血培养他的男一号，又占有他的男一号，将艺术的激情与情欲的热情一起浇灌在他的身上。佳吉列夫让他们成名，奉献自己的感情，也掠夺对方的感情。他成功地爱上了他的"创造物"，不过艺术才是这种爱情的最终目的。佳吉列夫是这样一个怪人，他既多情又无情——当他猎艳般看好自己的学生时，他疯狂地爱上他，打造他；而当他的学生达到艺术的巅峰，再也不会更上一层楼时，他就像抛弃一个年老色衰的情人一样，去寻找下一个。他似乎爱的不是某个人，而是一种美学理想，一种超越人生与时间的永不满足的追求……这样的人，是很难用道德或者什么来衡量的。他的存在，只是芭蕾舞的幸运。

尼金斯基是一个奇才。这位舞蹈神童在 14 岁的时候，就被大众发现他出类拔萃的天赋。他身材高，两腿肌肉丰满，脸色青灰，颧骨高，眼睛微斜，被许多人看成是陀思妥耶夫斯基小说中的主角：气概不凡的白痴，美时令人惊艳，丑时让人吃惊，思想爱钻牛角尖。尼金斯基给人最大的惊奇在于，在芭蕾中男步可以跳得与最雅致、最轻盈、最飘忽的女步同样精美绝伦。在描述尼金斯基与佳吉列夫的关系时，书中写道：这两个男人的关系充满矛盾的感情，爱、恨、诚挚的友谊与艺术利益夹杂其间，形成一个怪异的共生物。的确是这样，在复杂的社会以及复杂的人性的背景下，那种人与人之间的关系，是很难用清晰的文字表达的。

读完这本书，我将书橱中的《尼金斯基手记》抽出来再读。尼金斯基写道：他之所以让佳吉列夫玩弄，是因为他需要钱，否则他和母亲将会陷入饥饿和绝境，而他根本就不喜欢佳吉列夫这个人。尼金斯基还说，佳吉列夫纯粹是个恶棍，他专门喜欢男孩子。我们无论如何必须阻止他们做那些事。尼金斯基写这段话的时候是在瑞士圣·莫里兹。一个星期日的上午，一个当地人告诉他的妻子罗莫娜，尼金斯基正站在村中的一条路上，身上挂着一个十字架,问每一个路过的人有没有上教堂。那人小时候见过尼采,他接着说:“尼采先生在被带走之前,也经常是这样的。”这个时候,其他一些征兆也出现在这个天才的身上——尼金斯基在房间里挂满了自己的画,全部用红色和黑色画成,“像染满了血的停尸房”。“它们是死掉的兵士的脸。”他对罗莫娜说,“那是战争!”不久,30 岁的尼金斯基开始生活在疯人院里,直至 30 年后死亡。

值得一提的是,这本书是尼金斯基将疯未疯时的作品,文中充满了胡思乱想和精神焦虑,像一个顽童眼中扭曲而透明的世界,比如这段尼金斯基突然谈论飞机:

> 飞机是一种可怕的东西。我乘坐一架飞机时,我哭了——我不知道我为什么会这样,但是我觉得飞机毁了鸟,而所有的鸟一看到飞机就自行粉碎了。飞机是一种好的发明,所以不能夸张地加以滥用。飞机是神创造的东西,所以我很喜欢。但是我们不应该把飞机拿来作战争用。飞机应该用在善的地方。我喜欢飞机,所以我愿意在没有鸟儿的地方乘飞机。我喜欢鸟,我不想惊吓它们。一位著名的飞行员在瑞士飞行时撞到了一只鹰。鹰是一种很大的鸟。鹰是一种凶猛的生物,它不喜欢而且也不像其他的鸟,但我们不应杀死它,是神给了它生命。

读这段话,你有没有一种乘着滑翔机飘在空中的感觉,也仿佛断了线的风筝一样，在天空中胡乱地翱翔一气？

《秘史》中还有一些其他八卦，比如有一段提到了康斯坦丁大公夫人的一段言语很有意思：俄罗斯女人通常很美丽，但是她们的爱情不够细腻；法国女人非常有想象力，但是她们太贪求肉欲，会教大公们做出不太妥当的事情；西班牙女人那么奔放，会弄得她们的伙伴不能举起；意大利女人太嫉妒，她们的爱情是危险的；德国女人太冷太感情用事了。那么还有谁呢？波兰女人吧。只有她们知道在美丽、细腻、肉欲、感情这些事情上掌握恰当的分寸……我查了一下，这个康斯坦丁大公，应是康斯坦丁·巴甫洛维奇吧——他的祖母是叶卡捷琳娜二世大帝，他的哥哥是沙皇亚历山大大帝。在俄国吞并了波兰之后，康斯坦丁大公成了波兰王国的实际统治者。由他夫人的这段话，就会明白，为什么康斯坦丁大公会放弃俄国皇位的继承权，也放弃20年的结发妻子，娶了这个波兰女人。这个波兰女伯爵乔安娜·格鲁德津斯卡哪里是说波兰女人呢，她分明就是得意扬扬地说自己。

第三辑　闲言碎语

胡兰成与贾宝玉

台湾著名女作家朱天文一家都是胡兰成的“铁杆粉丝”。当年她父亲朱西宁为了胡兰成与张爱玲的情事纠纷，特地写了一篇文章，为胡兰成的“花心”抱屈。在文章中，朱西宁引用了一个典故“五饼二鱼”来说明——典出自《新约》，记载的是主耶稣在世时所行的一件神迹：有一天约有五千男子（另有不知数量的妇女和孩子）在野地里聚集听主耶稣布道，主施恩治好了其中的病人。到黄昏时，门徒恳请主叫众人散开，到村子里买点吃的。主不同意，让门徒供应吃的给众人。门徒犯难了，听讲的人太多，哪有那么多钱买食物供给众人呢？当时有一个孩童，带着五个大麦饼和两条鱼，他本来可以留给自己，或与家人分吃，但他却把五饼二鱼贡献出来，交给主。主便拿起饼和鱼望着天祝谢，擘开，递给门徒，再分给众人。奇妙的是，每个人都得到了非常丰盛的一份。众人都按着所需要的分吃，吃饱之后，主吩咐门徒收集吃剩的，竟装满了十二个篮筐。这是一个重要的神迹,《马太福音》《马可福音》《路加福音》以及《约翰福音》都分别有记述。

朱西宁引用耶稣以五饼二鱼食饱五千人做喻,意指博爱的男人,爱一个女人时是五饼二鱼,若再爱一个女人,又会生出另一份五饼二鱼。都是全心全意的,不因爱那个,而减少了爱这个,每个女人都会得到一份完整的爱。朱西宁还说:相反来说,从一而终的男人,能给的也不过是一份五饼二鱼,何尝会变出十饼四鱼、十五饼六鱼来呢?而女人妒醋,无非便是要独得五饼二鱼乘以五千人的那个总数罢了——朱西宁真是一个性情中人,以这样的比喻为胡兰成辩护,真算是赤胆忠心。不过想想朱西宁的辩言,又似乎有一些道理,胡兰成的确对曾经的女子都是真喜欢的,也是全喜欢的;不仅喜欢,而且懂的。无论是对张爱玲,对之前的玉凤、全慧文,之后的周训德、范秀美,以及后来的一枝、佘爱珍等,想必都是这样的,都是"五饼二鱼"。

对于朱西宁为己的辩护,胡兰成在收到朱西宁文章的剪报后回信:"……耶稣分一尾鱼于五千人之喻,前人未有如足下之解说者,极为可贵。"然后文字轻轻滑向他处,算是轻描淡写地带过。过度溢美之词,受之似乎有点不好意思吧?不过胡兰成似乎是以之为然的,他在《禅是一枝花》中也说过类似的话,在解释贾宝玉的情感时,胡兰成这样写:宝玉虽然与黛玉性命相知,但他不能为了黛玉疏远宝钗割舍袭人,宝玉是无论姊妹们,甚至金钏儿,连大观园中那个不知名字、融着花荫、痴痴地在泥地上画"蔷"字的女孩子，都是绝对的。所以黛玉每每想到终身大事上头，宝玉则是不能想，因为他不能想到要在黛玉和宝钗二人中选择。宝玉只顾照现在这样下去，到他死了化为飞灰，化的只是一股气，无影无踪，其时他人如何他亦不知。他是以不解决为答案。这一段话，在我看来，与其是胡兰成在说贾宝玉，不如说是胡兰成在写自己。胡兰成是懂得贾宝玉的，为什么？因为他本身就是贾宝玉，都是一样地喜欢女性，真挚地喜欢，一投入，就全身心的。

男人都是博爱，是“五饼二鱼”；而女人呢，似乎是手中拿着一个带着丝线的绣球，寻寻觅觅地掷过去，掷过去便将自己牵扯住了。或者是，感情是一个带钩的刺，只要刺过去，便想着要钩回来。内心里还是埋藏着某种买卖经的，不由自主想赚得比给得多。我在想的是，如果“五饼二鱼”的男人碰到了“五饼二鱼”的女人，又会是怎么样？似乎也有答案，现存的例子就是萨特和波伏瓦，而不是胡兰成和张爱玲了。

都说胡兰成和贾宝玉很像，不过再细细地一想，胡兰成与贾宝玉其实也是有区别的：贾宝玉是灵童转世，身体孱弱，手无缚鸡之力，不食人间烟火；而胡兰成呢，虽然看似文质彬彬，但身体精壮，练过武功，喜欢的是人间浓浓的烟火味。也因此，这两人对女性的要求是不一样的：贾宝玉对女性的喜欢，是情的成分多，性的成分少，或者说，是不带性的；而胡兰成呢，似乎是性的成分多，情的成分少，或者说，是性情各一半。贾宝玉冰清玉洁，他与女性的肉体关系，似乎也只限于袭人，并且浅尝辄止，一了百了；而胡兰成呢，离不开情，也离不开性，并且痴迷执着。胡兰成应该还不算是贾宝玉，更像是唐璜，或者是意大利的情色高手卡萨诺瓦。据说唐璜一生，共有 1003 次艳遇；而另一个情色高手卡萨诺瓦呢，虽然没有明确的数字概念，但他的艳遇数字，恐怕不在唐璜之下。唐璜和卡萨诺瓦之所以极有女人缘，一方面因为他们魅力四射，另一方面也是因为真的对女人好。不要以为女性都是水性杨花，要获取芳心，还得真心地付出。唐璜和卡萨诺瓦，同样也是"五饼二鱼"。

胡兰成若在世，一定不会承认自己是唐璜或者卡萨诺瓦。对于说自己像贾宝玉，胡兰成倒是有可能抿然一笑——哪个男人不愿意是宝玉呢？宁在花丛死，做鬼亦风流，更何况如此冰清玉洁。不过换用禅宗的说法，心念之中，又怎么知道是真是假，是情是性？情与性，似乎从来密不可分，它们本来就是一个东西。你知道它们是一个东西吗？

张爱玲与杀猪

张爱玲最近被发现的《异乡记》实在是没有什么意思，总共只有三万字，也搞成了一本书，写的还是那一段人皆共知的“胡张恋”：抗战结束了，胡兰成跑了，张爱玲去浙南的乡下找他。这半本书，写的就是张爱玲当年找胡兰成时的一点见闻。因为没有结尾，看得也不知所云。不过张爱玲的文字还是一如既往地好，对于一些事物的描写，仿佛有着“神觉”似的，比如这一段对于乡下杀猪的描写，在我看来，是所有写杀猪中最传神的：

……忽然，它大叫起来——有人去拉它的后腿。叫着叫着，越发多两个人去拉了。它一直用同样的声调继续嘶鸣，比马嘶鸣难听一点，而更没有表情，永远是平平的。它被掀翻在木架上，一个人握住它的前腿后腿，另一个人俯身去拿刀。有一只篮子，装着尖刀和各种器具。篮子编完了还剩下尺来长一条篾片，并没有截去，翘得高高的，像人家画的兰花叶子，长长的一撇，天然姿媚。屠夫的一支旱烟管，也插在篮子柄的旁边。尖刀戳入猪的咽喉，它的叫声也并没有改变，只是一声声地叫下去。直到最后，它短短地咕噜了一声，像是老年人的叹息，表示这班人是无理可喻的。从此沉默了。

已经死了，嘴里还冒着水蒸气的白烟。天气实在冷。

这是杀猪，在此之后，是褪毛了，张爱玲同样也写得好：

家里的一个女佣挑了两桶滚水出来，倾在个大木桶里。猪坐了进去，人把它的头极力揌入水中，那颗头再度出现的时候，毛发蓬松像个洗澡的小孩子。替它挖耳朵。这想必也是它生平的第一次的经验。然后用一把两头向里卷的大剃刀，在它身上成团地刮下毛来。屠夫把猪蹄的指甲一剔就剔掉了。雪白的腿腕，红红的攒聚的脚心，很像从前女人的小脚。从猪蹄上吹气，把整个的一个猪吹得膨胀起来，使拔毛要容易得多。屠夫把嘴去衔着猪脚之前，也略微顿了一顿，可见他虽然习惯于这一切，也还是照样起反感的。

……猪毛有些地方不易刮去，先由女佣从灶上提了水来，就用那冲茶的粉紫洋瓷水壶，壶嘴紧挨在猪身上，往上面浇。浑身都剃光了，单剩下头顶心与脑后的一摊黑毛最后剃。一个雪白滚壮的猪扑翻在桶边上，这时候真有点像个人，但是最可憎可怕的是后来，完全去了毛的猪脸，整个地露出来，竟是笑嘻嘻的，小眼睛眯成一线，极度地愉快似的。

张爱玲这一段描写的杀猪，细致、内行、栩栩如生，仿佛自己提刀杀过猪似的！我小时候很多次看杀猪，情景和感受，跟张爱玲相似。张爱玲文字和感觉的好，就是经常能将读者心中拱动的东西，一下子清清楚楚地拎出来。我自小生活在皖南，浙南和皖南在很多生活习俗方面，是很相似的。张爱玲的这一番描写，在我看来，简直可以作为“杀猪指南”了。当然，张爱玲写杀猪还漏掉了一些重要细节：比如猪死后得用长长的鹅卵石重重地杵击它的耳朵，大约是为了把它的耳屎给撅出来吧；然后，把褪过毛吹过气的猪高高吊起，用尖刀在肚皮上轻轻一划，一大堆猪心猪肝猪肺猪肠轰然坠地，一大团热气氤氲而起。

杀猪于上海滩小姐张爱玲来说是刻骨铭心惊心动魄，而于我的童年来说，却是稀松平常了。我记忆犹新的是有一次杀人，看得毛骨悚然——那还是1970年左右的事情，县里公判大会后枪毙两罪犯，一帮专政人员将已经吓瘫了的刑犯拖到县城边一个黄土宕里。无数人跟在队伍之后看热闹，五六岁的我们也跟在后面飞快地跑。待到我们在山坡上站定了，见下面两个死刑犯跪在那直哆嗦。因为是杀人，行刑的公安手也哆嗦得厉害。就这样抖抖哆哆地用手枪对准案犯的后脑勺，闭眼，枪响。天灵盖炸飞，两个死刑犯向前一扑，一个中了两枪后一动不动死了，另一个则身在黄泥中,一直抽搐,像一只未杀死的鸡一样。执行人又赶忙上去胡乱地补了几枪。我们在上面看着,既兴奋又紧张,灵魂都飞到九霄云外了。专政队的人开过枪就走了,这时竟然有一个人,飞快地从坡上跳下,来到死人边,从口袋里掏出个勺子,从死人被打飞了的脑袋里挖着带血的脑浆吃起来——人群中发出一片惊叹,我也看得七窍生烟。后来,听说这个吃人脑浆的人,是得了一种病,好像是癔病一类,有中医跟他说:得吃人脑浆才能好。所以就一直等着这一天。后来读鲁迅小说《药》,一直情不自禁地想起这个镜头。只是不知道这个人到底是谁,后来的病到底好了没有。

那一次童年看杀人的情景让我记忆犹新,后来每每路过那个地方,便觉背脊发凉,虚汗直冒。一直到现在,想起那一次的情景,仍是浑身鸡皮。所以我现在无法跟张爱玲一样描写生动。杀人是一件残酷的事,那时候被枪毙,不仅官方不收尸,还得要由家属支付子弹费。也是同期吧,林昭在上海被枪毙——“林昭家属吗?交五分钱子弹费。”当时的专政人员找到林昭母亲并对她说。无奈何之下,家人只好含着巨大的悲伤,支付一颗子弹的费用五分钱。

武术等于舞术？

我小的时候学过武术——跟我年纪差不大的男孩子，一般在年轻时，都学过武术。学武术的原因，除了强身健体之外，很大程度上，是没有钱。排球那时不常见，正规篮球一般家庭买不起，只能玩“皮球”，也就是塑料球。至于足球，既没有场地，也没有球门，对外会踢碎别人家窗户的玻璃，对内会损耗自己的鞋子，属于奢侈品中的危险品。所以一般人家都不会有足球篮球之类的东西来消耗仅有的财富。相比之下，就练武术最省钱，有个空场子，赤手空拳地比画一下，就算练武术了，什么都不用买，最多在长拳、小洪拳之类练完之后，砍一截树枝做一个破棍子练练棍术。所以，练武自然而然地成了有男孩家庭的第一选择。我也是因为家中没钱，走上了练武的道路。

我小时候练武练得一般，细胳膊细腿的，打起拳来不太好看，轻飘飘得像树枝在风中飘；不像那些短胳膊短腿的人，打起拳来虎虎生风，如球一般在地上滚，好看。我的师傅就是短胳膊短腿的，他的一路长拳打起来，蛇走龙行，像杂技一样漂亮。我拳练得不太好，但参加过表演并且拍过照片，照片还曾作为县里的文化活动成果，放在文化馆的橱窗里展览过。那时候拍照片是一件大事，一般人最多是到照相馆拍张全家福，至于如此“艺术照”，是很难有机会的，所以镜头中的人一般都张着个大嘴幸福无比地笑。文化馆的摄影师老柴是一个慢性子，赤日炎炎之下，他让我们蹲马步、弓步、虚步，摆各种姿势，又注意表情细节什么的，然后他慢腾腾地站在我们面前磨磨叽叽地调焦距对光圈，就是不肯按快门——那时的相机都是用胶卷的，一卷胶卷十二张，张张都要用在刀刃上。结果他只捏了几次快门，我们全虚脱得不成人样。

学武术风光，但也会带来麻烦——你不是会武术吗？我想跟你比画几招！为此，架从没少打。打架的时候，气血全往上涌，那些“黑虎掏心”“白鹤亮翅”之类的武术招式以及师傅的教导，早就丢到九霄云外，只晓得皮拳乱舞。这样每一次打架被知晓后，师傅都会摆出一副不屑的样子，或者直接演练给我看：你应该如此这般，他这样出拳，你那样还手。每次师傅的教导都让我受益匪浅，但此后的打架，我还是会热血沸腾，还是会将练熟的招式忘得一干二净。有时候不想那些招式还好，一旦使劲想起来，注意力分散，转瞬间会被人打得晕头转向、眼冒金花。

那时候我们的偶像就是师傅，在我们眼中，自幼练武的师傅眼到手到，心到拳到，就如孙悟空一样战无不胜。不过神话很快破灭——有一次在汽车站，突然瞥见师傅在跟人打架，两个身高体壮的人，一左一右围攻着师傅，竟将师傅打得毫无还手之力。这两个人，我也是认识的，一个是汽车站的驾驶员，另一个是搬运站的搬运工，都是不会武术有蛮力的。师傅在他们一左一右的夹击下，竟然如秋天的叶子一样无助，那些平时漂亮的招式，全不见他使出半招。我远远地看着，羞愧难当，我没想到师傅竟然跟我们一样木讷，那些旋风脚二踢腿呢？那些大洪拳小洪拳太极拳螳螂拳呢？那些更为神奇的朱砂掌点穴功呢？……我远远地看着这样的场景，一下子顿悟，原来武术就是“舞术”啊，一遇到蛮力，就一点办法也没有了。

这件事就这样使我“顿悟”——后来研究中国文化，对于武术、中医等等，有了一些新的理解。我发现其实中国武术与中国文化的很多东西，有着相同的地方，比如重名轻实、花拳绣腿、缺少路径、表里不一等等。中国文化一直喜欢将事实故事化，故事传奇化，最后的精彩，全都流于纸上、嘴上、戏台上。武术如此，中医如此，历史也如此。比如说中国武术，不注重竞技，不练速度和力量，而是津津乐道于一种玄之又玄的理论，金克木木克土土克水水克火火克金什么的，还有阴阳转化隔山打牛什么的，克来克去，生来生去，转来转去，竞技却没有什么进展，倒是把自己弄得头晕目眩；还有点穴神功之类的，不相信最基本的力量和速度，反而热衷于小聪明的捷径。这些方式，就像是原地打着转转，自淫淫他，走不出自己给自己画的圆。

中国武术还有拉帮结派的爱好——很多流派的创始人，醉翁之意不在酒，只是会了个三脚猫功夫，便开始热衷于拉大旗、占山头，然后纠集人员自成势力了。像左手为掌、右手为拳是一个门派；右手为掌，左手为拳，则变成了另一个门派。惯用拳，是一个门派；惯用掌，又成了另一个路子……这样，一个个武术门派，就变成了一个个“黑社会”势力，变成“哥老会”“天地会”“红枪会”“青洪帮”什么的；变成少林、武当、太极、螳螂、形意、八卦、咏春……中国的拳派，至少有上百个，更是世界之最吧？我一直想，所谓习武，归根结底，不就是为了打败别人吗？核心在于“攻”与“守”，在于一切与攻击有关的技能和心理，在于力量、速度、技巧、镇定、机敏等。以中国武术的错综繁杂，明显是将简单问题复杂化，将核心问题边缘化。这样的方式，纯属缘木求鱼——就像《神鞭》，有好好的刀枪棍棒不用，非得去练自己头顶上的那一根辫子。如此投机取巧、怪力乱神、南辕北辙，又怎么能打得赢呢？

我现在明白武术就是武术，它跟搏击不是一回事，它应该是一种表演，是文明古国的舞术。谁说中华民族不喜爱舞蹈，武术即是中国人的舞蹈，是打架姿势的美学升华。真正的打架本领，还得是靠力量和速度，靠抗击打能力；前者是进攻的基础，后者是防守的基础。并且，什么中国武术、泰拳、柔道、跆拳道、巴西柔术等等谁厉害之类的问题，其实是伪问题。真问题是甲与乙谁厉害，乙与丙谁厉害，是个体之间的较量，跟派别无关，跟国家与民族更无关。而且我认为历史上的那些所谓“武林高人”，李元霸第一宇文成都第二裴元庆第三等等的，全是民间艺人们的哗众取宠胡说八道。有时候看着电视里的搏击，我会痴痴地乱想，要是李连杰跟泰森打擂台会怎么样？李连杰会在擂台上绕着泰森转圈，一有机会，就对泰森踢上一脚，打上一拳；李连杰打泰森十拳，泰森可以纹丝不动；而泰森只要一拳，就可以把李连杰打趴下。我这样说是有道理的，泰森可以一拳打陷钢板，对于小个子李连杰，只要能击中，当然不在话下。

有关于武术的胡乱评论，我还是点到为止吧——我忌惮的是，我说中国文化与历史的弱点不要紧，如果说中国武术的弱点，惹怒了那些练武术的人跟我单挑，我是根本打不过的。作为一个速度、力量都很菜的半老书生，我以前练武术时打不过你，我现在不练武术了，我更是打不过你了。但我会说的一句道理是：以中华武术对“武”的要求，“武”就是“止干戈”，武术最高的境界，就是不打架。但不打架要武术干什么？你瞧这种自欺欺人的哲学！

顺便说一句，我的师傅数十年如一日地坚持练中国武术，曾获得某某武术协会颁发的“功夫大师”的称号，并获得了海外传教的资格。他现在年逾70，发须飘逸，身手敏捷，一套少林拳仍打得虎虎生风，从面相和身手上看，就像是功夫第一人李连杰的叔叔。不过我从不认为师傅是搏击高手，他只是中华武术的一个演员而已。

我在明处你在暗

100 多年前的美国人明恩溥所写的《中国人的气质》一书，现在看起来仍奇妙。奇妙在于，明恩溥观察中国人和中国文化细致入微、精确无比。在我看来，这一本书甚至比几十年后林语堂所写的《吾土吾民》以及 100 多年后柏杨所写的《丑陋的中国人》都要深刻和理性，也难怪 20 世纪初引发了中国文化界有关国民性的大讨论。该书分为二十七章，分别从面子、节俭、勤劳、礼节、漠视时间、漠视精确、误解的才能、拐弯抹角的才能、灵活的固执、智力混沌、神经麻木、轻视外国人、缺乏公共精神、保守、漠视舒适和便利、生命力、忍耐和坚韧、知足常乐、孝顺、仁慈、缺乏同情心、社会台风、相互负责和遵纪守法、相互猜疑、缺乏诚信、多神论、泛神论和无神论、中国的真实状况及其当今需求等章节来论述中国人的气质、文化以及概貌。

明恩溥原名阿瑟·亨德森·史密斯（Arthur Henderson

Smith)，中文名明恩溥，生于美国康涅狄格州的维尔农镇，毕业于贝洛依特学院和安多沃尔神学院，1872 年作为美国公理会的传教士来华，在上海、山东等地传教。1905 年，明恩溥辞去教职，定居北京附近的通州，专事写作。明恩溥在中国总共度过了半个世纪的传教和写作生涯，留下多部关于中国的研究著作，如《汉语谚语熟语集》(*Proverbs and CommonSayings from the Chinese*，1888)、《中国乡村生活：一个社会学研究》(*Village Life in China：A Study in Socillogy*，1899)、《动乱中的中国》(*China in Convulsion*，1901)、《基督王：关于中国的概括性研究》(*Rex Christus：An Outline Study of China*，1903)、《中国的上升》(*The Uplift of China*，1906)、《今日的中国和美国》(*China and America Today*，1907)、《前往中国的年轻传教士手册》(*A Manual for Young Misionaroes to China*，1918)等。而在他的著作中，传播最广、影响最大的，就是这本《中国人的气质》。

明恩溥对于中国人的了解，来自他良好的直觉和洞察力，以及经常接触底层中国人的经历。比如他在第十章“智力混沌”中，就这样评价：中国人的头脑就像一门陈旧的滑膛炮，炮身已经锈迹斑斑，底座也早已不堪重负，在瞄准一个目标之前往往要调整半天，然而它最终肯定还是打不中。当你向一个人提一个简单的问题，诸如：“你多大年纪了？”他会十分茫然地盯着提问者，反问一句：“我？”你回答：“没错，就是问你。”他振作精神，准备承受这一个打击，又问道：“多大年纪？”“是啊，问你多大年纪。”他再次调整焦点，问道：“我多大年纪了?”“是啊，你多大年纪了?”“58岁。”他总算答到点子上了，他的脑筋开始正常运转了。这样的经历，相信很多接触过中国底层民众的人都有这样的感同身受。

在“漠视时间”这一章，明恩溥这样说：“中国人的一天仅被划为十二个时辰，时辰的名称并不能清晰地给出各个时辰的分界点，只是含混地表示一天的十二分之一。这么一来，‘晌午’这个概念就可以指从十一点到一点之间的这整段时间里的任何一个钟点……中国人对时间的利用，与他们对时间不精确的测算有很大关系。根据西德尼·史密斯的划分，世上的人可以分为两种：大洪水之间的人和大洪水之后的人。大洪水之后的人发现，一个人的寿命已经不可能再长达几百年，甚至一千年，因此，他们就得学会尽量充分地利用时间，适应他们所处的环境。与此相反，大洪水之前的人则没有意识到，玛土撒拉的时代一去不复返了，他们的行为一如既往，生活似乎仍在按照祖传的规矩按部就班地持续。”

从明恩溥的书来看，这个传教士，真是把中国人给看透了，尤其是对中国人的国民性，研究得非常深刻。联系到马戛尔尼对于清朝的分析等等，也难怪中国人要打败仗了——人家对你太了解了，而你对人家一点也不清楚。不清楚有两种，一是真的不清楚，还有，就是懒得去了解。中国人对于外国的态度，很多，都是属于第二种。如此我在明处你在暗，这仗还怎么打呢？也难怪清朝和外国打了那么多仗，几乎一场都没打赢。不知己不知彼，怎么能不打败仗呢！

明恩溥在对中国人所冠以的二十六个特质中，绝大多数，可以说是贬义或者弱点。中国人为什么会有这么多的弱点呢？明恩溥没有深究。实际上由国民性，也可以看出国家性。中国人之所以有这么多的弱点，首先还是因为教育跟不上——在中国，受教育毕竟是很少一部分人的事情，没有教育，就难明白事理，智难开，思维上也受限制；其次，就是教育本身也有问题，书本内容和现实操作严重脱节，很多读书人都成为"半通不通"的"夹生饭"；再有，就是极权专制决定下的意识吧，既然江山都是皇帝的，政治也是官僚的，留给老百姓的，只有"下三烂"的自由了。所以在中国，很多乱七八糟的东西，不像别国做就做了，也懒得去理会整理；只有中国，做也做得津津有味，整理也整理得津津有味，传播也传播得津津有味，从而成为一种专属的文化，比如"房中术文化""鸦片文化""蟋蟀文化""斗鸡文化"等等，只有玩这些文化时，官府才会睁一只眼闭一只眼，这里才有草民的自由。

俗话说，"上有政策，下有对策"；西谚说，"有什么样的妓院，就有什么样的妓女"——这都是"存在决定意识"的延伸。有什么样的制度，就有什么样的国民；同样，有什么样的国民，也就有什么样的政治。就像当年的俄国，选择斯大林，是他们自己的事；后来叶利钦当总统，同样也是他们自己的选择。

鸦片瘾与性瘾

任何事情都是可以从现象上往本质上去追究，我的一个朋友在认真地研究透《色·戒》老易和王佳芝四场“真刀真枪”的床上戏后，别出心裁地得出结论：大导演李安果然名副其实，虽然看起来文质彬彬谦恭和蔼，但爆发力惊人，能一跃而起死死咬住张爱玲作品的主题，撕扯出鲜血淋漓的本质来——《色·戒》中的四场床上戏，绝对不是乱做一气，而是有计划有步骤，层层递进、步步为营、寓意其中。李安对每次做爱的姿态、体位、角度等，都用心良苦，精心设计，细致入微——第一次时易先生对王佳芝表现得极为粗暴，抽打、撕扯、捆绑，从背后强行插入，像是完全的性虐待。很明显，这时候的易先生是把王佳芝当作泄欲工具来对待的，谈不上尊重，也谈不上爱情。王佳芝虽然谈不上老手，对自己的使命还是牢记的，虽然遭遇粗暴，强忍着不卑不亢，兵来将挡，水来土掩。易先生离开后，王佳芝反而轻松了，她的嘴角现出一丝笑意，初步目的可以说达到了一半。第二次，李安设计的体位是男上女下，双方之间，似乎有些默契了，老易变得不再粗暴，不过当王佳芝主动献吻时，老易本能地把她推开，像一头猎犬一样没放松警惕。在这个时候，老易的内心是坚硬的，他没有完全接纳王佳芝，或者说，与王佳芝的关系，只是性，不是爱。第三次，双方已开始接纳对方了，迎送默契柔和，动作激情涌动，彼此都在尝试忘记自我合而为一。这个时候，他们已开始尝试各种各样的体位，甚至，如两条蛇一样交缠在一起，纠缠起伏，舍生忘死。等到双方达到高潮全身松软之后，两人头颈相接，蜷缩对应，全无避讳。这一次的交合，双方在心理上已完全地敞开了，彼此之间，融为一人。到了第四次，体位变成了女上男下，王佳芝占据了主动，女孩已有质的变化，知道享受性爱，并且已知道老易的好，知道老易的不可缺少。完毕之后，王佳芝掩脸自哭，她知道身体已不属于大脑，既是敌人又是情人的老易已进入了她的内心，在精神和肉体范畴内，她已是离不开他了。

当初张爱玲写作《色·戒》的目的，就是要表达“阴道直通心灵”的主题。对于这一主题，李安的理解和表现都很到位。老易一开始的目的就是性，他贪念的，只是青春的身体，所以在挣脱上，较为容易；而王佳芝呢，由于过于单纯，又是第一次沉湎于性，把性与爱合而为一，所以一旦坠入能量交流的旋涡，便深陷其中不能自拔——她与老易的关系，不是爱，而是性，因为她根本也不了解老易，“爱”上老易，只是身体的媒介，至于外部，并没有多少接触。这时候她的意志，已屈从自己的身体，爱已屈从于性。她的不能自拔，与其说是一种爱，不如说是一种“上瘾”——患上了“性瘾”，成为一个“性瘾者”，如鸦片瘾海洛因瘾一样不能自拔。由于身坠其中，任务变得不重要了，革命变得不重要了，本能先是左右了她的身体，然后左右了她的心灵。王佳芝情不自禁要为“性瘾”来抛弃革命，抛弃一切来营救自己的性伴侣。

由性而生的身体的瘾，与鸦片的瘾很有些相似。鸦片一开始传到中国的时候，并不像现在史书上写得那么可怕，那时候人们还称鸦片为芙蓉膏、福寿膏等，涉及的词语，也是温柔敦厚之类的。由于鸦片对于头痛脑热咳嗽肚子痛有奇效，当时只要有人不舒服，便会让患者吸上几口。一来一去，不知不觉就上瘾了。鸦片战争之后，虽然官方明令禁过一段时间的鸦片，但哪能禁得住呢？到了民国之后，天下大乱，军阀混战，谁也管不住谁，西南一带的军阀，为税收需要，鼓励甚至强迫农民种罂粟，农民为了赚钱，也愿意种鸦片。种得多了，又没有人禁，价格就降下来了，变得谁都抽得起了，于是中华大地“狼烟四起”，抽大烟就跟后来吸烟卷一样。民国初年，西南一带的男人们普遍都抽鸦片，不仅官人商人读书人抽，苦力轿夫和脚夫也抽；不仅老百姓抽，当兵的也抽。所以当时云贵川一带的官兵一直被称为“双枪”。

鸦片进入中国后，有很多人抽并不奇怪，奇怪的是民间竟然发展出了一整套颇具系统性的“文化”来，有一整套和茶道相同的形式：比如对器皿的追求，出现了各种各样的烟枪烟具；也出现了专门的烟室；还出现了专门的点烟女、陪吸女。很多妓院，开始招徕年轻的女学生，不是为了接客，而是让她们学会烧烟泡，帮客人点烟。于是烧烟泡也跟茶艺一样，成了一项专门的艺术。可以想象出这一幕：伴之于优雅的古琴声，美丽的中国女子身着蓝印花布，踮起脚尖跷起兰花指，用石头击打起火星，点着媒纸；然后弯腰一个万福，跪下替客人点着烟泡……世界上抽鸦片的人多了，印度、缅甸都比中国早，但人家就没有发展出一整套的文化来。

一直有人疑问的是，为什么鸦片到了中国，竟然如此风行，仿佛种子落在了肥沃土地上似的？鸦片在英国、日本、欧洲和印度为什么没有受到如此欢迎呢？想起来真是咄咄怪事。有人说是因为欧洲人有理性、印度人有宗教、日本人重审美，而中国人俗世的人生，那种偏于一隅的享受观念，正与鸦片的效果对路，所以鸦片入中国，就像甘露进了旱田、赌徒进了赌场、嫖客进了妓院。这话有一定道理。不过依照我的看法，觉得跟中国人日常生活的精神状态有关，无论是政治、经济、伦理还是生活，中国人都处于高度紧张的状态下，而鸦片呢，最好的功效就是放松，一口烟进去，突然间云里雾里，让你忘乎所以。中国人无法自己放松，只好借助于鸦片的抚慰和按摩。

不可食无竹

苏东坡说过一句脍炙人口的话："宁可食无肉，不可居无竹。"我不知这句话的背景。我倒是觉得"宁可食无肉，不可食无竹"。这个"竹"，不是大"竹子"，而是"小竹子"，也就是竹笋。在我看来，天下最好吃的，就是竹笋了，并且，以我个人的观点来看，要数皖南的笋最好——我在云南吃过笋，应该是凤尾竹之类的笋，味道比较淡，清香气不够；也吃过武夷山的笋，同样觉得味道要弱一些。笋的味道，其实就是土地的味道，我觉得皖南的笋好，可能是因为我对皖南比较亲切，笋直接携带的地气，正好对应了我骨子里的气味。

我吃笋子如熊猫吃竹一样，几乎是一年四季。春天，春笋只要一上市，我就会挑那些大毛竹笋子尝新鲜。大毛竹笋一般都是煨，也就是炖汤，先将陈年火腿煨得七八成熟了，然后放入笋块，再煨上个把小时，煨出来的汤，如奶一样白白的，吃起来有一股自然的清香。大毛竹笋块煨汤最佳,炒肉丝和红烧也算是不错,其中用土猪肉红烧起来更好,不过最好要放大片的肥肉,否则吃多了容易耗心。春天的毛竹笋有一些涩味,吃前最好用开水焯一下。不过就笋而言,毛竹笋实在算不了上品,味道好的,都是野笋,像雷竹笋、剑竹笋、水竹笋等。在皖南山区,野笋一般要 4 月以后才破土,拇指粗的麻壳笋嫩且鲜,炒、烧、炖都是上品,尤其是竹笋炒咸肉或者火腿,可谓是上品中的上品——将火腿或咸肉切成丝,半瘦半肥,放在铁锅里用姜丝爆炒,倒入黄酒,再倒入拍扁了的野笋,放入点干辣椒,盛起来,色香味俱全,可谓是绝佳的山野之灵。

吃鲜笋的时间毕竟是短的,天气稍热之后,地里的笋就长成竹子了,必须将笋拔出剥开烤晒一番,做成笋干。笋干一般都是先用水煮熟,然后,放在炭火上烤或者放在阳光下晒。当然,最好的办法是将笋放在铁锅里焙,要两面经常翻来翻去,慢慢焙去水分——因为这样的制作方式跟炒茶相似,所以制作出来的干笋也叫作“茶笋”。用炭火铁锅焙出来的茶笋,味道要比晒出来的笋鲜美得多,一烧味道都能出来,不仅香,甚至还带有一点甜味。皖南的笋干一般分为两种:一种是大片的毛竹笋干,吃之前最好用淘米水煮开,浸泡几天直到松软之后,切成丝或者切成片——笋丝可用来炒肉丝;笋片加以五花肉红烧。红烧笋干,是皖南山区的一道家常菜肴,至于炒野笋丝,冬天里会炒上一大盆,有菜无菜时会夹一些出来下饭。逢到炒或烧时,仍是把它们放在锅里用水煮开，然后，等浸泡软了，再去掉一些老根，最好是将笋干撕开，撕成细细的笋丝。相比较而言，野笋的味道要更好一些。野笋丝炒肉，或者只是用来炒辣椒，味道和口感都非常好，也嫩。野笋炒肉丝还能做盖浇面的浇头，先将面入锅，做好汤，将面捞出后装入碗中，再放入浇头，这就是地道的徽面。徽面非常有名，当年在上海，徽面馆常常座无虚席。这种干笋肉丝与面条夹在一起，加以浓汤酱油，口感愉快，吃得不小心，会把舌头也吞下去。

以上都是笋干，还有一种保存笋子的办法，就是用分量很重的盐水煮过后晒干。这就是咸笋了。咸笋的特色在于可以保鲜，笋子的嫩鲜感还在。咸笋泡过以后，撕成丝，夏天炒辣椒是一道比较爽口的菜。此外的主要用途就是做汤：吃之前将笋泡一下，泡净里面的盐，然后撕成细细的丝，切成段，放入锅中，加入西红柿，然后将蛋花打入，盛出时，撒点小葱在上面。这样的鸡蛋汤，红黄绿都有了，味道也非常鲜美。当然，最好的是咸笋做拌料煨老鸭汤。将适当的咸笋跟老鸭放在砂锅里一起炖，等到老鸭烂了，鸭的味道和笋的味道全都进入汤中。当然，咸笋也可以用来炖老母鸡汤。笋不像香菇，它绝不做喧宾夺主的事，甘当配角，锦上添花。与咸笋在一起，鸡和鸭会变得很幸福，最后出来的汤更鲜美，浓郁的油香的主旋律中，又有一点山野的清气相伴，好似大提琴声中，隐约有些长笛的袅娜。

夏天的时候笋子都长得高高大大成为竹子了，这时候除了吃干笋咸笋，鲜笋是吃不到了。不过这时候皖南的山野里却有一盘上等的好菜，那就是笋鞭煨火腿：将那些深埋在地下的竹根也叫笋鞭挖出，寻那些嫩尖子用刀割下，洗净之后用火腿文火慢煨。这种吃法，似乎有些残酷了，很容易损伤竹子。比较起冬笋和春笋，笋鞭很难得，但它稍嫌老，只有尖可以咽下，其他的地方嚼起来会很困难。不过对于“食笋族”来说，燥热无比的夏日，能喝一口鲜美清新的笋鞭汤，物以稀为贵，算是“穷凶极恶”过“笋瘾”吧。

霜降之后，皖南的山区里，就可以挖冬笋了。我 30 多岁以前生活在皖南，吃的是皖南的冬笋；后来生活在合肥，吃的大多是皖西的冬笋。我发现皖南的冬笋比皖西的冬笋要高一个档次。可能是土质的原因吧，皖南是红黄沙土为主，因而冬笋比皖西的更加鲜嫩。尤其是歙县问政山的冬笋，那真是嫩，一个笋从手中跌下地，会摔成几瓣。这就是真嫩了。也难怪问政山笋甲天下，当年成为朝廷的贡品。冬天最佳菜肴是冬笋煨陈年火腿：用陈年火腿煨冬笋，可以降服笋子的涩和青，汤汁也好看，金黄金黄的，一掀盖，芳香扑鼻。如果在楼上煨这一道菜，芳香会袅娜到楼前屋后，数十米外的邻居都会魂不守舍。陈年火腿就像一个中年男子，物老成精，人老成妖，冬笋跟陈年火腿在一起，颇有点“老夫少妻”的如胶似漆，那一份浓情和服帖，全在谦和和包容中。这一点鲜肉根本比不上，鲜肉只是个后生，根本降服不了冬笋。跟冬笋一样好吃的，还有雷笋，雷笋本来是春天打雷时破土的，但现在运用竹叶覆盖技术，使得雷笋春节前即可上市。雷笋经人工催熟，味道稍淡，根部较长，但总体上味道也不错。雷笋煨火腿也可，可最适宜雷笋的，还是“油焖”：用瘦肉末加入上好的酱油，加入点白糖，焖上锅盖烧上一会，然后加入零星雪菜炒下盛盘。这是一道很不错的冬蔬时鲜。

笋不仅有“色、香、味”，更诱人的，还有“形”——笋如美女，一袭青衣，亭亭玉立。细细的野笋似各式各样的少女，漫山遍野随处可见欢歌笑语；毛竹笋似少妇般富有风韵，举手投足落落大方。手剥笋衣也是一种享受，似乎是在给美女宽衣解带，最后露出的是漂亮的胴体：白白的，嫩嫩的，性感绰约，不由得流着口水，恨不得囫囵吞下去。

你的讣告怎么写？

美国作家玛里琳·约翰逊的《先上讣告，后上天堂》是一本很有意思的书——作者自小起就喜欢阅读和收藏报纸上各种各样的讣告，然后沉迷于这个离去人的故事，展开充分的想象。长大之后，玛里琳·约翰逊开始醉心研究讣告的写法，她每天在网上阅读讣告，还专程拜访《纽约时报》的讣告版编辑，参加世界讣告作家大会，与那些专门写讣告的作家进行探讨。后来，她终于如愿以偿地当上了报纸讣告的作者。玛里琳·约翰逊曾为戴安娜王妃、杰奎琳·奥纳西斯、伊丽莎白·泰勒、凯瑟琳·赫本以及马龙·白兰度写过讣告，写得风生水起，精彩异常。很多读者都以阅读她写的讣告为乐，并且评价说："如果她可以给我写上一段讣告，我即便是现在就死，那也值得了。"话说到这个份儿上了，算是一种彻底的赞美了。

这一本书，就是写她自己与报纸讣告的关系——在玛里琳·

约翰逊看来，一份报纸的讣闻版才是受欢迎的版面之一，几乎不亚于体育版。讣告迷们不像体育迷那么狂热，喜怒哀乐形于色，但情绪还是看得出来的。阅读讣告，会给人们带来各种各样的紧张、愉悦、悲伤，以及浑身轻松的捧腹大笑。这些都让人欲罢不能。玛里琳还介绍说：和诗歌一样，讣告也有它的繁荣时代、萎靡期与现代派。19世纪可谓是讣告的盛世，那时的讣告作家习惯以阴森冷峻的笔调描绘出一幕幕死亡的场景："短短一年时间，她先后成为新娘、备受宠爱的妻子和人生伴侣、母亲、尸体！"20世纪则是讣告的荒芜期，这当中的原因，应该是战争实在太多，活着的人已无暇顾及死者，于是懒得为死人精心撰写讣告了。到了20世纪80年代，讣告业再度繁荣，美国和英国都涌现出了一批才华横溢的人物，他们的地位，相当于本行业的猫王和披头士。一批带有现代派意味的讣告——给这片死地注入了生机和活力。

玛里琳列举了几则报纸上的讣告，比如这一篇1988年伦敦《泰晤士报》上的讣告，丧主名切特·贝克尔：难免有病体难支的夜晚。他那如号角般响亮的嗓音几不可闻，同歌声一样悦耳的声音变成微弱的细语，袅袅的音乐啊，仿佛随时可能骤然中绝。但即使在这种时刻，他那种与生俱来的音乐家气质依然成就了一个又一个小小的奇迹。优雅虽受重创，却并没有丧失。

还有一篇2005年伦敦《每日电讯报》上的，死者是安娜·海马特，曾以爱丽丝·托马斯·埃利斯为笔名写过几部小说：

安娜……总是一袭黑衣，从头到脚，连内衣和凉鞋都是一式的黑色，打扮得像地中海民族的女族长。我们这些人在餐桌边横七竖八地乱坐一气，像没有毕业的大学生一样大吃大喝，斗嘴争辩，而她却总是静静地倚在门框上，什么都不吃，只一支接一支地吸烟，观察着我们，那双眼睛在阴影下闪闪发亮。好一个黑衣女人，像门口的一个鬼影，没有什么能逃过她的眼睛。

这一则讣告写得就像一篇很好的小说开头。再看这一篇讣告：

塞尔玛·科克，曼哈顿一家店铺的老板，精于为妇女选择尺寸最合适的胸罩，大多数时候只需洞察秋毫的一瞥，从来用不着拿软尺比量。她由此名动全国。本周四，塞尔玛·科克死于西奈山医院医疗中心，享年94岁，胸罩尺寸34B。

一则马戏团喜剧演员的讣告也很有意思：

有一次，他用皮影戏的手法做出戴高乐将军的头像，用他的阴茎充当那位将军的鼻子。他有很出名的杂耍节目：一片黑暗中，观众能看到的只有他的生殖器，上面涂着荧光颜料，这就是节目的道具。喜欢他的观众以这样的欢呼迎接他登台亮相——“把你的棒槌掏出来”。据说他在德国和瑞典很火，壮观极了。

讣告业很火，讣告的作家也火，很多逝者家人都花重金请好作者，就像中国人请和尚道士超度一样。写作者的生意，比花圈店骨灰盒店老板强多了。但在中国，这个行业却寂若死水，只听说单位的秘书为员工写讣告，没见到专门花钱请人写讣告。什么原因？还是存在决定意识吧——西方人把人生看得很开，人活着，都是游戏人生，活着好好活，死了，也不忘开次玩笑，所以愿意接受那种乐观、幽默、调侃似的讣告。中国人一辈子都正儿八经，活得正儿八经，死了也不敢越雷池一步。即使是讣告，也是组织结论，唯恐盖棺论定稍有偏差，所以满纸都是“最忠诚的战士，无私奉献的什么什么”。这种统一格式、统一腔调、统一用词的讣告，就像一件沾满灰尘的僵尸服，悬挂在上空，在这种情况下，那种“不正经”的讣告哪有市场呢？一个西方最红的讣告作家，到了中国会有什么结果？——只能饿死。

男人心中有“聊斋”

《鬼话》选编的都是中外著名作家所写的“鬼故事”。不看不知道，一看吓一跳，我没有想到古今中外有那么多作家都热衷于“画鬼”，长长的作者名单中，外国的有狄更斯、威尔斯、左拉、莫泊桑、爱伦·坡、博尔赫斯、卡尔维诺、芥川龙之介、川端康成、小泉八云、本雅明、希区柯克、卡夫卡、兰坡、东山魁夷等，中国现代的有鲁迅、周作人、林语堂、丰子恺、朱自清、施蛰存、老舍、梁实秋等，中国当代有王蒙、汪曾祺、贾平凹、钟鸣、李碧华等。当然，这当中有很多文章，只是有关鬼的随笔和评论，而不是真正的鬼故事。

比较而言，西方作家的鬼故事写得阴森而恐怖，也写得扎实，他们是把鬼当作鬼来写，满纸是瘆人恐怖。比如说莫泊桑25岁时所写的短篇小说《人手模型》，主人公在一个传奇人物约翰·罗威尔家中看到了一幅场景：一只很大的人手，被砍断后，用铁链悬挂在家中，“那是一只手，一只真人手，不是一只白而干净的骨骼手，而是一只长着黄黄的指甲、皱缩着枯萎的黑黑的手。肌肉都暴露在表面，骨头上面有像血痂一样的干血的痕迹，一望而知是从小臂的一半处剁下来的。腕子上有一个巨大的铁链，它被铆在不堪入目的肢体上，并被钉在了墙上，它看上去非常结实，能拴住一头大象”。“我”非常震惊，可没有想到的是，一年后，这只手臂突然显灵，杀死了主人约翰·罗威尔。从这一部小说，可以看出年轻的莫泊桑功力不凡，他就像握着一支素描的笔一样，力所能及地细致刻画，把这个“鬼故事”描绘得像一场噩梦一样。

日本鬼故事当中，除了芥川龙之介著名的《罗生门》之外，川端康成的《殉情》有点意思，故事很短，干脆抄录吧：

因嫌弃她而出走的丈夫，写来一信。是两年后，寄自一个遥远的地方。

——不要叫孩子拍皮球。我听到拍球声了。那声音叩击我的心。

她把9岁女儿的皮球收了起来。

丈夫又来一信。发信的邮局与上一封不同。

——不要叫孩子穿皮鞋上学。我听到皮鞋声了。那鞋声践踏我的心。

她把女儿的皮鞋换成了一双软软的毡拖鞋。女儿哭着不再上学了。

丈夫又寄信来了。与第二封信相隔一月，字迹令人觉得突然显得苍老。

——不要叫孩子用瓷碗吃饭。我听到碗响了。那声音令我心碎。

她像侍候3岁孩子似的，用筷子喂女儿吃饭。想起女儿3岁时，丈夫坐在身边，其乐融融的情景。女儿擅自从碗橱取出了自己的饭碗。她一把夺过来，使劲摔在屋里的点景石上。丈夫的心发出破碎的声音。她陡地两眉倒竖，把自己的饭碗也摔了。不知这是不是丈夫心脏破裂的声音？她把饭桌也踢到院子里。这声音呢？她身子撞在墙上，拳头连连捶打着。接着又像长枪似的，朝纸拉门冲去，摔倒在门对过。这又是什么声音？

"妈，妈，妈——"

女儿哭着赶了过来，她啪的一记耳光打了过去。哦，让你听，这声音！

如同回声似的，丈夫又来信了。信是打远处一个新地方寄来的。

——你们不要弄出一点声响来。也不要关门开门。不要喘气。家里的时钟也不许响。

"你们，你们，我说你们——"

她喃喃地念着，吧嗒吧嗒地落泪。于是，一切声音都归寂然。哪怕些微声响也永远不会有了。母女俩双双死去了。

说来也怪，她丈夫也枕死在身旁。

日籍英国人小泉八云的《青柳》也颇得中国《聊斋志异》的真味：一个日本武士偶遇了一个非常漂亮的年轻女子，他非常爱她，他们在一起生活了5年。有一天，女子露出痛苦的表情，脸色发青全身僵硬，发出一股临死之人的声音：“唉，我现在已不能太多说话了，今天我便要和你分别了。这一段缘分已经结束，我再也无法跟你在一起。拜托你多念佛经，我现在要死了。”女子告诉武士，事实上她并不是人，是一棵柳树变的，灵魂是树的灵魂，心也是树精的心。现在有人正在砍她的树干，她要死了。然后，青柳变成了一股淡淡的影子消失了。

比较而言，中国作家描写的鬼故事，有着浓浓的人情味。中国作家一般都是把鬼当作人，甚至是仙来写的，这个传统，来自蒲松龄的《聊斋》。那里面的鬼，绝大多数是仙，是狐狸大仙，比世间的美女还要可爱。现当代的鬼故事当中，林语堂的《小谢》根据《聊斋志异》的故事改编。汪曾祺的《瑞云》是一个有点神秘的寻常故事，读起来觉得一般。李碧华的《素卿》写一个女子在隧道中遇见了前世的丈夫，情节上也稀松平常。比较而言，贾平凹改写的鬼故事《任氏》写得最好，鬼气森森，“鬼才”所擅——故事来源于唐传奇，说的是长安城有一个叫郑六的男人，好酒色，人丑陋，莽打莽撞地，就遇见了一个贤惠漂亮的女鬼任氏。女鬼任氏不仅心疼男人，还帮自己的男人赚钱，郑六很快成为一个富翁。郑六的朋友也喜欢任氏，拼命追求她，任氏无奈，答应帮这个朋友找个更漂亮的女鬼。任氏就开始拉皮条，帮郑六的朋友找了个更漂亮的女鬼。一段时间后，郑六去外地当官，要任氏随行，没想到一向温顺的任氏这回却不愿，说："有巫者对我说，今年我不宜西行。"郑六说哪有这事，强行让任氏跟随。任氏只好同郑六上路。出城往西到马嵬时，任氏乘马在前，郑六骑驴在后。正行走间，草丛中忽有苍犬汪地扑出，郑六还未定神，便见任氏坠地，变成一狐向南急奔，而犬穷追不舍。郑六眼见任氏幻变成狐，惊骇丧魄，掉下驴背。狐虽快，苍犬更快，一直追出二里远。郑六在后面边撵边叫，终于撵上了，但见狐已被犬咬死，雪样洁白的身子沾满鲜血，脖子也断得仅有点皮相连——可怜的任氏，百依百顺无比贤惠的任氏，就落得个如此这般的下场。

梁文道《我执》上有一篇题为《同居》的文章，也可以看作是鬼故事，这个故事只有几百字：有一段时间，天天有一个女孩，背着个大包，来他这里过夜睡觉。每一次来，这个女孩都行色匆匆，她将自己的物件一一摆出，睡上一夜；第二天，她又将自己的东西一一收好，不留片纸星物，然后离开。终于有一天，这个女孩不来了。他环视屋内，竟没有发现有一点女孩的物件。什么东西都没有留下，让他怀疑，这个人是不是真的。

这个人到底是人是鬼？梁文道没写明白，读者当然更不知道。现实了无生趣，每个男人心中，都有一个"聊斋梦"：红袖添香，体温暖床，招之即来，挥之即去，如梦如幻，欲仙欲死。当然，不是每个男人都有机缘撞见女鬼的,没有运气的男人,只有靠A片和充气娃娃慰藉寂寥的内心与肉体了。此所谓:世界变化快,狐狸精永恒,古有“聊斋梦”,今有苍井空。说到苍井空,干脆多说两句——我当了那么多年的资深碟友,居然从没有看过苍老师的表演,真是太“杯具”了。

诗歌又成“口红”了

我这样说，肯定有很多“国粹主义”者不高兴——国人在很多时候，一直是带有某种投机取巧性质的，比如说在文学上，诗歌的位置一直是老大，这跟投机取巧是不是存在着某种联系？从总体上来说，写诗的劳动量总得比写小说要小一些吧，比论文和专著更容易。有的人能在马背上写诗，你让他写小说试试。这还是从工作量上来说。从难度指数上说，门槛也低，很多人写作，就是以写诗作为起步的；而且，诗歌中“皇帝的新衣”更多，很多诗，让你根本无法下判断。这一点不像小说，你密密麻麻写了很多字，结果还往往是吃力不讨好，别人会一下子指出你的软肋，最起码，会说好看不好看。这同样不像诗歌，只要写得稍顺口，不管看得懂的，看不懂的，往往是叫好声一片。与此同道理的还有书法和绘画，不说艺术高低，一袋烟工夫，就可以整出一幅很大的国画来，而同样一幅油画，你非得花个一年半载吧？

中国的诗歌现象与国民性有没有联系？我看是有的。以诗歌为窗口，可以看出很多兴衰冷暖世事无常。社会衰败的时候，诗歌大兴，那是因为“诗言志”，悲愤之时出诗人；社会富庶之时，满朝也是诗，那是因诗歌能成颜料，可以随意地浓墨重彩，比如说“大跃进”时期的诗，比如说“文革”中的贫下中农赛诗台……当然，现象得具体问题具体分析，小小的诗歌现象中，大有学问可究。

现在，诗歌又成“口红”了。在社会主义道路上艰难行进60年后，中国人民终于走在了小康的金光大道上。富裕了以后干什么？当然不会人人写小说散文，但人人提笔写诗，还是可以成为现实的。“国民性”决定中国人会群情激越地投身到诗歌大潮中。诗歌简便啊，也容易啊，与戏剧电影小说论文绘画音乐比较起来，诗歌可以速成，就像唱歌，会咳嗽的，就会唱歌；会提笔的，会分行的，就会写诗。很多人在看了著名诗人赵丽华的“梨花体”以及山东作协副主席王兆山的“兆山体”后，成为诗人的信心更足了。钱袋子鼓鼓囊囊的各级政府开始大笔大笔为诗歌花钱了，各种各样的“诗歌节”如昔日的庙会一样开始遍地开花，这种便于表演便于朗诵便于写作便于交友的艺术形式便如春天的野花一样开遍了原野。

前几天，我出人意料地接到一个电话，是当年我老家宣城一个写诗的朋友韩某打来的，我跟他已好几年没有见面了。电话没有别的目的，就是邀我吃饭。没想到饭桌上的话题还跟诗歌有关，这个早年的诗人在商海中苦苦地扑腾了20来年之后，重新上岸，自愿投入一大笔钱，办了一个诗歌网站，自己兼任执行主编。由此看来，他下半辈子的日子还是与诗共舞了。不仅如此，从他口中我还知道，原先老家宣城一大拨不大不小的诗人，开始写诗诵诗出诗集办网站，忙得不亦乐乎。这些，真给我强烈震撼，在我的印象里，这些人已经为了谋生仿佛永远消失。他们的出现，仿佛八九十年代重新回归似的。

由宣城的诗人们，莫名地想起了宋洪迈《夷坚丁志》上一则"宣城死妇"的故事，《夷坚丁志》卷二记宣城战乱后，"民家妇妊娠未产而死，瘗庙后，庙帝人家或夜见草间灯火及闻儿啼，久之，近街饼店常有妇人抱婴儿来买饼，无日不然，不知何人也，颇疑焉。尝伺其去，蹑以行，至庙左而没。他日再至，留与语，密施红线缀其裙，复随而往。如觉有追者，遗其子而隐，独红线在草间冢上。因收此儿归，访得其夫家，告之故，共发冢验视，妇人容体如生，孕已空矣，举而火化之。自育其子，闻至今犹存"。与这个故事相类似的，还有《夷坚志》上的《鬼母传》，说的是鬼母每天清晨持纸钱来到饼店买饼，店人问她为什么每天披星戴月而来，回答说是身单无乳，每饥儿啼，夜辄心中如剜，母子恩深，故不避行露，急持啖儿耳。后为店人怀疑，跟踪其后，鬼母飘飘扬扬，迅若飞鸟，至小冢而没。吓得毛骨悚然的店人急忙报官。打开棺材，只见女尸衣骨都已烂尽，只有一小儿，手拿饼在吃。官府怜之，找乳母喂养，并如其父。当夜，小儿烦吵不寐，似乎有人抱着他呜呜地哭。第二天一看，小儿裳半湿，全是泪痕。鬼能生子，已属奇事；而鬼抱婴儿出来买饼，更是奇之又奇。

我随意写出的这个宣城鬼故事，跟宣城层出不穷的诗人们有联系吗？当然有。我这两天搬家，将一大堆书胡乱地码上书架，有一本《神鬼传奇》跌在我脚下，捡起来顺手一翻，上面竟落有“张艾鸣1991年购于宣城”的字样。我想起来了，这书是20世纪90年代初我问宣城才子和诗人张艾鸣借的。张艾鸣在21世纪初身患癌症已去世。然后我就翻到了介绍“宣城死妇”的那一页。再然后，我就从韩诗人口中听到了很多宣城故人“浮出水面”的消息。我不知道这些事情当中存在着哪些联系，上面我提到的那些宣城诗人，当年跟张艾鸣都是酒友。

中国人为什么爱足球?

又到了世界杯横冲直撞的夏天,一个足球的幽灵在神州上下徘徊——这个国度的不少男女老少昼伏夜行,鬼魂附体:两人对谈,当说阿根廷;三人行,必提梅球王。酒吧K厅要比平常多出许多人,那些平时难得一来的,都会呷着大杯啤酒扯着嗓子看着大屏幕。从经济学的角度来说,他们都是酒吧歌厅的增量。值得一提的现象是,自从世界杯开打之后,本来红火的NBA总决赛突然从体育版的头条消失得无影无踪,以致总决赛冠军归属都少有人知——今年的NBA冠军圣安东尼奥马刺队算是撞见鬼了。

虽然这一届世界杯仍旧没有中国队,不过死心塌地的中国球迷早就习惯于这一点。无私的中国球迷因而更纯粹更客观也更疯狂,当然,其中也有不少跟央视美女主持刘语熙一样的伪球迷。什么是伪球迷?就是平时不看中国足球,也不看意甲不看英超不看西甲德甲却特别喜欢世界杯的人。他们一听那一首《阿根廷别为我哭泣》就流泪，一看到阿根廷队意大利队就热血沸腾。他们喜欢阿根廷队是因为梅西姓梅；喜欢意大利队，是因为亚平宁半岛队是男模队。他们甚至不知道阿根廷是在南半球还是北半球，也不知道除了梅西和C罗之外还有J罗。

太平洋西岸的球迷如此之多，让太平洋东岸的美国相形见绌。美国人为什么不喜欢足球？前几天在网上有一篇文章曾详细分析，我将它总结为四点：一、美国人喜欢速度和结果，无法理解足球踢了90分钟，比分还是0:0。二、美国人都是一根筋，喜欢阵形一成不变，喜欢拉开场子正面厮杀，就像棒球和美式橄榄球；足球对于他们，就像游击战麻雀战一样神出鬼没。三、橄榄球和棒球都是打打停停的，美国人喜欢在间歇期去冰箱里找垃圾食品，比如麦当劳、可口可乐。足球没有暂停和尿点，让他们无法吃到垃圾食品。四、美国人永远理解不了越位，因此也看不懂足球。

特立独行、牛皮哄哄的美国人不喜欢足球，是由他们的传统文化和社会形态决定的；中国人一哄而上爱足球，也是由文化传统和社会环境决定的。中国人为什么如此爱足球呢？同样总结为四点：

一是因为中国人爱热闹，喜欢人多，喜欢喧哗，而足球是人最多、噪音最大的运动。中国人多，也不嫌人多，凡事喜欢扎堆，天生喜欢场面大人数多的活动，比如赛龙舟广场舞团体操之类。广场舞为什么流行？是因为人多势众场面壮观有激情。人一多，参与者底气就足，干坏事都会理直气壮。一群大妈在雷霆般的喇叭声中跳舞，根本没感到扰人吵人，而是感觉到万众瞩目，宛如置身于维也纳金色大厅，俨然成为杨丽萍、麦当娜，甚至成为月宫的嫦娥姐姐也是可能的。

二是喜欢纸上谈兵。中国人从战国时期的公子哥赵括开始，就喜欢上“嘴上风暴”了。足球是一项冷门迭爆的运动，有很多偶然性，有足够的谈资。足球可以佐证以少胜多以弱胜强，可以附会《孙子兵法》，可以研究出第三世界小国战胜超级大国的可能性。而篮球、网球呢，该死的一定死，该活的一定活，不信你让易建联单挑“小皇帝”詹姆斯试试，给易建联一万次机会，他也会被打得找不到北。中国人喜欢碰运气，喜欢冷门和偶然性，喜欢“嘴上风暴”和“纸上胜利”，所以中国人喜欢足球。

三是借足球可以宣泄。转型之中的中国人有太多不如意，从体制到单位，从个人到家庭。实在“克己复礼”不了，需要找地方发泄。发泄的最好方式就是骂足球骂球员，然后力捧西方的足球比东方圆——骂，可以口无遮拦从球员一直骂到足协；捧，可以肆无忌惮捧德国足球的坚韧西班牙足球的浪漫荷兰足球的华丽阿根廷足球的诗意。贬也好，褒也好，没有人会跟你较真，也没有人要逮你的把柄。除了尽情褒贬之外，你还可以开心地瞅着那些平日里欺凌中国足球的韩国人伊朗人小日本等，被大鼻子们打得满地找牙。那样的感觉，如同阿Q看到小D被赵太爷打得鼻青眼肿一样开心。

四是中国人有浓郁的戏剧情结。中国人是世界上最爱戏剧、最爱表演的民族。每个中国人都是一个好演员,以人生和职场为舞台,一个个入戏太深,如痴如醉如梦如幻。中国人最喜欢的,不是真刀真枪的硬拼,而是战场外的谋略,是“不战而屈人之兵”的运筹,是旁门左道的妙手回春。所以中国人有不按“理”出牌的中医,有田忌赛马之类的小聪明。足球就是最富有戏剧性的游戏,除了过程诡异、结果不可预测之外,还有一系列匪夷所思的情节,比如罗本的假摔,比如马拉多纳的“上帝之手”以及贝利的乌鸦嘴等。足球还会让中国人凭吊古代的传奇:C罗会让人想起白盔白甲的马超;梅西会让人想到有“万夫不当之勇”的赵子龙;至于罗本,他的大秃顶会让人联想到鲁智深——当然,这应该是一个瘦小版的“花和尚”。

难怪中国人爱足球——现在的中国人,是一年过一次春节,四年过一次世界杯年。世界杯就像春晚——错,世界杯比土鳖的春晚好看多了,赵本山就像东北酸菜,每年都吃自然生厌。世界杯不仅活色生香,最重要的,它还不花国家的钱,没有要反的奢靡之风。

就像握住一首诗

前几年读金斯堡的诗歌，我总是嗅到诗歌里有一股烧焦的鸦片味道。那股强烈的风暴味道最明显地体现在他的代表作《嚎叫》中，在那篇不朽的诗歌里，金斯堡几乎是“嚎叫”着表达了自己对于资本主义腐朽堕落的不满：我看见这一代最杰出的头脑毁于疯狂，挨着饿歇斯底里浑身赤裸，拖着自己走过黎明时分的黑人街巷寻找狠命的一击。

这位死去不久的垮掉派老祖所写的诗就像是泛着浅蓝色光芒的刀锋，可以直接刺入身体，让本质在他的笔下流出鲜血。同样，世界杯的球场让我想到，土耳其人的星月弯刀和韩国人永不疲倦的奔跑就是金斯堡的笔——撕裂推理，重组秩序，永远在破坏，永远在疯狂。韩日世界杯的赛场同样如金斯堡肆无忌惮汹涌澎湃的句群，嚎叫着生长，嚎叫着被粉碎，然后嚎叫着节外生枝，嚎叫着含苞怒放。

迷乱。迷茫。迷雾。迷宫。

办公室的张君被世界杯的结果弄得头晕目眩,继而愤愤不平。我安慰他:你以为世界杯是一个冰清玉洁的处女?想想1990年的世界杯吧,或者1994年的世界杯,再往前去,想想1978年、1966年,哪一届世界杯,不都是一连串的窦娥冤!

如果韩国队夺得了世界杯,80%的球迷是不是要罢看足球?如果土耳其队干掉巴西队,60%的人要痛哭流涕?或者德国队最终夺得了世界杯,是不是要引起100%球迷愤怒的声讨?这样的百分比毫无意义,世界杯乱坟岗上的花朵,从来就是如野山菌一样胡乱开放。

整个世界杯期间,我们编辑部成员的情绪是一次又一次被打击着,有人欢喜雀跃,有人沮丧无比;有人彻夜狂欢,有人借酒消愁。但我们都有着强烈的职业精神,我们抖擞我们的斗志,不因我们的偶像倒塌而消沉,仍然以万般的热情去拥抱新生的太阳。

正是由于我们从不把世界杯当作一个冰清玉洁的处女,从不高看她的纯洁和单纯,所以我们可以乐观而麻木地看待一系列变数。我们不是自诩先知先觉,我们只是感到足球等同生活本身:生活从来不会欺骗我们,它本来就是那样的善变。就如同那出著名的歌剧,《卡门》高唱着的至理名言:女人善变,跟女人一样善变的,还有不可捉摸的生活。

比较而言,我还是喜欢金斯堡的另外一首诗,那就是《祈祷》,在那首诗中,金斯堡引用了母亲的遗言,母亲写道:

钥匙在窗台上，钥匙在窗前的阳光里，我有那把钥匙，结婚吧艾伦！不要吸毒，钥匙在窗前的阳光下。

是呵，钥匙在窗前的阳光下，我们要去寻找阳光下的钥匙。

金斯堡曾经形容和一个少年之间的友谊：握住他的手，就像握住一首诗。我想说的就是：握住足球的手，握住生活的手，也像握住一首诗。

乱

黑泽明的《乱》是一部绝对可以称得上经典的电影，在那部电影中，世人的心灵如世上的刀兵一样混乱不定，也如天上的云彩一样飘忽迷离。黑泽明就是用一种色彩的乱表达他的佛学思想。每一次人们看完《乱》之后，都会明白一个真理，那就是，世界上最深不可测的，就是人们的思想。而最乱的，就是人们在这个世界上莫名其妙的行动。

世界杯像面包上的草莓果酱一样轻轻涂抹在我们这个夏天，它成了人们的下午茶，这样的午后有着咖啡的芬芳。随便翻开《博尔赫斯诗集》，27 页有一行诗让我眩晕："死去了，站起来了，不朽了，成了幻影，/他前往上帝给他指明的地狱报到，/他一声令下，招来了颓丧而浴血的/炼狱中士兵与战马的魂灵。"

乱就是高卢王朝的轰然倒塌，就是意大利输给了克罗地亚，就是日本力克俄罗斯，就是贝克汉姆让阿根廷一刀毙命，就是高丽人在泛红的暮色中野狼一样地奔跑，就是齐达内拖着一条伤腿在深深地叹息，当然，也是肥硕的昔日球王马拉多纳将一篇悲愤而华丽的宣言传达给那些士气低落的斗士。

在这样的氛围中，16强就像是挤进名宅大院的16位女子，无论是以哪一种情况进入的，但只要进了16强，就算是名花有主了。而那些错失了机会的高傲文雅的老处女、宁死不屈的烈女、赴汤蹈火的荡女，只有对着空荡荡的站牌无声地叹息。

乱是一种快乐，是一种幸灾乐祸，是一种对秩序的挑战和嘲弄。干吗世界杯就得“排排坐，分果果”？乱就是蛮不讲理，就是农民起义，就是打家劫舍，就是争夺别人的情人，让别人体味到失恋的痛苦。

在这样的乱世之中，受打击最大的当然是世家子弟和名门淑媛了。矜持而古板的淑女哪里抵挡得过那些红眼睛的三陪，滚滚红尘中，当然只好无可奈何花落去，然后如蔡琴一样反刍着老歌：我像落花随着流水，随着流水漂向人海，人海茫茫不知身何在，总觉得缺少一个爱……

看看那些红眼睛挤车的哥们姐们吧。韩国就是一头凶猛的狼，而日本是一条亢奋的狗，至于塞内加尔呢，纯粹是一个想去淘金的非洲大妞。至于美国，这本来就不是一个安分的角色，在三拳打掉葡萄牙之后，他会说：“哥们儿，这种游戏太有意思了，下一个当菜的又会是谁？”在美国佬发情一般地踢足球时，他们的姐儿麦当娜会在哪里故作纯情地唱着《我就像一个处女》。天啦，麦当娜像一个处女？天！

只有中国，如蔡琴一样重复着李清照的歌：

我早也徘徊，晚也徘徊，
徘徊在茫茫人海，
我历经风霜，我受尽凄寒，
心爱的人儿何在？

上帝让巴西人死去

在南美，我一直钟情于两个国家，那就是巴西和阿根廷。在巴西，有着阴郁的河流、阳光暴晒的沙滩、神秘的森林以及狂放的人们。巴西还有让人迷乱的桑巴，华美异常的足球，以及电影，有着深情意味的《中央车站》。在这片土地上，所有的人都生活得异常感性，情欲的光辉使人们生机盎然，通体透亮。甚至有人统计出，每个巴西人平均一生中的性伙伴多达15个！如果真是这样，这真需要一生的激情，需要在身体内部流淌接近沸点的血液。而一个身体主宰大脑的人，即使如无头苍蝇一样莽撞，他也始终处在一种快乐而亢奋的状态之中。

阿根廷呢，更是一个让我神往的地方。我神往她的原因在于她拥有智慧的博尔赫斯，拥有勇敢的格瓦纳，拥有美丽绝伦的探戈舞，拥有碧蓝的海洋，拥有单纯无比的马拉多纳……在我的印象里，处在世界南端的阿根廷就是神秘、华美、激情、勇敢、智慧的生长地，是上帝在地球上的后花园，布满着神秘的交叉小径。博尔赫斯在诗歌《布宜诺斯艾利斯神秘的建立》中吟唱道：就是沿着这条沉睡而混浊的河/开来了船舶，建立了我的故乡？/小小的彩船必定曾经上下颠簸着航行/在栗色激流中的根块之间/肯定有一千人，又有千万个人/渡过了一片宽达五个月亮的大海而来，/很难相信布宜诺斯艾利斯有什么开始。/我想它就像水和空气一样永恒不灭。

但在今天上午，我不得不面对阿根廷与巴西之间的决战。这一场决斗啊，就像是二十几个骑马的勇士挥刀在一望无际的潘帕斯大草原上拼杀。由纯正欧洲血统的阿根廷人对血统关系复杂的巴西人。能够目睹这样美轮美奂的厮杀，真是人生的一大幸运啊。但上帝一如《圣经》般仁慈和优雅，今天又在制造一个善意的玩笑，人类的历史就是上帝漫不经心的历史。反正，当90分钟比赛结束，当我的巴西队死了，而我的阿根廷队赢得胜利的时候，我真是说不上该快乐，还是该悲伤。

丧钟为谁而鸣？或许我们现在说为巴西鸣响丧钟还早了一点。巴西队还没有到丧钟彻底敲响的时候。但我们应该提前知道海明威所说的一句话：不要问丧钟为谁而鸣，它为你也为我敲响。

同样敢于挑战上帝的是博尔赫斯，这位几近于盲人的智者在《基罗加将军乘一辆车驰向死亡》中写道：死去了，站起来了，不朽了，成了幻影，/他前往上帝给他指明的地狱报到，/他一声令下，招来了颓丧而浴血的/炼狱中士兵与战马的魂灵。

挑战上帝就是螳臂当车,但这样的螳臂仍有巨大的勇气让人心悸。艾玛纽埃尔·勒维纳斯在《上帝·死亡与时间》中固执地发出疑问:但是,和死亡一起展开的,到底是虚无,还是陌生?这样的谜底只有上帝知道。我们同样也回答不了的问题是:要是巴西没有参加比赛,世界杯到底是虚无,还是陌生?我看前者的成分更多一点,没有巴西的足球还是足球吗?上帝呀,你真不应该开这样特大的玩笑!

不二

著名作家赵昂和著名收藏家鲍传江推出新书《二指禅》，办了个小酒会诚邀文友。除了送我们每人一本漂亮的新书外，还有一沓鲍传江的书法由我们选。书法作品是毛边小张，文人字，上面写着“佛心”“如花”“无相”等内容。我选了一张“不二”。我喜欢这两个字，“不二”是一种大道。

赵昂就不说了，这位资深公安干警算是半个思想家，对于社会人生的思考异常深刻。不过人一深刻，麻烦就来了，无形中会远离世俗名利，世俗名利也会远离他。至于鲍传江，这是一条颇具传奇色彩的“深水大鱼”，曾沉潜于全国书画界收藏界多年，修得一身浑元气象。他原先是个诗人，后来辞去公务走南闯北，结交了不少三教九流，也结交了不少大方之家。我曾去他家看过，他的收藏分为几个系列，有书画系列、寿山田黄系列、青花瓷系列、紫砂壶系列以及酒系列等等。老鲍以他诗人般的语句说他收藏不是目的,目的是把玩和拼贴,以把玩来感受历史的韵律,以器物的拼贴来感知文化的魅力。那一次我重点品赏了他收藏的酒系列和紫砂系列——他收有元代的青花坛酒,收有70年代的茅台、50年代的五粮液,以及一坛明朝的女儿红。500年前的女儿红是什么滋味?我没有喝过,我不知道。鲍传江也不知道,因为他舍不得打开那一坛酒。

顾景舟的壶好不好?当然好,那是绝世之宝了,前不久一把壶的拍卖价在2000万以上!真是吓死人。顾景舟的壶鲍传江至少有5把!都是从顾景舟生活过的地方收来的。老鲍说这些壶的制作时间分别是20世纪的40、50、60年代以及"文革"后。顾景舟1949年后多产,靠制壶卖点小钱谋生。早年江苏省银行系统发纪念品,就曾找顾先生制作了几十把紫砂壶。当时顾先生很高兴,毕竟有生意做了,还是银行干部的纪念品,光荣啊!于是以竹刀代笔行书铭刻,还一丝不苟地钤上姓名章。不过后来问题来了,当顾景舟的壶变成天价之后,顾老对如此批量生产的壶不予承认了。顾景舟显然想以自己的否认达到对那个时代的报复,毕竟那个时代亏欠了这些大师,黄金卖成了萝卜价。不过这样一来,很多人损失大了。我不知道此事件在历史上有无先例——要是唐伯虎不承认一些画是自己的,那些收藏过他的画的人会不会找他打官司?或者找到黑社会,把这个风流文人绑架起来,强迫他签字画押?

还是回到"不二"上面去。"不二"是什么意思呢?百度上说：在佛教中，对事物认识的规范，称之为法；修行得道的圣人都是在这里证悟的，又称之为门。佛教有八万四千法门，不二法门是最高境界。入得此门，便进入了佛教的圣境，可以直见圣道，也就是达到了超越生死的涅槃境界。从佛教哲学观来看，“不二”即是“非此非彼又即此即彼”“众生平等”“自他平等”“心佛平等”等，是佛教认知世界万事万物的方法与观念，演绎阐述的是世间万物本质与表象的关系。

我读了好几遍，没有太读懂。这一个解释，极像是哲学系老师“空对空”的课堂讲义。以我的理解，是说这个世界上可以有无数路径来“开悟”，不过每一个人都有一条属于他自己的路径，“不二”并不是唯一，而是说每一个人都有一条属于自己的独特方法，每一个人的方法都是“唯一”。就像老鲍以收藏“悟道”，老赵以思考“悟道”，还有我，在这里谐心旁观“悟道”。

我选“不二”，还有另一层意思，跟“二”有关。以我的理解，“二”的意思是思维胡乱跳跃，老犯岔。按合肥的土话来说，就是“不弄”。“不二”就是“不‘不弄’”的意思，就是靠谱，做人做事靠谱。你别说，在这个世界上，“二”的人太多，“不二”“不‘不弄’”靠谱的人太少。我喜欢跟“不二”的人打交道。

穿过大半个世纪去看你

我曾在安徽师大文学院做过一场报告，题目叫作《爱生活、爱艺术、爱足球、爱写作》。当时台下一大批萌妹子，齐整整用崇拜的眼神瞅着我。我谈起文学音乐生活，她们一个个兴高采烈眉飞色舞；我谈起足球尤其是中国足球，她们一个个无精打采坐如针毡，就像我从讲台上扔下一只臭袜子；那些不多的男生也一脸茫然。而在我们那个时代，一聊到足球，男生们的眸子会金光四溢。

自高中起，我就是中国足球的“铁粉”。我开始“中毒”是1981年——中国足球队参加世界杯预选赛，小组赛中国队4∶2击败朝鲜队，引发一片“爱我中华”之声；淘汰赛3∶0击败科威特队，更是如过节般热闹。虽然随后在新加坡的决战中输给了新西兰队，不过由此一大批知识青年爱上了足球。在此之后，不管是热身赛还是友谊赛，只要是中国足球队的比赛，凡有转播，我是有球必看。有时候实在看不到，就抱着个收音机一边听解说，一边拍着大腿大喊大叫。上大学之后,中文系上千人,只有一两部电视机,有时候还被一帮学生会的干部偷偷垄断了。为了看中国足球队的比赛,我就动用一些社会关系。去得最多的,是我一个亲戚家,一去,就将眼神粘在那一台 18 英寸的东芝牌电视机上了。有一次,当时只有五六岁的赵薇也在,嚷嚷着要看动画片。我连哄带骗把这个大眼睛的小屁孩哄去干别的事去了。那一场球赛,是中国队对英国沃德福特队,输了个 1∶5。现在还有谁能记得这场球赛?能记得的,都是"老球皮"了。还有两次,我跟一个同学去疗养院的老红军家看电视,80 来岁的老红军满心欢喜,以为我们是来听他讲故事的,没想到我们把电视机打开后,就再没给他机会开口了。现在想起来,实在是不好意思。

与看中国足球相关的是买《足球报》。当时《体坛周报》还没有创刊,一纸《足球报》风靡中国。我几乎每周都要翻几次一人多高的围墙去对面的邮局买《足球报》,买到了就"得胜还巢",买不到就一翻再翻。与此相关的还有现场比赛,那时候芜湖曾办过一个"傻子杯"比赛,来了好几支中国的甲级队,八一队北京队南京军区队什么的,我是一场也没落下。我在看台上大喊大叫,惊叹他们真牛×啊!比赛结束后,我依依不舍地向球员们要签名,珍藏他们歪歪扭扭的签字。我现在还有王振杰、徐永来等人的手迹。有人收藏这个吗?估计没有。除了我,大约已没人知道他们是干什么的了。

在此之后,就是我毕业了。毕业工作之后,对于中国足球仍痴心不改。赢也看,输也看,不输不赢也看。赢过之后开心,输了也无话可说，关了电视洗洗睡。这么多年，我是中超新闻必看，对于中超绝大多数球员的身高体重技术特点百米速度，以及各队技战术打法等，也是异常熟稔。我能轻而易举地挑出一大堆央视主持人所犯的“业余错误”，最烦刘建宏什么的啰里啰唆讲不到重点。我曾系统地归纳过中国足球上不去的原因：一是人种问题，中国人一上一米九便是“大个子不呆是个宝”，很难找到像罗本、德罗巴这样身高体重速度奔跑意识俱完美的运动员，他们不是缺这个就是缺那个。二是认识问题，多小聪明，缺大智慧，对很多事物的认知不深入，不仅表现在足球上，也表现在很多相关事物上。比如中国足球的打法，从 80 年代起，一直存有认识误区，一会认为应打长传，一会认为应多打短传；一会认为要以边路为主，一会认为边路解决不了问题，应强攻中路。其实这一切都不矛盾，关键是合理性和随机应变。三是中国球员缺乏自信，不像那些老外，一个个牛皮哄哄的。中国的孩子从小就怕这怕那，怕领导怕家长怕社会，哪能踢得好球呢？四是整体，一个国人是龙，十个国人是虫，中国人虽然集体情结很浓，但集体操作能力很弱……我是把中国足球跟中国文化和国民性联系起来了。这两者有没有联系？我看是有的。

我最看不惯的是前些年中国媒体和社会集体作践中国足球，只要一谈起中国足球，就没有一句好话。不仅足球人成了人人喊打的“过街老鼠”，连喜欢中国足球的人也不敢理直气壮，生怕一不小心被街边的二大爷三姑娘揶揄一番。这当中最登峰造极的是，那些年的央视春晚，也接二连三在节目中加入些“足球黑”句子。谢亚龙、南勇一帮人进去之后，更有人拿中国足球的腐败来说事。以我对中国社会的认知水平，我知道足球上的腐败毕竟是“小来西”，像足协，虽然高山打鼓名声在外，不过以级别来说，比作协要低一个档次；以实力来言，连三峡大坝的一个动力组也赶不上。以足协的级别和实力，贪污腐败会有，但也贪腐不到哪去，毕竟水太浅衙门太小，还有那么多报刊电视盯着。我更愿意把他们的出事当作一种警醒——谁让中国足球老上不去呢？还在那里腐败。不抓了你丫的，不足以平民愤。并且，我知道乒乓球可以嘲笑足球，篮球可以嘲笑足球，以中国媒体的水平，好像没有理由嘲笑足球吧？如果媒体在世界上有一个锦标赛的话，我不知道中国媒体在世界上可以排到多少位，而中国足球的排名，一般是在 100 名左右徘徊，最好的成绩还排到过 60 多名。中国足球羸弱，那是因为外国尤其是发达资本主义国家普遍重视足球，中国足球根本占不到乒乓球、体操之类“举国体制”的便宜，只能硬碰硬地去比。中国足球水平低，还是整体发展水平低、市场化程度低、全民普及率低的缘故，一点捷径都没有得走，人家根本不跟你“田忌赛马”，真刀真枪将你的“小聪明”全封死了。作为一个资深球迷、媒体工作者，我自认为我的判断是理性的，认识是正确的。

我之所以写文章大谈我与中国足球的情缘，那是因为这一次“亚洲杯”中国足球终于来了一次真正的“大喘气”：这一届澳大利亚“亚洲杯”中国队小组三战三胜，不仅战胜了18年来一直没赢过的沙特队，也战胜了在重大比赛中从没赢过的乌兹别克斯坦队，继而轻松地战胜了作风顽强的朝鲜队。在中国对朝鲜比赛的上半场，中国队像一只猫逗着老鼠一样，使他们近不了身，让他们发不了飙。解说的李金羽竟然说中国队踢得就像巴萨队一样漂亮！这比喻有点搞大了。以我30年的足球知识来理解，这只证明一件事：那些说专业足球胜过职业足球的人可以闭嘴了。职业化足球是开门踢足球，专业化足球是闭门踢足球。最终的结果，当然是开门的踢得过闭门的。这一个道理，好像不仅仅适用于足球。

我最后要说，喜欢中国足球的人都是“自虐狂”，就像余秀华的诗句“穿过大半个中国去睡你”。那代价也太大了！自虐的最大好处是冶炼了我的心智，锻炼了我的心理承受能力，让我久炼成钢，久看成“佛”，变得不以物喜不以己悲。我现在明白，与中国足球一样充满起伏和悲伤的还有人生——人生就是斯芬克斯之谜，就是查拉图斯特拉如是说。查拉图斯特拉这样告诉人们：“你们经历了从虫子到人的道路，在你们身上多少有点像虫子。你们以前是猴子，在现在人也比任何一只猴子更像猴子。”这语句让人振聋发聩，也让人警醒自己的真实状况。

一个中国足球的“死忠党”，久而久之，必定是个乐观的悲观主义者。

外国的草药

在我受到的教育中，似乎一直只有中国才有草药，所以草药作为治病的材料，被命名为“中药”。后来陆续读了一些书，知道古时候其他国家和地方以草医治疾病的方法，一点也不比中国逊色。欧洲古代称药物为“drug”，意思是干燥的草木，这与中国古代的“本草”意思差不多。15 世纪的法国，有一位非常有名的“赤脚医生”玛丽，曾对各种草药有很深的研究。玛丽曾经从《自然》一书中整理出对精神和心灵有特效的植物 98 种，称之为“欢乐族”，专门写了一本《草药》，类似于李时珍的《本草纲目》。在书中，玛丽一一列举了一些草药的性能，描述了草药的药效和禁忌，比如曼陀罗、颠茄可以致迷幻和麻醉，茴香、芸香、鼠尾草、牛至、百里香等令人兴奋等，开启了精神刺激类心理药物的研究之门。玛丽不仅能治一般的病症，还建立了对治疗忧郁症的研究，尝试着用一些草药的汤剂去治疗人的精神疾病。在这一点上，应该说比同时期的李时珍要强。玛丽后来被当作女巫处死,是因为走得太远,出了医疗事故,违背了教义,以致激起了教会和王权的愤怒。最近在看的美剧《达·芬奇的罪恶》,在涉及当时社会状态时,也有不少有关草药的情节——达·芬奇就是经常用各式各样的草药来治病,弄得神乎其神的。片中第二季写达·芬奇乘船历尽千辛万苦去美洲的印加,被印加人逮住了。印加人女祭师用毒蛇咬了一口达·芬奇,然后让他灵与肉分离去找《叶之书》,之后又让他服药使灵魂归来……看来,有关中草药的事情,不仅欧洲有,美洲也有。在人类发展的那一个阶段,全世界的人都在以植物进行治病。

医药学跟哲学、神学和科学是紧密相连的,古时候的人大多数是有神论者,医疗思维与神灵一直有不干不净的联系。4000多年前,古巴比伦王朝有了占星术,认为地面上的一切事物都是天穹的映射,日月星辰的运行预兆着国家和个人的命运,也对应着地球上的一切生物。古埃及和希腊人认为人体是宇宙的微缩,若得知宇宙的规律,就能了解人体的奥秘;反之若知悉人体的规律,就能理解造物主的构造。这些与中国《黄帝内经》的基本理论有异曲同工之妙。印度教、密教和印度传统医学中,也有相似的观点。欧洲中世纪曾有一本名叫《草药学,又名占星药学》的书,明确地将占星术与药物对应,书中写道:人体的各部位、各种疾病和草药都有其主导星,主导星支配和影响它们,使之呈现不同的热、冷、干、湿性质。医生在治病时,应先确定该疾病与何星体有关,先了解病灶位置的星属性，再以星属性相反的草药进行治疗，治病就是“修正体液”；比如木星属性的疾病需要用水星属性的草药治疗，如果病灶部分已经变得虚弱，则要以相同属性的草药巩固。这样的理论，听起来太高妙也太复杂了！书中还把很多植物进行了星属性分类，比如太阳属性的有金盏花、迷迭香、芸香；月亮属性的有白玫瑰、康乃馨；水星属性的有茴香、薰衣草；金星属性的有雏菊、猫薄荷、大马士革玫瑰；火星属性的有苦艾；木星属性的有红玫瑰、鼠尾草，等等。书中土星属性由两大星系决定，七曜（金、木、水、火、土五大行星和太阳、月亮）算一个系统，黄道十二宫是另一个系统。这两大星系统和它们的微妙关系决定着人体的状况。

跟中医的“医者意也”一样，在那个时代里，具有药力的植物总是与巫术和魔力有关——欧洲的巫师会用艾蒿召唤灵魂；佩戴马鞭草的植物能让人免予金属武器的伤害；利用欧蓍草和不同咒语可以召唤不同的魔鬼；猫薄荷有催眠和控制人的精神的效果……由于没有坚强的理性支撑，医与药走着走着就会偏到巫术和魔法上去了，医生会变为哈利·波特，医书会成为魔法学校。欧洲的中世纪因而产生了一些怪异的药方：葛缕子放在门口，能防止恶灵和小偷进入家中，加入液体中喝下，会让女子爱上自己；肉豆蔻可以增强男人性能力，也可以治疗眼病；至于姜，中世纪的欧洲人把它看作是抗衰老的灵丹妙药；在身上涂抹菊苣油，会使他人迷恋自己；至于迷迭香，人们认为它会保持青春，治疗扭伤、骨折、咳嗽、晕眩、胃痛等。迷迭香在当时还有一项功效:将它放在熟睡的婴儿身边,会赶走图谋不轨的仙女。

欧洲人以自己熟悉的星座对草药进行分类和定性,印度人则是以人体的脉轮对草药进行分类,像印度古医书《阿输吠陀》,就是以草药对应人的体质,也对应人的脉轮……只不过这事越琢磨越悬乎——无垠的星空之下,渺小的人类如何顶着沉重的大脑袋,利用短小的四肢跌跌撞撞地找到方向,的确是一个大问题。至于中医,与欧洲和印度医学有异曲同工之妙,走的是五行相生相克的路子。中医的哲学基础是道家,源头据说是由周文王编撰的《周易》,核心内容是阴阳转化以及五行八卦学说:五行是五大元素金、木、水、火、土;阴阳就是那幅奇妙的太极鱼。中医认为五行与人体五脏相对应:心对应火,肝对应木,脾对应土,肺对应金,肾对应水。哪个方面出了毛病,就要在哪个方面下功夫。中医有许多属于朴素直觉的东西,比如吃什么补什么,像什么补什么——吃肾补肾、吃脑补脑、吃牛鞭补人鞭;吃人参果、何首乌会长寿延年什么的。西方中世纪药学上好像没这个理,没见到西方人提倡狂吃动物鞭滋阴壮阳什么的。虽然西方人从不像中国人那样补肾什么的,不过从人种学上来说,他们的家伙还是要大得多。

前些天在网上看到一个帖子,意思是说现在的中医存在着很大问题,学生学不到东西,毕业后找不到工作什么的。该文还质疑了中医本身,认为中医对人体解剖、生理和病理的解释与现代医学不相符合,中医也没有合格的疾病名称,没有可靠的诊断方法,没有可信的治疗规范,更没有关于医疗预后的风险评估与防范策略,等等。文章罗列的问题,足以让“食肉者”重视。中医不仅要保护,还要发扬光大。不过中医到底走哪条路,是以一种无节制的方式扩大,还是以文化遗产的方式进行传承和研究,这是一个问题。找到中医与现代医学的切入点,进而平衡传统与发展的关系,是新形势下中医往下走面临的新课题——我这样说,是不是有点官话的嫌疑?

我又在想,如果草药、针灸什么的医学手段不是中国医学专属的话,其实这样定义似乎要更准确一些——它不是专指中国的医和药,而是指中世纪的医学和药学。

第四辑　陈言旧语

如此不肖“子孙”

我对中国和日本之间的渊源一直有着浓郁的兴趣，也对日本的历史有着很大兴趣。关于日本人的由来，有一种与中国人有关系的说法，是日本人中有很多都是徐福带着五百对童男童女到日本后繁衍遗留下来的。徐福是秦朝时期的术士，他到日本本来是为秦始皇求长生不老药，结果上岸之后，哪里找得到仙药呢，也不敢打道回府，于是只好留下。这一种说法在日本很普遍。胡平在《100 个理由》一书中就介绍说，现在的日本和歌山县新宫市的海岸，还有一个“徐福上岸处”；城市里的公园内，还有一个徐福的墓，立有高约 3 米的石碑。墓碑立于 1834 年，上面写有“徐福之墓碑”，是一位高丽书法家的草书。据说每年的 11 月 28 日，和歌山人都要在这个公园里举行徐福登岸的纪念活动。20 世纪 80 年代的日本学者、早稻田大学的钣野气峰研究出，只要是茶褐色眼珠的日本人，肯定是齐部落（即徐福所属的部落）的后裔。日本人中姓斋藤的，都是由秦姓改的。钣野还估计，至少30%的日本人都有中国血统。1994年4月当选为日本首相的羽田孜，上任前曾公开宣布他是秦始皇的后裔，说他的祖先姓秦，一直到200年前才改为“羽田”。羽田孜的说法似乎有点不太靠谱，即使是徐福的后代，也跟秦王嬴政没有血缘关系啊！难道徐福带的童男童女中有嬴政的亲戚？

“徐福后裔说”之外，还有另外的说法——20世纪的1979年，日本大阪教育大学人类学名誉教授鸟越宪三郎发表了新说——“日本人的发源地在中国的云南省”。鸟越宪三郎曾对被认为是从云南南下的泰国山岳地带（泰国北部）的少数民族进行过实地考察，结果发现了所有婴儿的臀部都有胎斑。这与很多日本人的胎记相同。按照鸟教授的说法，日本人是云南的中国少数民族南下泰国，然后由泰国乘船来到日本。鸟教授最后说：“日本人在体质上所具有的胎斑渊源是云南，这是一个旁证，证明这个地区是日本人的发源地。”

由于鸟教授在日本学说界的名望，他的这一番说法在日本引起了很大反响。随后，日本的电视工作者同盟抵达云南，任务就是拍摄《日本人的起源》专题片。此后，日本学者的推论又由“倭人起源于云南”进一步演绎为“倭人的祖先为云南的少数民族”，其范围与核心，渐渐缩小到彝族、哈尼族、傣族上面。日本人还考证说，云南地区的火把节跟日本的盂兰盆节很像；这些少数民族中，几乎所有婴儿的屁股上都有胎斑……诸如此类的证据林林总总。我20世纪末到云南红河州时,当时这种说法已经在红河很普遍了。我实在是看不出当地人跟日本人有什么不同或者有什么相同,除了普遍个子稍小一些之外。

日本人喜欢将自己跟中国联系起来,这已不是什么秘密了。可能是出于懦弱的心理吧,生活在岛上的人就像生活在船上的人,心理上总有一种恐慌感,一直到上岸才踏实,总想从大陆找到自己的根。毕竟日本岛太小,猴子演化成人的概率要小得多,追究起来,日本人从邻近大陆迁徙过去的可能性要大得多。至于具体迁徙的原因时间地点和过程,已很难考证了。

如果日本人的确是来自中国的话,那么,这个"不肖子孙"让列祖列宗吃的亏,就太大了。中国历史上三次关键的发展时机,都因日本发动战争,在背后捅了中国的刀而错失:第一次是明朝万历年间,日本丰臣秀吉进攻朝鲜,"借道"以侵略中国。朝鲜向当时宗主国大明求援,明朝陆续派出数十万大军,与日本开始长达7年之久的"壬辰战争"。7年的战争,不仅使明朝辽东、西北、浙江的精兵折损大半,也将明朝自张居正改革以来,好不容易积聚的国库钱财耗费一空,万历一朝终成国运浮沉的分水岭。后来清代史学家赵翼曾有评论:"明亡不亡于崇祯,而亡于万历。"与此相关的后果是,由于明朝将军队主力抽调到朝鲜第一线,放松了对北方各势力的对抗,使得努尔哈赤的女真部落乘势崛起。中日战争结束之后,明朝对北方壮大了的女真部落已感力不从心了。在此之后,女真南侵,李自成和张献忠在陕甘川起义,明王朝已如风中残烛，只能眼睁睁地看着大火越点越旺。李自成轻而易举地攻下了北京城，女真一跃而起冲入关内，不可一世的朱家天下宣告结束。

第二次就是中日甲午战争。在此之前，清王朝在李鸿章等人的主政下，洋务运动开展得如火如荼，如果历史按照李鸿章所设想的平缓推进，没有出现大波澜的话，到了一定时期，清国国力将大大增强，中国经济和近代化步伐会加快，然后带动相关领域，譬如政治、文化、社会、教育、民风等各方面的改革。这样，洋务运动所体现的，就不仅仅是它技术方面的功效，更重要的，会以一种示范的作用来带动整个社会，推动民间和上层的改变。同样不幸的是，在洋务运动刚刚起步的时候，日本选择了动手，甲午战争的惨败，不仅让清国割地赔款，伤了大清的元气，中国人的士气和民心也跌到了最低谷。

第三次就是长达 14 年的抗日战争了。这一场战争，在中国境内打了 14 年，不仅给中国人民带来了深重的灾难，同时也使中国政治出现了出人意料的走向。可以说，日本发起的这一场战争，至今仍在这一片土地上留有阴影。我曾在《晚清有个袁世凯》当中写道：中国的近现代史，一直就不是孤立的中国人自己的历史，中国的近现代史走向是多种复杂因素左右的最后结果。这当中，有两个国家起到了至关重要的作用，一个是俄国，另外一个是日本。相比较而言，日本对于中国的伤害，还要比“老毛子”大得多。日本，真是一个名副其实的“龟孙子”。

项羽刘邦怎么坐？

北京出版集团北京出版社出了一套“大家小书”，宗旨是：阅读大家经典，感受大家风范，普及大家知识，传承大家文化。看得出来，这是一套中国文化的普及读本。因为一直对古人的居家日子有兴趣，我买了一本许嘉璐写的《中国古代衣食住行》，想通过此书，看看古人究竟是怎样有滋有味生活的。

许嘉璐先生真是有学问，对于中国古代的衣食住行，一本全知。比如说，居分四隅，也就是房间的四个拐角，分别都有专名：《尔雅·释宫》中说：“西南隅谓之奥，西北隅谓之屋漏，东北隅谓之宧，东南隅谓之窔”，“奥”与“窔”都有幽深、黑暗的意思。古人在室内很讲究座次，因为奥在四隅中最尊，所以在室内以坐西向东的位置为最尊，其次是坐北向南，再次是坐南向北，坐东向西的位置最卑。《史记·项羽本纪》中的“鸿门宴”的坐法就是一幅完整的、清清楚楚的位次图：“项王即日因留沛公与饮。项王、项伯东向坐，亚父南向坐——亚父者，范增也，张良西向侍。”这个宴会是在军帐中举行的，其排列方法一如室内。项羽自坐东向，是其自尊自大的表现；范增虽是谋士，却号称“亚父”，因此南向，说明地位也很高；刘邦北向，从朝向上看，属于第三等级。请人吃饭，对人不尊重，由此看出。至于刘邦的谋士张良，只能西向，而且要加一个“侍”字。如此席位，想必刘邦一坐上心里就不快活——像刘邦这样从底层发迹的人，最恨的，就是“贵族”的妄自尊大。项羽一不经意间，踩着了刘邦的痛处，也难怪刘邦要死死地咬住他不放了。

许先生还谈到了中国古代的酒，说中国酿酒的历史久远，有粮食的种植生产时，也就有了酒。商朝特别喜欢喝酒，纣王就曾“以酒为池，悬肉为林”。古代有些人酒量很大，例如樊哙在鸿门宴上立饮斗卮酒，喝完表示还能喝；唐代的王绩号称“斗酒博士”，能每天喝一斗酒；宋代的曹翰酒量更大，喝了好几斗酒后仍然十分清醒，“奏事上前（皇帝面前），数十条，皆默识不少差”。喝了那么多，一点浑话都不说。与这些人相比，李白斗酒诗百篇、武松一饮十八碗，就“小来西”了。不过古代的酒一般都是黍、秫煮烂后加上酒母酿成的，成酒的过程很短，不经过蒸馏，其所含酒精量远远不能跟现在的“老窖”“陈酿”“二锅头”相比，所以喝个二斗三斗的，实属正常。我国的烈性酒出现得较晚，至早不过南宋。稍烈一点的酒叫作“醪”，再烈一点的叫“酎”，比醪和酎更烈的酒叫“农”。《说文》中有“农，厚酒也”之说，“醇，不浇酒也”。“厚”

即酒味厚、酒性烈;“不浇”即不掺水,也就是酒精度数高。《说文》还有“醹,厚酒也”“醋,重酿酒也”,这也是较烈的一种酒。许先生真是有学问,竟知道一个“酒”字有这么多的写法和说法。

这本书还谈到了古人吃狗肉的问题,说中国人自古以来就喜欢吃狗肉。《孟子》中就把狗跟鸡、猪并提,狗肉在人们饮食中的地位,只略低于猪。《左传·昭公二十三年》载,鲁国的大夫叔孙被晋国扣留,“吏人(晋国治狱的官吏)之与叔孙居于箕者(箕:地名,叔孙被拘之处),请其吠狗(看门狗),弗与。及将归,杀而与之食之”。吏人要活的不给,是避贿赂之嫌;临回国时杀了狗请客,为了表明自己不是舍不得。而吏人跟“犯人”要狗吃,不仅反映了当时人们对狗肉的兴趣之大,而且说明狗是随时可以杀掉吃的。《晏子春秋》也载:齐景公的“走狗”(猎狗)死了,景公要用棺敛之,还要祭祀。晏婴就提意见,于是景公“趣(促)庖治狗,以会朝属”,干脆,用这只狗来请客了。

古代食狗风盛,屠狗也就成了一个专门的职业。古书中提到的“狗屠”要比羊屠等多得多。倒如战国时有名的刺客聂政,“家贫,客游以为狗屠”;刘邦的大将樊哙也“以屠狗为事”。刺杀秦王的荆轲,“既至燕,爱燕之狗屠及善筑(一种乐器)者高渐离”。这些,都是《史记》中记载的,看得出来,那时候吃狗之风盛行,在汉人眼中,狗跟猪没有什么区别,都是吃的。很多人觉得狗肉比猪肉还要好吃。

读许嘉璐先生的书,对照着现实,可以发现时光在变,不知不觉中,中国人的衣食住行改变了不少。现在喝酒,大都不喝糯米酒了,现代人性子急,等不及粮食发酵了,干脆就用酒精兑。现代人显然比古人要能喝得多,酒量上斗的,遍地英雄。坐的朝向也有变化,现在最尊贵的座次应是坐北朝南,圆桌吃饮以右为大,主席台上开会以左为大。座次是一定不能乱的,一乱,就会引发大事端。至于吃狗肉,似乎不那么光明正大了,即使吃,也是一些没有文化的粗人在吃,或者偷偷摸摸地吃;至于那些80后的独生子女们,食不厌精,脍不厌细,已很少有人吃狗肉了。不仅如此,社会上还爱心泛滥,不断有一些自发的、极端的护狗行动,有时候让人觉得,似乎狗比人都珍贵了。

在这一本《中国人的衣食住行》中,许先生没有谈及古人的婚姻制度。中国古代男人最引以为傲的,就是三妻四妾了。只要稍稍混出点人样,哪个不讨个几房女人呢?按照辜鸿铭的说法,一个茶壶得配几个杯子——否则还叫茶壶吗?多妻一夫带来的竞争,让男人地位稳固上升,有充分的优越感。哪像现代中国男人,地位没落排名靠后。中国男人的衰败,不知账能不能算在西方身上——近代中国凡事生吞活剥,西化最彻底的,却是一夫一妻制,那是典型的基督教的产物,也是典型西方价值观的输入。这个"全盘西化",真是把本来"性福"的中国男人害得抬不起头来。

披上"熊皮"的薛平贵

《唐代的外来文明》是一本很有意思的书，作者是世界著名的汉学家爱德华·谢弗，美国人，陕西师范大学出版社出版。书的原名是《撒马尔罕的金桃》，全书数十万字，通篇写唐代与西域以及欧洲各国的交往情况，书中有很多新东西值得玩味。

从书中可以看出，唐朝与当时各国的交往是全方位的，不仅表现在贸易上、风俗上，还表现在很多文化现象上。东土在输出不少东西的同时，也输入了很多舶来品：动物方面，输入的有波斯猫、牦牛、野青羊等；飞禽方面，孔雀作为典型的"越鸟"，开始从雷州半岛的罗州和雷州，与斑竹、鹦鹉一起作为年贡源源不断送往长安；植物方面，除了紫檀、榈木、檀香的传入外，传入中国的，还有罗马的水仙、印度的红莲花和白莲花等；蔬菜方面，从当时的泥婆罗国（也有说波斯）传入了菠菜，菠菜一段时间被称为"波斯草"，与菠菜同时传入唐朝的，还有球茎甘蓝的甘蓝菜，一种"其状如葱”的白色植物，还有一种类似莴苣的“苦菜”，以及“酢菜”和“胡芹”等。

在人方面，唐朝曾输入了不少突厥族的奴隶，还有来自西域的年轻舞伎。其中最受唐朝人喜欢的就是“胡旋女”——许多胡旋女都是作为礼物，由俱密、史国、米国，特别是由康国的统治者送到唐朝来的，这些粟特女子穿着锦缎做成的绯红袍、绿锦裤、红鹿皮靴，舞台上放着一个大球，随着球的滚动，舞女在球的顶端腾跃、旋转。这一场面，在当时的长安绝对不亚于巴黎的“红磨坊”。唐代诗人白居易，就曾在《柘枝妓》中，描写了这样的场景，留给了人们很多想象的空间。

这一本书的内容涉及唐朝生活的各个方面：家畜、野兽、飞禽、毛皮和羽毛、植物、木材、食物、药物、纺织品、颜料、矿石、宝石、金属制品、世俗器物、宗教器物、书籍等等。因为是西方人所写，所以少“大汉”的民族精神，显得更客观也更真实。给我们传达的，是唐朝和其他国家的交流情况。可以看出的是，唐朝与西方各国的交流是极其紧密，也是平等的，正是这样的平等而热切的交流，带来了唐朝的繁荣。

这一本书没有具体提到一些文化交往实例，比如说玻璃，最早由阿拉伯地区传入中国时，中国人一直将这种精致透明的东西当作宝物，甚至觉得比黄金还要珍贵。唐代诗人王翰所作《凉州词》：“葡萄美酒夜光杯，欲饮琵琶马上催。醉卧沙场君莫笑，古来征战几人回？”这个“夜光杯”，就有人说是“玻璃杯”，由此可见当时玻璃杯价值连城。只是后来玻璃杯传入得太多了，一多，就不显得珍贵了。

对该书还可以进行补充的，还应有唐传奇中薛平贵与王宝钏的故事。按照著名翻译家杨宪益的观点，这一个看似典型的“公子落难，小姐讨饭”题材的才子佳人剧，也是一个舶来品，它源于欧洲的传说，是回鹘人传至中原的。并且，在后来的《格林童话》中，也有这个故事的整理版：有一军士，在非常困苦的处境里，遇一妖人，给他一张熊皮，叫他7年不得沐浴修饰，此后便可赢得极大财富，终生无忧。这军士后来到一人家，当地有三姐妹均甚美貌，大姐二姐都嫌他丑陋，唯有三妹因他援救了她的父亲而情愿嫁给他。结婚后熊皮军士将一指环剖分为二，以一半交他妻子作为凭证，又去漫游四方。他的妻子穿上敝衣，任凭她两位姐姐嗤笑，守节数年。7年期限满了，那军士衣锦荣归，她们都不认得他，他取出指环，认了他的妻子，大姐二姐羞愧而死。

杨宪益为什么说薛平贵和王宝钏的故事来自欧洲呢？他的根据是：“熊皮”（the bear hide）的译音在古代北欧语里与“薛平贵”三字的音竟完全相同：the 字古文作 Se，相当于中文的“薛”音；bear 在现代冰岛与瑞典文里还作 Bjorn，相当于中文的“平”音；hide 在冰岛文里作 Huo，丹麦文里作 Hiurn，古希腊文作 Kutos，可见古代当读若 Kuid，相当于中文的“贵”音。所以 SeBjornKuid 也就是“薛平贵”。对于这些外文，我是一窍不通，只能原文照搬。不过我觉得杨宪益先生说的还是很有道理的。

无独有偶，晚唐段成式的《酉阳杂俎》中，有一个叫《叶限》的故事，也跟格林童话中“灰姑娘的故事”极为相像。这同样可以作为杨宪益说法的佐证：故事说的是南中少数民族地区的一个部落首领，姓吴，有一个女儿叫叶限。叶限的遭遇与灰姑娘如出一辙：被后母虐待，生活苦不堪言。她养了一条神鱼，被后母煮着吃了。叶限把神鱼的骨头埋在土里，鱼骨忽然放出异彩，给她变出了绫罗绸缎和一双金鞋。到了洞节的时候，后母带着她自己的女儿去参加了，让叶限在家里看守庭院中的果树。叶限等后母走远了，穿上翠鸟羽毛编纺的衣服、金银丝线做成的鞋子也跟着去了。后母的女儿认出她来，就告诉她母亲：“那个人很像姐姐。”后母看了也很怀疑。叶限察觉出来，匆忙地赶回去，丢了一只鞋子。后母回来，只见女儿抱着院子里的树睡觉，也就不再怀疑她了。这只鞋被人捡到后卖给了陀汗国的国王。陀汗王得到后，让左右下人穿上去试试，脚最小的穿上去鞋子也差一寸。于是下令全国所有的妇人都穿上试一下，竟然没有一个合适的。那鞋子轻得像羽毛，踩在石头上也没有声音。陀汗王想，这个鞋子的主人该多漂亮啊，于是派人带着鞋子到处寻找。只有叶限一个人的脚适合这只鞋。于是两人结为夫妇，幸福地生活在一起。

《叶限》的故事，是比较容易看出舶来的成分了：它本身，就发生在南中一个部落，至于她的夫婿，更是强大的陀汗国，范围达数千里，统治海岛无数，却不知坐落在哪里。相比于“熊皮”的故事，这个故事似乎“进口”的可能性更大。这也难怪，唐朝是一个开放的时代，长安是国际化大都市，外国人遍城都是，酒酣耳热之余，会各自说一些本土的故事增加趣味，然后故事开始口口相传。传来传去，“熊皮”变成了“薛平贵”；“灰姑娘”变成了“叶限”；外国故事也渗入了中国特色，慢慢变成了公子落难小姐讨饭了——文化就是在交流中慢慢壮大的。当然，中外故事也有一些纯属巧合，像萧伯纳的剧本《窈窕淑女》，看起来似乎跟战国时范蠡和西施的故事有些相像，说前者来源于后者，肯定有些牵强。总而言之，一个故事只要娱人娱己，管他是哪个国家的故事呢，都是人类的精神产品。

每一个地方都不是独立和封闭的，彼此之间的影响，比我们想象的要多得多。就像相隔不远的两棵树，看起来各自兀立，毫不相干，其实它们的根，早就纠缠在一起了；就像中国人，从民族融合的角度来说，哪里去寻正宗的炎黄部落人呢，身上早就流着乱七八糟的血了。

欧阳修的艳事

每个时代的偶像是不一样的，比如宋代，读书人最崇拜的，是唐代的韩愈——官当得大，文章也写得好，有学问、有地位、有气场，俨然一代大宗师。这一点不像李白，虽然才气逼人落拓不羁，但一生未取仕；不像杜甫，官做得太小，生活太清苦；不像王维，官位还好，才也还好，但不是名门正路，有点旁门左道……所以，在宋朝的书生看来，韩愈是一个读书人的最高理想。

宋代的欧阳修本来最像是"韩愈二世"，并且，欧阳修也一直刻意成为韩愈，他的学问，他的少年得志，他沉稳的性格，都与韩愈有几分相似。可是天有不测风云，连欧阳修自己都没有想到，踌躇满志的自己竟是给两则桃色事件打垮了。

第一次绯闻说的是欧阳修与"外甥女"的是非——这个"外甥女"不是他的亲外甥女，而是他的妹夫张龟正带来的，张龟正在娶欧阳修妹妹之前，曾有过婚姻，并且有一个女儿。张龟正没跟欧阳修的妹妹过几年便生病死了，欧氏只好带着10岁的小女孩（也有说7岁）在哥哥家中寄住。女孩成年之后嫁给了欧阳修的堂侄。一段时间后，因与仆人私通，奸情暴露，案件在开封府审理。审理过程中，不知出于什么原因，张氏突然交代未嫁时曾与欧阳修有私情。对于这一段旧事，王（金至）《默记》上这样说："张惧罪，且图自解免，其语皆引公未嫁时事，语多丑异。"

这件事传出后，在当时社会上无疑引爆一颗炸弹，欧阳修当即被传唤到开封府。这事被欧阳修的政敌钱勰知道后，如获至宝，他举出欧阳修一首小词《望江南》，认为这一首"艳词"，写的正是这些事：

江南柳，叶小未成阴。人为丝轻哪忍折，莺怜枝嫩不胜吟。留取待春深。

十四五，闲抱琵琶寻。堂上簸钱堂下走，恁时相见已留心。何况到如今。

从字面上看，这首词很多地方还真有点一语双关，确实给人以很大的想象空间——张氏10岁到了欧家，的确像初春的嫩柳枝，"莺怜枝嫩不胜吟"；到了十四五岁出嫁的年龄了，"恁时相见已留心，何况到如今"，看上去似乎有点早有图谋的感觉。前因后果地读起来，这首词的确像是记述"一树梨花压海棠"的心态。虽然问讯不了了之，但欧阳修名誉受到了极大的损害，老对手吕夷也趁机打压欧阳修，欧阳修因此被贬至滁州，当了“醉翁”，待了一年多，也写作了千古名篇《醉翁亭记》。

欧阳修被贬之后，辗转滁州、扬州、颍州，然后又回京城。神宗即位之初，年过六旬的欧阳修东山再起，被朝廷重新重用，官为朝廷辅命大臣，相当于副宰相。没想到的是，一段时间后，欧阳修再传绯闻，这一次绯闻说欧阳修与他的大儿媳有染——其时，欧阳修妻子的堂弟薛宗孺犯事受到弹劾，薛宗孺希望欧阳修在皇上面前美言几句，没想到欧阳修却上书要求上方秉公处理。薛宗孺急了，上书说欧阳修与大儿媳吴氏有染。由于薛宗孺与欧阳修有亲戚关系，而且欧阳修也有“前科”，于是很多人相信这件事的真实性，一下子又搞得满城风雨。

倒霉的是欧阳修又撞见一个“钱勰”——当时有一位御史蒋之奇，对这个人，欧阳修还曾有推荐之恩，没想到蒋御史“铁面无私”，上书弹劾欧阳修有违人伦、道德败坏，证据又是一首欧阳修所作的《醉蓬莱》词：

> 见羞容敛翠，嫩脸匀红，素腰袅娜。红药栏边，恼不教伊过。半掩娇羞，语声低颤，问道有人知么？强整罗裙，偷回眼波，佯行佯坐。
>
> 更问假如，事还成后，乱了云鬓，被娘猜破。我且回家，你而今休呵。更为娘行，有些针线，诮未曾收罗。却待更阑，庭花影下，重来则个。

从这首词的字面意思看，确实是描写女子偷尝禁果幽会的情景，按照蒋之奇的说法，这分明就是欧阳修“扒灰”啊，那种娇羞、担忧，以及对情爱的渴望历历在目。欧阳修是有“前科”的人，他还能说什么？实在是没什么好说的了。

欧阳修的两则绯闻真实性到底如何，史学上一直有激烈的争论。热爱文学以及敬佩欧阳修诗词的人，当然会一口否定。一个在文学上有着如此巨大成就的人，当是一个谦谦君子，根本不会做如此“拆烂污”的事情。不过以现代常识来分析，即使是再伟大的人，也可能会做一些“拆烂污”的事情。伟人背后的秘密多着呢，只不过是没有挑明罢了。欧阳修在文学上的巨大成就，跟他的私生活不检点并不矛盾。更何况欧阳修这事的确存着某种逻辑上的可能性——欧阳修第一次被曝与自己妹妹的养女偷情时，正好39岁。在此之前，欧阳修先后死了第一任妻子胥氏和第二任妻子杨氏，她们分别是17岁和18岁。31岁那一年，欧阳修又娶了第三任妻子。欧阳修曝出绯闻的那一年，妻子正怀有身孕，事发之后，才生下了第二个孩子。从时间上说，欧阳修正处于“七年之痒”和妻子怀孕的关键时期，这不能不是一个值得关注的时间段。我这样说，并不是说欧阳修的绯闻就一定属实，而是说，文学上的成就，并不能左右一个人的人格，况且，人都有自己的弱点，有自己的软肋，欧阳修也是人啊！至于第二次绯闻，看起来似乎可能性要稍小一些，当时的欧阳修已患有严重的糖尿病，身体日衰，恐怕没有精力和能力去做一些事了。所以朝廷在“明察”之后，对于此事曾有一个确切的结论，将那些诬陷欧阳修的人发配了。至于欧阳修所作的“艳词”，只要看一看当年晏殊柳永等人的词就可以得出结论：纯属文人自作多情的意淫，实在是不能对号入座的。

不过前后两次身陷绯闻案，对欧阳修的打击很大。无论怎么样，老脸挂不住啊！在“以德治国”环境下，欧阳修一度心灰意懒，也一度佯狂洒脱。第一次风波后欧阳修写了《醉翁亭记》；第二次又写了《六一居士传》。这都是好文章！看起来欧阳修似乎放下了，实际上还是没有放下，在遭遇第二次打击后的没几年，欧阳修就综合征并发，郁郁地去世了。欧阳修真是个老实人。

都是纸币惹的祸

近些年来一直历史热，首先热的，是明史，然后是晚清民国史，再就是清史、宋史、秦史、汉史、三国史等等，最不热的，就属元史和夏史之类的了。明史热，是明朝那些事情我们读起来亲切又接近；夏史不热，是因为资料缺乏，空蒙无奈；而元史呢，事件太多，人物太陌生，翻译太别扭，像术赤、牙忽都、帖木儿不花、脱脱什么的，一看上去，就有丈二和尚摸不着头脑的眩晕。

翻《元史》，翻到忽必烈时代三个主管国家财政的大臣连续被杀，想想元朝的财政和货币政策，突然就有了一些疑问：

第一个被杀的是中书省平章政事阿合马。这一个伊斯兰名字，现在通常翻译为艾哈迈德(Ahmed)，由此也可以看出，阿合马极可能是西亚阿拉伯人。阿拉伯商人多，比较会理财，这个人想必也是如此。阿合马作为忽必烈身边的重臣，帮助忽必烈管理元朝的财政货币等事宜。阿合马并不是直接死于忽必烈手中，而是被他的仇家所杀。《元史》说阿合马因为强占契丹人的家眷，与契丹人结了仇，契丹人便设了一个局，抓住了阿合马，然后，在历数阿合马的种种罪行后，用一个大铁锤把他的脑袋砸得粉碎。忽必烈在从马可·波罗那了解到阿合马死去的原因后，决定对阿合马“发墓剖棺、戮尸于通玄门外”，让成群的野狗，撕扯他的尸体。

第二个被杀的财政大臣叫卢世荣。他是阿合马的继位者，是一个汉人。《元史》把他列为佞臣排行榜的第二，仅次于阿合马。阿合马死后，因为财政大臣属烫手的山芋，谁也不愿意去接这事。大臣桑哥向忽必烈举荐了卢世荣，说“世荣有才术，谓能救钞法，增课额，上可裕国，下不损民”。忽必烈在接见他之后，任命他为中书省右丞，主管财政。卢世荣几年后也被杀。这一次，他不是死于仇人之中，而是直接死于忽必烈手中，罪名是中饱私囊。卢世荣死得很惨，他的尸体被割成小块，投放到猛兽口中。

第三个被杀的财政大臣是桑哥，也就是推荐卢世荣的那一位。《元史》说桑哥上任尚书省右宰相之后，大肆卖官，“贵价入，当刑者免，求爵者得，纲纪大坏，人心惊骇”。也就是说他卖官，坏了社会风气。如此五六年后，遭到无数大臣的弹劾。忽必烈一怒之下，将桑哥尸身两段。

三位财政大臣到底做了什么，命运如此相似不得善终。从《元史》所说的看，栽在这三个人身上的罪名，是说这三个人除了贪污受贿之外，还有意识地操纵通货膨胀，来为自己聚积财富。比如说阿合马，《元史》把他列为第一佞臣，说他“阴谋交通、专事蒙蔽、内通货贿、外示威刑”，把无数国家财富理进了自己的腰包。卢世荣同样也是如此，《元史》把他列为第二佞臣，排名仅在阿合马之后。至于桑哥，同样位居佞臣当中。

这三个人都是因为奸佞和贪污被忽必烈所杀吗？其实细细地一想，情况却并不如此，这三个人的死，都跟当时的财政和货币政策有关。比如说在桑哥手上，所做的一件事是发行至大钞，五倍于至元钞回收。新老钞相比，公开贬值5倍。桑哥这样做，忽必烈最起码是知晓的。忽必烈看通货膨胀没法控制了，就让桑哥耍了这一招。看到民怨沸腾，就杀了桑哥平民愤。如此这般，能看得出来的是，这三个人是当时无法控制的通货膨胀以及社会动乱的替罪羊。

元代这个朝代很有意思，它竟然是中国古代史上唯一一个始终使用纸币做主要流通货币的朝代。在攻取南宋之后，蒙古人大约是觉得长途征战便于携带吧，陆续开始发放宝钞禁用铜钱了。一开始，当然有很多便利，既囤积了金银，也宣扬了国威。但不久，由于穷兵黩武，税收也跟不上，忽必烈开始征调纸币准备金，还大肆扩大发行纸币的数量。在尝到甜头后，统治者真把这一招当作鬼神显灵了。纸币遭到轻蔑后，很快就报复了，元朝一下子出现了大规模的通货膨胀，社会也出现了大规模的动乱。纸币所引起的动乱，实在是由于人们不了解纸币的规律所引起的。想想当时人们的知识结构，想想货币和金融之间的玄妙，想想皇帝为所欲为的秉性，那是再正常不过的事了。所以，阿合马等人的被杀也在情理之中，以他们的知识水平和能力，加上当时的条件，即使是再清正廉洁，也无法操纵得了纸币的运行。就像一个人，如果没有足够高的骑术，能驾驭得了老虎吗?《元史》简单地将三位财政大臣划入了“奸佞”一族，一并脸上涂了黑，实在是将历史简单化、符号化了。

元代这个朝代很奇怪，铁蹄南下，迅雷不及掩耳之间，就摧毁了南宋；然后东征西讨，东面攻下了高丽，西面一直打到波罗的海岸边；然后又以迅雷不及掩耳之势垮掉，先是撤出中原，然后又消失得无影无踪。以往一直说是红巾军大起义推翻了元朝，现在看来，未免牵强附会。以元朝军马的强大实力，当年铁甲的欧洲和阿拉伯军团在它面前都如秋风扫落叶般，中原几个“蟊贼”焉能撼动它的江山？它应是内部出了大问题才是。元朝的关键问题，就错在纸币的使用上，通货膨胀就像一座火山，火山一旦爆发，焉有一片净土？所以元朝到了后来是四面楚歌，所有的人都揭竿而起，包括自己的兵马。当年阿合马死后，在抄没阿合马的家产时，曾经从一位名叫引注的小妾的箱子里，搜出两张煮熟的人皮。这两张精美的人皮，连耳朵都完整无缺地耷拉在上面，他们究竟是谁？小妾也不知道。小妾只是交代说，阿合马每逢诅咒和祷告时，都将神位放在人皮上面，然后念咒一番。倒霉的阿合马，想必怎么也弄不明白纸币是怎么一回事，在他眼中，纸币就像魔鬼般无法把握。阿合马于是想以一种魔法的方式来控制它，以毒攻毒，以魔制魔——这样，一直到死，阿合马想必也弄不懂纸币是怎么一回事。

纸币的发行,从现在的角度来看,实在是一个带有现代经济和法律色彩的现代方式,它需要法律和金融的保证,需要诸多的经济知识,需要严谨的操作方式。马背上的蒙古人不知利害,竟然将国家命运轻易托付于它,实在是轻举妄动了。在经济基础和上层建筑各方面都无法保证的情况下,纸币一定会摇身变为一个妖魔。现在看来,不可一世的蒙古王朝之所以灭亡,实在是这个妖孽给害的。

家伎摇身变家妓

清初某一年，江南名士查伊璜受徽州同仁的邀请，携家眷及私人戏班来到徽州，先是游玩了北面的黄山，然后又在徽州府搭台，让戏班为当地人唱戏。当时同为复社成员的歙县人许芳城曾写了一首诗馈赠查伊璜，云："滑稽之雄称东方，索米曾登金马堂。孰若先生抱真璞，崎岖奇险埋幽光。鸡林万里传金翰，卖赋黄金随手散。耳非丝竹神不欢，绛帐鹍弦时烂漫。君不见，司空表圣挟鸾台，道逢胜地多徘徊，放眼山川如有助，荒岩邃壑云霞开。又不见，谢安石，雅度奇才谁可伍，前列华筵后歌舞，围棋赌墅震八荒，江左风流自千古。闻君昨到乌聊城，市民争睹查先生。玉镳油碧塞街巷，腐儒错愕山民惊。那知乾坤甚寥廓，何必犹龙尽寂寞。领略名山却有人，金谷西园殊不恶。清秋八月西干暮，十千沽酒青莲渡。奏君白苎曲，醉君鹦鹉杯，忆君原是谪仙才，千年泛月今重来。"从诗中可以看出，查伊璜一行在徽州引起了轰动，尤其是查伊璜的私人戏班,美女如云,千姿百态,莺声浪语,一下子倾倒了寂寞的徽州。

查伊璜来徽州引起强烈反响,不只因为查伊璜名气大,而是因为他带了一个家庭戏班,让徽州人很是眼馋。那时候不只是查伊璜,很多名士都时兴在家养一个戏班,把生、旦、净、末、丑凑齐,找个琴师以及敲锣打鼓的,在家端坐享受歌舞升平。家班平时排练,隔三岔五地邀些文朋好友,上些好茶好酒,在家中演上一场。有些水平高的家班,还隔三岔五地到各地商演。当时最具实力的,就是盐商江春的两个家班:德音班和春台班。德音班唱的是昆腔戏,春台班唱的是花部戏,也就是乱弹戏。江春花重金将苏州的杨八官、安庆的郝天秀、四川的魏三儿等名角招入,每演一场,赠以千金。郝天秀在当时名气非常之大,他的表演柔媚动人神出鬼没,有一个很酷的绰号:“坑死人”。户部尚书曹文埴退休后回老家歙县雄村后,建了一个非园,还从扬州带了一个戏班——华廉家班回家。华廉家班的首要任务就是给曹文埴的老母唱戏。曹文埴还请了一帮文人,为自己的戏班编剧本。乾隆皇帝八十大寿,全国各地的戏班都赶往京城会演,曹文埴也带着戏班去了。为了讨吉利,曹文埴特意把华廉戏班改成庆升班,就是庆贺生日的意思。曹文埴是想讨个口彩,以博乾隆老爷子的欢喜。

查伊璜、江春、曹文埴等人养家班以听戏为主,而李渔等人养家班,则是有点“醉翁之意不在酒”——李渔年过半百之后,受邀从北京到西北地区转了一圈，获赠两个灵性十足的小美女：一个姓乔，芳龄13；一个姓王，芳龄12；一个比李渔小44岁，一个比李渔小45岁。乔姑娘与王姑娘的出现，撩起了李渔办家班的愿望。回到南京之后，李渔举办了盛大的仪式，既宣布纳乔姑娘和王姑娘为妾，又宣布自己的家庭戏班开业：乔姬温柔俊俏，扮演旦角；王姬俊美刚烈，扮演小生；而李渔自己呢，集老板、导演、编辑、配角等众多角色于一身。年过半百的李渔带着一帮花枝招展的伶人，就像一只老公鸡带着一群小母鸡一样快乐。正是在这样的情况下，处于亢奋期的李渔完成了最出名的小说《肉蒲团》。这本书李渔与其说是表达一种人生观，还不如说想炫耀自己丰富的性体验；或者，是年近花甲的李渔天马行空的意淫——身体不行，就只有靠想象了。《肉蒲团》又让李渔赚了一笔钱，这样，年近60的李渔整日里莺歌燕舞，花天酒地，戏里戏外，梦幻泡影，如露如电，然后一江春水向东流。李渔的家戏，已是一半“伎”一半“妓”了。

比李渔更肆无忌惮的，是明朝嘉靖年间的徽商吴天行。吴天行是歙县丰溪人，在山外的世界赚了很大一笔钱后，便带了一个庞大的戏剧家班，优哉游哉地回到了自己徽州的老家丰溪。在丰溪，吴天行建了一个很大的园林，把它命名为“果园”。“果园”占地数十亩，建有楼台亭阁、假山湖面、小桥流水，还养有花卉植物、飞禽宠物。吴天行的家班规模很大，有上百人，绝大多数都是女伎。这些女伎们名义上是吴家的女演员，其实都是吴天行的小老婆。吴天行整日跟上百个美女厮混在一起，就像后宫里的皇帝一样。戏班当中，有一个叫琐琐娘的主角儿，长得非常漂亮，丰姿绰约，性感妖娆，声音如画眉一样婉转动听，最得吴天行的喜欢。没想到这个"百妾花魁"一段时间之后突然生病死了，吴天行很悲伤，就把琐琐娘埋在"果园"，上面种上了几株牡丹，建了一个牡丹园。曾有人说吴天行就是《金瓶梅》中西门庆的原型，还考证出，西门庆与潘金莲在"醉闹葡萄架"一节中玩的性游戏，吴天行也玩过。这是简单类比了，西门庆哪里能跟吴天行相比呢？西门庆只不过是多讨了几个老婆，哪像吴天行，女人多得超过一个连，真是名副其实的"百妾主人"。

来徽州的查伊璜是浙江海宁人，诗、书、文俱佳，非常有钱，也非常豪爽。有一个下雪天，查伊璜看见一个乞丐居住在屋前，又冷又饿，查伊璜便问他：你能喝酒吗？回答能。于是查伊璜便邀乞丐和他一起喝酒。喝酒完毕，查伊璜见那个乞丐衣服很单薄，就把自己的棉衣送给他，那个乞丐也不谢，拿起衣服就走了。第二天，查伊璜在杭州西湖放鹤亭下又看到这个乞丐，还是衣不蔽体赤着双脚，便问：昨天我不是送你衣服了？乞丐回答说：入春已不需要棉衣，我把它换酒喝了。查伊璜又问：你曾经读书识文字乎？回答是：不读书识字，何至为丐耶！查伊璜又带他洗了澡，买来新衣新鞋，继续请他喝酒。这个人终于自我介绍说，自己姓吴，名六奇，东粤人，因为年轻时好赌，把家产败完了，只好流落江湖了。查伊璜急忙站起来扶住他的手臂说：我听说过，吴六奇是海内奇士，真是有眼不识泰山。于是查伊璜把吴六奇留在家里，与之痛饮一月,又给了他一笔钱,让他回家了。吴六奇后来官至明朝总兵,清军入关后,吴六奇投降,官至太子太保。

查伊璜名气大,他的一个后人名气更大,那就是当今蜚声海内外的武侠小说作家金庸。金庸当然知道自己祖上与吴六奇交往的这一段历史。吴六奇投奔了清朝让查家很没面子,于是金庸便在小说《鹿鼎记》中给他安排了一个角色,让他摇身一变成为“天地会”的一个堂主,成为反清复明的一个英雄。

小说还是不可信啊! 剑桥大学硕士生金庸同学的小说同样如此。

越老越爱美女

唐德刚曾给晚年的张学良做口述自传,90 多岁的张学良谈到兴头上,总是喜欢把话题转到女人身上,一说就信马由缰刹不住。唐德刚只得照单全收。现在读这本张学良口述自传,还能感受到这一点——“老少帅”一谈到与女人的交往,油门和火力就上去了。对此,张学良也清醒地自知,他为自己拟了一副对联:“两字听人呼不肖,半生误我是聪明”;又说,“平生无遗憾,唯一好女人”。他自作打油诗:“自古英雄皆好色,若不好色非英雄。我虽不是英雄汉,却也好色似英雄。”字面诚实幽默,字里无奈自嘲,其实还是因为身上滚滚长江东逝水的荷尔蒙。

杨振宁和翁帆,破了当代爱国知识分子婚恋年差一个纪录。如果除掉“当代爱国知识分子”这个前提,魁冠就落不到他身上——国民党元老杨森在90 岁那一年,还娶了一个17 岁的女孩,第二年还生了一个儿子!不过杨森既不是知识分子,也没有获得过诺贝尔奖，自然没留下什么“佳话”，有的，只是“老而弥坚”的闲话。60 岁的钱谦益与 24 岁的柳如是的结合，就有一段“佳话”——柳如是去找钱谦益，“毛遂自荐”说要嫁给他。钱谦益快活得铁树开花。同居之后，钱谦益给柳如是建了一座房子，取名为“我闻居”，援引的是佛经中经常使的开场白——“如是我闻，一时佛在……”这一个自题款，读起来怎么都有些一语双关的不是滋味。发生在这一对老夫少妻之间的嬉戏，丝毫也不亚于少男少女们的新婚宴尔，老情郎时时入迷地欣赏着娇艳的少妻，嘴里口吐莲花：“我爱你乌黑头发白个肉。”伶俐的少妻则娇滴滴地回应道：“我爱你雪白头发乌个肉。”说是情话，最是肉麻。这组情话还被柳如是写进了《奉答牧斋》一诗，化为“春前柳欲窥青眼，雪里山应想白头”。这就是将肉麻“雅化”了。

钱谦益与柳如是之间的“艳事”还不算“艳”，“雅化”也不算“雅”——“雅化”雅得好的，算是苏东坡。东坡的朋友张先 80 岁时，娶了一位 18 岁的女孩为妾，并得意地赋了一首诗：“我年八十卿十八，卿是红颜我白发。与卿颠倒本同庚，只隔中间一花甲。”东坡也幽默地调侃：“十八新娘八十郎，苍苍白发对红妆。鸳鸯被里成双夜，一树梨花压海棠。”这是“一树梨花压海棠”的出典。后来清人刘廷玑《在园杂志》也引用了，他看见一个“小园梨花最盛，纷纭如雪，其下西府海棠一株，红艳绝伦，回忆老人纳妾一绝：‘二八佳人七九郎，萧萧白发伴红妆。扶鸠笑入鸳帏里，一树梨花压海棠。’不禁为之失笑。”袁枚 70 岁那一年，也曾写过一首“艳诗”，最后两句为：“开窗只替海棠愁，一树梨花将汝压。”“一树梨花压海棠”就这样出台了，虽然诗句很雅，但骨子里面，还是香艳四溢。

一树梨花压海棠的例子实在是太多了——张大千是一见到美女就失魂落魄，走不动路双眼发直——有了两房妻室后，在上海认识李秋君，立马爱上了；后来在朝鲜汉城遇见15岁的池春红，也变得难舍难分；后来在北平又和16岁的怀玉姑娘如胶似漆……这哪是谈恋爱啊，这分明就是狗熊掰玉米！北齐南张，张大千如此，齐白石也如此。张大千是世家子弟，懂得征服女人的方式，一殷勤二炫耀三稍用强，三种功夫齐上，很少有女子能招架住。齐白石是平民出身，发达起来不容易，人长得也没张大千那么潇洒。他喜欢钱，也以为天下美女都跟他一样喜欢钱。新凤霞写文章说齐白石一看到她，就要认她做干女儿，然后带着她看他柜子里塞得满满的钞票。

至于罗丹与毕加索，那就是更不要说了。毕加索一生中的女人，有数十上百个吧，他就像一个巨大的注射器一样，先得“采阴补阳”，然后阳气外放。那些标榜为立体主义的画，怎么看都是“春宫图”的变形版。毕加索最荒唐的一件事就是跟自己好友卡萨吉玛斯的女友热梅娜偷情，偷情还不算，还画自己和热梅娜赤身裸体躲在床上，被另一个情人奥黛特抓个正着，然后把这画寄给另外一个朋友。这画被卡萨吉玛斯看到，一气之下，愤而自杀。毕加索转入他伤痛孤绝的“蓝色时期”。至于罗丹，我看那部反映罗丹与卡米尔·克劳黛儿的电影，印象最深的，就是电影中罗丹如饿狼一样剥衣服的手法，那真是如农夫剥笋一样，熟练而疯狂。罗丹就是用他那天才的大手，剥去无数女人的外衣和内衣。

艺术家都是“情圣”转世，在女人面前不能自持，也很正常。但能让女人自投罗网宽衣解带的，恐怕要算《花花公子》创办人海夫纳了。罗丹、毕加索在海夫纳的职业面前，就像是业余选手。业余选手跟职业选手，从来就是一天一地。海夫纳的资本就是《花花公子》——哪个美女不爱出名不爱钱呢？那么，就来《花花公子》吧，一上杂志亮相阿里巴巴大门就开了。海夫纳真是个绝顶高手，他只是编织一张美丽的大网，然后将大网悬在天上，那些美丽的小鸟便争先恐后地钻进来。海夫纳一生中性伴侣竟超过5000人！而且是一个比一个漂亮，一个比一个性感，一个比一个自愿。即使到了80多岁身体随时有中风的危险时，海夫纳仍坚持不懈地依靠“伟哥”雄赳赳，和3个女友保持着密切的关系。海夫纳对自己也有“定位”，他从不把自己当作一个色狼，而是把自己当作女人堆中的“艺术家”，是女人的知音和伴侣。在《花花公子》创刊号的发刊词中，海夫纳写道：“我们享受这样的生活，在自家公寓里，调上一杯鸡尾酒，准备两份开胃小吃，唱机里放上一段背景音乐，邀请一位红粉佳人，静静地谈论毕加索、尼采、爵士乐，还有性。”撇开道德的因素，“无耻”和“无敌”是同一个词，也难怪海夫纳在总结自己的一生时很骄傲地说：“我想我的生活是圆满的，因为我是看着他们的欠缺生活长大的。”这样的感觉是什么，就是“艺术人生”。

越老越爱美女，还是时日不多的缘故吧？时日不多，机会不多，所以更要抓住人生的尾巴。那些临近终点的老男人，不管是有钱有闲还是无钱无闲的，一般都爱好“一树梨花压海棠”：有钱有闲的，喜欢小美人绕前绕后，或者置于膝上教读书；无钱无闲的，就只有赤裸裸地为“萝莉”们流口水。这样的原因，还是上帝——上帝给了人身体能量，也就决定了他的驱动力。不过老夫少妻也就是表面光鲜，内里中，却是“家家都有一本难念的经”，很难示人荣光的。前一段时间看我熟悉的一个“老夫少妻配”少妻一方的回忆录，10 年婚姻，竟然没有一次性生活，太不人道了吧？这样的娶妻，还不如找一个保姆呢！如果要谈文学，可以去中介找一个文学青年或者女大学生谈心啊！毕竟有些东西是客观的，就如同钱谦益与柳如是，青史留名，够光鲜的了吧。不过野史中一直记有柳如是养有不少“面首”，并且随时更换，一旦厌倦了就赶走甚至杀掉，就像一个残暴的“性开放者”。有一次，柳如是的一个相好被捕下狱，钱牧斋十分不安，立即出面保了出来，说不然就会使柳夫人不欢。可以想象钱老爷子落魄郁闷的样子，这也是“死要面子活受罪”吧？力不从心难为战，二八美女只能看。关于越老越爱美女，只能是如此了吧。

“艺术人生”是很难的，获得它，不仅要金钱、魅力、一副很好的身板，还得“近水楼台”有一个好环境才是。就像海夫纳，因为办一个《花花公子》刊物，身边群雌粥粥、美女如云，自然水到渠成。诸如此类的好职业，一般都是大鳄、导演、NBA 球星、时尚刊物投资人，还有度假村的主管、星探、酒保、医生、裁缝、救生员等。

“浑人”陈国瑞

我写《晚清有个曾国藩》时，曾经在书中提及一个人物，那就是清军将领陈国瑞。这个人曾给曾国藩制造了好几次麻烦，算是曾国藩的“老冤家”，以至于曾国藩一看到他的名字，就头大——第一次，是北上剿捻之时，陈国瑞带着手下跟刘铭传的“铭”字营火并；第二次，跟“天津教案”有关，教案发生那一天，陈国瑞在一旁煽风点火，结果英法方面竭力要求给陈国瑞治罪；第三次，是曾国藩由直隶总督转任两江了，陈国瑞被同样无赖的李世忠绑架，官司打到曾国藩这里，又让曾国藩伤透了脑筋。

陈国瑞是湖北人，自幼放荡不羁、胆识过人。10 多岁时曾经在河南入丐帮，练得一身好武艺，据说能使一根 83 斤重的如意铁棒。不久，陈国瑞参加了太平军造反，没干多长时间又投奔了湘军，认湘军将领黄开榜为干爸，改姓黄。陈国瑞打仗非常勇敢，喜欢穿一袭红衣，执一根大铁棒冲在最前面，为此得了个“红孩儿”

的绰号,也赢得了朝廷给予的“巴图鲁”荣誉,意为“勇士”。

陈国瑞24岁那一年,辗转为清亲王僧格林沁的部下。僧格林沁十分赏识陈国瑞,上奏赐予黄马褂和头品顶戴。随后28岁的陈国瑞又因为剿灭捻军苗沛霖有功,被授浙江处洲镇总兵,屯驻正阳关,官至二品。

不过那时候陈国瑞已呈现出自己“没脑子”的一面了:僧格林沁在湖北剿捻时,一时不慎,势态危急,派人告陈国瑞火速增援。陈国瑞收到信之后,心思不在,磨磨蹭蹭地导致僧格林沁差点被杀。陈国瑞也因此被降三级。陈国瑞受了处分之后,大受刺激,向僧格林沁请命战捻,又因连立战功恢复原职。

陈国瑞官复原职之后,继续犯“浑”——捻军施“拖刀计”,僧格林沁要追赶,陈国瑞不想去。僧格林沁说不行。陈国瑞便冲僧格林沁嚷:“要去你去,老子不去。”僧格林沁怒道:“不去就不去,老子自己去!”挥师出发,结果中了捻军的包围被杀。陈国瑞听说僧格林沁被杀,十分悲愤,舍生忘死,找到僧格林沁尸体,昼伏夜行,七天后回到营中。

僧格林沁死后,曾国藩继任督师大臣,授权节制直隶、山东、河南三省军务继续剿捻。陈国瑞尚沉浸在对僧格林沁的悲恸之中,对于曾国藩的军令不理不睬。淮军刘铭传部驻扎在山东济宁北部的长沟,身为济宁总兵的陈国瑞看到淮军手中有许多西洋武器,竟想着从刘铭传那抢几支枪玩玩。于是便率领亲兵500人突入铭军阵地,杀了数十淮军,抢了上百杆枪支。刘麻子哪里吃过这种亏？当即暴跳而起，点起两千淮军，攻下济宁城，夺回了枪，还把陈国瑞活捉了。刘铭传抽了陈国瑞两个耳光，又关他两天两夜让他不吃不喝，然后才将他释放。

陈国瑞愤愤不平地向曾国藩告状。善于看相的曾国藩一见陈国瑞，就知道这人脑子不好使。不过此时朝廷已表明不再追究，曾国藩只得作罢。曾国藩在陈国瑞递交的文书上洋洋洒洒地批了一千六百多字，说陈国瑞忘恩负义、好恶斗狠：在袁三甲部，与其部将屡开明仗；在寿州与李世忠斗，杀死二提督；在正阳关与盐商斗；在汜水与米商斗。扰民虐官：辱骂殴打泗州知州，在高邮抢掠官府；吸食鸦片，喜怒无常，有"因一麻饼杀厨子"之事；藐视各路将帅，不听调度，动辄言"我将造反"，等等。警告一番后，曾国藩又给陈国瑞适当安抚表扬，说陈国瑞骁勇绝伦、战略出众、至性过人，喜欢听忠臣孝子故事，喜欢读《孟子》和《三国演义》，不好色、不贪财。曾国藩最后警告陈国瑞不得扰民，不得私斗，不得违抗命令。并且，曾国藩将陈国瑞的人马由8000人裁撤为3000人，命令他一年之内不准与淮军同扎一处，不许在河南粮台以外领取军饷。

曾国藩的如此处理，让陈国瑞气急败坏，他一连写了好几封信给曾国藩，为自己的言行狡辩，不服从曾国藩的处分。曾国藩气不打一处来，抓住信中一些说法，向朝廷弹劾陈国瑞——重提僧格林沁阵亡一事，说陈国瑞不顾主将，草间偷活；既然山东巡抚、布政使及僧军部将都受到不同程度的处罚，就不能容许陈国瑞一个人逍遥法外。虽然陈国瑞身负重伤,情有可原,但不能完全免处。结果一周之内谕旨下来:陈国瑞撤去帮办军务,褫去黄马褂,给了一个大大的处分。

陈国瑞有苦难言,干脆请了病假疗养。不过即使病中,他仍不是省油的灯——这期间,养子陈振邦不知为何得罪了他,陈国瑞大怒,带着人马杀上门来。陈振邦是总兵官衔,朝廷命官,岂是要杀就能杀的。陈国瑞就率兵攻打,攻不下来又气又急,引得癫痫病发作,以头撞门。这事禀报朝廷之后,朝廷根据精神病人不能担任公职的原则,撤销了陈国瑞的职务,不予治罪,押回原籍,收其盐本,田产充公。给他存银二万五千两于国库,逐年发给他过日子,嘱咐地方官以适当关照。

同治七年(1868),捻军张宗禹突犯直隶、山东,曾国藩因剿捻不力退居二线,醇亲王节制左宗棠、李鸿章、曾国荃诸军,合围会剿。在这种情况下,有人提议起用陈国瑞,说陈国瑞对捻军情况熟悉,打仗又不怕死,是可用之才。于是醇亲王便让陈国瑞以头等侍卫的身份训练神机营。神机营虽为"八旗精锐",但一帮八旗子弟整天酗酒、养鸟、斗蛐蛐,根本不理睬陈国瑞。陈国瑞急了,就用鞭子驱赶他们天天跑步,搞得那些八旗子弟叫苦不迭。醇亲王见此方法不行,便让陈国瑞招募新兵。陈国瑞便用优饷挖兵的办法,一下子从左宗棠部队挖走300多人,还带走许多军械装备。左宗棠知道后气得不行,但看这个人"神经病",也就忍着不跟他理论了。

当时剿捻大军分为三支，分别由左宗棠、李鸿章、都兴阿统帅。陈国瑞先是被划归左宗棠管，左宗棠看他不好控制，没安排他打仗。陈国瑞便对左宗棠发怨，写信骂左宗棠。左宗棠阅信后，苦笑着不予理睬。不久，陈国瑞又被划归李鸿章。李鸿章是刘铭传的上级，陈国瑞受他节制更不顺心。不过时间不长，清军很快取得了剿捻的全面胜利。陈国瑞虽没有什么战功，但也免除了以前的处分，赏给云骑尉世职，安排到直隶上任，给了一个虚名的提督衔。

陈国瑞便从江苏赶往直隶到任，路过天津时，天津正好爆发了"天津教案"。陈国瑞急忙赶到现场，看到众多百姓暴打洋人，陈国瑞一时痛快，忘了自己的身份，在旁大叫"杀得好"！天津百姓看到一个穿官服的人在场指挥，更是群情激奋，越发闹得厉害。教案形成外交冲突后，法国领事馆将陈国瑞列入惩处名单，认为一个朝廷命官，如此煽动群众闹事，应受严惩。当时的直隶总督是曾国藩，当然知道陈国瑞不是好鸟。不过出于国家尊严考虑，曾国藩以找不到物证人证为由，对法国方面的要求敷衍了事，陈国瑞逃过一劫。与此同时，曾国藩也因为"天津教案"的社会压力，被朝廷重新调回两江。

陈国瑞报过到后，还是留恋江南的浮华生活，于是又回到了扬州。有一天，陈国瑞突然在扬州遇见了老冤家李世忠——这个李世忠也是个浑人，当年陈国瑞剿捻期间一直欺负他，抢他的盐，杀他的部将，把他的东西洗劫一空。李世忠见到陈国瑞后，气不打一处来，便想报复，于是率一帮人闯入陈宅，把陈国瑞绑架到停在长江边的船只。陈国瑞的侄子赶紧带人追赶，在瓜洲四里铺将李世忠的船只围住。慌乱之下，李世忠揪着陈国瑞落水而逃。一帮人找不到陈大帅，便抢了李世忠船上的银两物品和婢妾四人。在回扬州的途中，李世忠一婢妾跳水自尽。

两个朝廷命官之间的火并官司又打到了两江总督曾国藩那里，曾国藩气不打一处来，提笔就严罚：李世忠革除提督，勒令回籍，交地方官严加看管；陈国瑞索取财物，降为都司，勒令其回湖北原籍，不准再回扬州。陈国瑞这一下没了威风，不敢再闹了。哪晓得陈国瑞的老婆也不是个省油的灯，几番胡搅蛮缠来到总督府，哭闹着说曾国藩办事不公，还欠陈国瑞薪水四千什么的。此时的曾国藩已病入膏肓，精力不济，陈国瑞夫妇这一闹，还真让曾国藩的高血压又增高了不少。

一年后，曾国藩死于南京。陈国瑞听说曾国藩死了，又悄悄潜回扬州。可没过多少安稳日子，又涉及一桩命案。这一回被发配到黑龙江齐齐哈尔。陈国瑞面对此处分，连自己都感慨命运多舛了，他挥毫题诗云："原是黄鹤楼上客，今作黑龙江上囚。生生死死固未定，恨恨仇仇永不休。"到了齐齐哈尔后，陈国瑞稍稍变得老实了，他给自己的住处取名"卧虎轩"，并将住处附近的小河——西泡子，改名为"虎溪"，自号"虎溪钓客"。6 年后陈国瑞死在黑龙江，终年 47 岁。一代浑人，在惹了无数麻烦事后，终于躺在地下偃旗息鼓了。

陈国瑞虽然是一个“浑人”，但外表却长得斯斯文文。他喜欢舞文弄墨，诌几句诗文。比如这一首《七绝》：“莫可如何思学仙，身居香名乐余年。只因晚节风霜劲，把酒看花别有天。”也算是文从字顺吧。陈国瑞还曾在黄鹤楼上题写了一副对联：“黄鹤飞来复飞去，白云可杀不可留。”上联就地取材，不难理解；下联造语新奇，境界诡异。陈国瑞对此的解释是：“李白诗‘总为浮云能蔽日，长安不见使人愁。’浮云蔽日喻小人蔽君，白云是小人，如何不可杀？”对联半通不通，对曾氏的恨意，却潜藏其中。这也难怪，对于清明理性的曾国藩来说，陈国瑞这样的浑人，肯定是他不喜欢的。不仅是曾国藩，谁遇到这样的“浑人”，也得头皮麻一阵。

陈国瑞这样的人比较有典型性，中国历史上一直大有人在，比如说樊哙、许褚、张飞、程咬金、李逵、王金发等。暴政时代，这样的人就是勇士，就是英雄。而在一个清明稳定的时代，这样的人就是暴徒，就是麻烦，就是脑子有问题的十三点。

不靠谱，数家谱

中国历史上，凡是有个姓的，就有谱牒，包括家谱和族谱。天下太平之后，穷的穷富的富，忙的忙闲的闲，富的和闲的，就开始捣鼓续家谱的事。一般都会将一些舞文弄墨稍有闲的文化人请来，管吃管喝又给银子，然后就命题作文了：我们家族要续家谱了，很多祖上的事，现在接不上，烦请诸位给我考证考证，翻翻古书，访访老前辈，把这个谱牒给续上——很多代之前的事情，哪里还弄得清楚呢？弄不清也得续呀，于是文人们就苦思冥想，也从古籍史书中大海捞针。吃了人家嘴软，拿了人家手短，既然吃了拿了，就得苦思冥想把事情完成。这一想就想通了，最后就整理出一本家谱来。

家谱就这样变成了“不靠谱”——谁出了钱请人来修家谱，谁就在家谱中占便宜：你不知道祖宗十八代是谁，那也没关系，秀才和贡生们给你找，无论你姓什么，历史上总得有这个姓的名人吧？

然后掐指推算，那个名人是你的多少代多少代世祖。中华民族都是从中原迁来的吧，所以绝大部分百家姓都发源于中原，而且几乎都是周朝时分封的诸侯王。比如说姓周的，肯定会考证出是来自周朝的周公旦什么的。姓孔的，肯定是孔子的后代，即使北大那个孔教授变异成那个模样，仍中气十足地说是孔老夫子的第多少代多少代孙。姓刘的，家族祠堂里都有一副霸气十足的对联：两朝天子，一代军师。两朝天子，是指的西汉和东汉；一代军师，就是明朝开国军师“小诸葛”刘伯温。姓朱的，尽管朱元璋的直系亲属们已经给李闯王和清军杀光了，以致袁世凯想找人当皇帝都找不到了，但现在还有很多朱姓言之凿凿说是朱洪武的后代。至于姓张姓王姓李姓杨的，哪一家都不同凡响啊——姓张的必是战国时张仪的后代，两汉时文有张良武有张飞，那都是天下的奇人。姓王的就更了不得了，张仪的老师叫鬼谷子，这鬼谷子就姓王，单名一个“诩”字；再往后，秦时有连破赵、燕、楚的名将王翦；到了两晋时期，王氏家族更是名震海内外，“山阴道上桂花初，王谢风流满晋书”。这是王，至于李姓杨姓，那就不说了，都是当过皇帝的，算起来，都是金枝玉叶黄金身……大姓如此，小姓也能连带出一些名人先祖，上海滩当年黑社会的头头杜月笙，做五十大寿时大修家谱，一群帮闲文人帮着杜先生查户口，一查就查出了杜月笙的先人是汉朝的一个大将军。

是以徽州为例——徽州在长江以南，中国的家族谱牒，相对于北方，南方保存得要好得多，这应该是北方战乱过多的原因。

徽州历来就有“徽州八大姓”和“新安十五姓”的说法:“八大姓”是指程、汪、吴、黄、胡、王、李、方诸姓;倘若再加上洪、余、鲍、戴、曹、江和孙诸姓,则称为“新安十五姓”了。这些姓氏的家族都有比较完整的谱牒,对于自己的历史沿脉,一直有案可查。不过即使是这样,也有很多不确切的地方,比如说我母亲汪姓这一块,一溯源,也溯到周朝去了——最早是姬姓,是周朝太子下面的小诸侯,封的领地在山东河南一带,据说叫汪国。族谱还说汪氏始祖一出生时,右手上有个“水”字,左手上有个“王”字,于是便把姓氏改成“汪”了。汪姓是在汉建安二年时,由龙骧将军汪文和带领,从绍兴迁到了徽州,然后在徽州扎下根来。到了隋末年间,汪氏家族出了一个汪华,占据徽州、婺州、睦州等六州,降唐后被封为“越国公”。汪华有九个儿子,我母亲这一系,隶属于他第七个儿子“爽”。徽州的程姓也来历不凡,族谱上说是太昊伏羲氏的后裔,原姓风,后受封改为程姓。早期程氏最著名的为程婴、程邈两人:程婴,就是救赵氏孤儿的那个忠臣;程邈,则是发明隶书的文化人。从族谱上看,迁入徽州的程姓这一支,源头是程婴——是在程婴二儿子伯先手上,到了南方,后来又来到徽州的。这两姓,总体上看脉络还算清楚的,比较不清楚的是吕姓。吕氏族谱说吕姓的始祖是吕尚也就是姜子牙,二十五世祖是秦国的相国吕不韦,到了三国期间,则是东吴大将军吕蒙。哇,都是一批大人物。不过依照《史记》的说法,吕不韦不是让秦王嬴政给灭九族了吗?怎么又繁衍子孙了呢?大人物总像是一个关键点,他们生殖能力强大，一生一窝，成滔滔河流；而普通百姓，只好细若游丝，至多是涓涓细流了。

不靠谱，数家谱；不靠谱，数科学。我看到的一方医学观点认为，即使是血缘关系，一出三代，血液里的血清等元素，也没有什么相似之处了，也就是说，人一出三服，从血缘关系上看，就没什么联系了。另一方医学观点则认为，人的血缘中，是暗藏某些"密码"的。我不知道该相信哪种"科学"。复旦大学有个机构据说可以用 DNA 查出曹操墓中曹操尸体的真伪，还说现在江苏、安徽等地的姓曹的，都是曹操的后人。这个说法，有点像是曹姓的新闻发布会。这些，让我想起了曹氏家谱——我曾看到一个台湾《曹姓宗亲会六十九年秋祭祖文》，那真是将曹姓历代列祖列宗"一网打尽"了，试录如下：吾姓鼻祖，始周文王，生子振铎，封于曹邦；以国为氏，繁衍无疆，自周迄今，源远流长；代有杰出，载诸史章，若举其人，难数其详；兹举显著，共享荣光，大家名派，统括一囊；曹刿论战，胜算不爽，曹沫胜齐，以报鲁王；大将曹彬，力把赵匡，统一大宋，功迈汉唐；曹参稳健，相辅汉室，实践萧规，保持坚强；中国文学，曹家独昂，操公父子，子建才长；大家读史，汉代之光，雪芹红学，灿烂辉煌；曹全碑帖，书法是尚，曹霸画马，杜甫称扬；曹钢琵琶，音韵悠扬，绕梁三日，令人神往；洞家佛学，根底深长，国舅修炼，也入仙乡；孝女曹娥，寻父投法，用名江水，千古泱泱……读这样的祭祖诗，想想如此众多了不得的先祖，想必曹姓之人必定会血脉贲张气冲华冠，不说励志攻下大洋彼岸，成为美利坚总统，最起码也得拿个奥斯卡、诺贝尔单项奖，方才对得起列祖列宗。

还得说一说我赵姓的家谱，赵氏家谱一打开，首当其冲的，就是宋代王朝赵家天子。我这一支家谱当中写得清清楚楚，按照有关辈分，最早是“匡”字辈，也就是起源于宋太祖赵匡胤。我父亲年少时，曾参与修了一次赵家家谱，其他的什么都不记得了，铭怀不忘的，是赵氏辈分的顺口溜：“匡宗通泰，必世荣昌，朝正家和，必举言扬，修对一善，吉德多祥”。不过细细一推敲，似乎这顺口溜又不太对，时间和传代对不上。我少年的时候，曾主动将自己的辈分“和”字去掉，由“赵和焰”变成了“赵焰”。当时我是嫌双名不够“洋气”，并且，有辈分在身，遇到姓赵的人，叙起辈分来很容易吃亏。一想之下，干脆就改了。虽然很多年后读书，知道赵家天下还算是不错的，经济繁荣、重视文化、宽厚儒雅，除了错误地杀了岳飞之外，几乎从不杀大臣，不像唐朝和明朝那么残酷。不过因为隔得太远，也沾不了当年赵家天下什么光了，又何必往上靠呢？家族就像火光，靠得近，还能取个暖什么的，比如有爱新觉罗之类的姓氏，还可以套一套与溥仪之类的关系；如果隔得太远，就变得聊无意思，可有可无的了。

著名“流氓作家”刘原也曾在一篇《血统的故事》的文章中，提到一些家谱的事，随手录下：正儿八经的人家，在祠堂里，是可以写作一些“两朝天子，一代军师”之类的好联的。但也有一些姓氏，于中堂对联，就不那么好写了，譬如姓秦的，虽然也说过不姓秦的天子秦始皇，上联可写“烧光天下毒草”，下联即刻抓耳挠腮，无奈请出秦香莲：“吃尽二奶苦头”。横批更是不堪，想想那岳王庙的先人，只好含恨写上：“跪式服务始祖”。刘作家还举了一例——那姓孟的虽有孟子撑腰，上联也可吹嘘“一代名流”，但下联立即气短，想想孟姜女，语重心长地写上四个字：“自毁长城”。

晚清有个“大老妖”

1894 年甲午战争前，北京市井风传城南下洼，也就是陶然亭一带，突然出现了一个“怪物”。每到夜晚，“怪物”就在沼泽地里吼叫，声若牛鸣，把当地的居民吓得不轻。这事传到朝廷，官僚们议论纷纷，都不知是什么征兆。李孟符的《春冰室野乘》记载道：

> 光绪甲午三月，京师南城外陶然亭畔苇丛中，忽有怪声如牛鸣。余时在都下，尝亲闻之，确如牛鸣盎中，其声呜呜然，有疑为蛟蜃之属者，有谓盗窟此中者。市井人妄绘其形，名之曰：“大老妖”，谓其物专噬洋人，稍有识者皆哂其无稽，而图说刊板流传，满布大江南北，乃至新疆塞外，官吏示禁，竟不能止。福文慎（锟）时为“大金吾”，调兵穷搜，卒不得其端倪。内务府至召僧道设坛诵经以禳之，数月后始寂然，真

实事也。迨朝鲜事起，议者乃曰：是兵象也……

从《春冰室野乘》的描述来看，怪物出现之后，社会上又惊又喜，北京市民很快将之称为“大老妖”，并传言“大老妖”是玉皇大帝专门派来世间吃洋人的。有人还凭想象绘出“大老妖”图画：“大老妖”身大如鲸鱼，两只眼睛灯笼般左右凸出，满身鳞甲，威风凛凛，气势汹汹，在它的身边，洋人们纷纷跪地磕头求饶。绘图出来之后，好事者将它上机印刷，出卖谋利，一时间抢购一空。民间也有零星的歌谣流传，描述“大老妖”吃洋人的情景。天桥的卖艺者推波助澜将民间零星歌谣整理成全本的《大老妖十声》唱词，共分十段，洋洋洒洒。每段唱词以“大老妖乐了——”起头，比如第一段为“大老妖乐了第一声”，第二段为“大老妖乐了第二声”……直至“大老妖乐罢了第十声”为止，词语通俗易通，全用北京方言：描述的是浩瀚的海洋上，“大老妖”腾云驾雾，把残害中国的洋人船只掀翻，洋人尽淹海中，“大老妖”如猪吃食般大嚼大吃，洋人们闻风丧胆，丢盔弃甲逃出中国。唱词很快流传开来，直到唱得家喻户晓。就像20世纪90年代初改革开放后中国流行的《心语》和《把根留住》一样。

民间呼唤如此急切，那些士大夫们也坐不住了——虽有“子不语怪力乱神”的古训，不过“爱国心切”的他们也不能免俗。有一个新科翰林张其淦写了一首七言古诗，载在自己《梦痕仙馆》诗集中，题目为《甲午三月京师纪怪》，这首诗的形式和韵律，颇有点白居易《琵琶行》的味道：

右安城门当昼晴，野畦浅水芦苇平。
忽有怪物如牛鸣，路人千万皆闻声。
喧传远近草木腥，街衢入夜无人行。
或图其状如鲛鲸，似虎摇尾龙转睛。
巨鳞修鬣腹彭亨，罔两罔象莫识名。
……

接下来的诗句，是酣畅淋漓地描述“大老妖”如何作法吃洋人，吃得津津有味，吃得妙趣横生；此后，有坏人请和尚和道士来降服“大老妖”，被“大老妖”打得落花流水。长诗用意很明显，天生“大老妖”，分明“孙大圣”！——《西游》《三国》《水浒传》对国人影响，由此可见一斑。

值得一提的是，光绪皇帝的老师翁同龢，此时也在自己的日记中，记下了与“大老妖”相关的事情，一则为：

南城外下洼子，苇蒲丛杂，近数日忽闻有牛鸣者，声大而远，寻之不见形，今日五城御史会议，伐苇求之，疑其蛟也。余曰：此鼍也。

翁同龢和所说的“鼍”，也称猪婆龙，即现在的扬子鳄。翁同龢是江苏常州人，对扬子鳄应不陌生。扬子鳄鸣叫起来的声音如同猪与牛，翁同龢肯定听过。翁同龢断定“大老妖”是扬子鳄有一定道理，问题是：扬子鳄是怎么跑到京城去的呢？

翁同龢还真对“大老妖”有了兴趣，几天后专门去了一趟南城下洼子，站在高处仔细听了一番。他又在日记中写道：

> 小憩起，无事，坐车出城，至南下洼，雨中，人犹如蚁，登“陶然亭”高阁，闻如牛鸣盎中者三次，每鸣以三为节，听其声，必胫短而鳞者，非鼍而何？

除了确认“大老妖”非扬子鳄不可之外，翁相国还从声音判断出鸣叫的东西胫短有鳞，就是腿短有鳞，真是神了！从文中还可以看出，中国人还真是喜欢看热闹，为了争睹“大老妖”，一个远在城郊的地方，雨中竟然“人犹如蚁”。真是忧国忧民观天象，疑神疑鬼乐虚玄，悠悠古风延续也。

在此之后，“大老妖”消失了一段时间，北京南城再也没响起它的鸣叫。又过了一段时间，中日甲午战争爆发，庞大的帝国输得体无完肤，赔偿割地事小，丢国格道统事大。这个时候，很多人又想起了“大老妖”：莫非，当初的“大老妖”是兵败的征兆？于是，“大老妖”又有了新的说法，这个“大老妖”哪是好妖呢，分明是坏妖，就是东洋“蕞尔小国”的化身。不过因为“大老妖”一直没出现，纷纷扬扬一段时间后，也就平息下去了。晚清社会接下来的热点一个接一个：先是华北到处闹“拳匪”；然后是义和团进京、克林德被杀、八国联军进京等等；再然后，庚子赔款，革命党暗杀六大臣，辛亥革命……接二连三的大事件中，“大老妖”也慢慢被人们遗忘了。

没想到到了1914年，共和初立，袁世凯为一锅夹生饭弄得大伤脑筋之时，北京陶然亭附近又传来了“大老妖”的叫声，依旧是半夜啼鸣，依旧是鸣声如牛。北京市民又惊又喜，流言蜚语又随之四处扩散，有好听的也有难听的，什么样的说法都有。消息传到总统府新华门，袁世凯听后唯恐传言惹事，立即命令自己的得力干将、京师警察总监吴炳湘全力调查，将“大老妖”查个水落石出。

吴炳湘接命之后，立即派武装警察一队，彻夜蹲伏陶然亭附近的芦苇荡。几天之后，警察们终于逮住了“大老妖”——循声而去，原来是一只大水鸟，声如牛鸣瓮中。警察们兴奋极了，一番手忙脚乱，终于将大水鸟擒下。确认之后，吴炳湘兴冲冲向袁世凯做了汇报。袁世凯一口气松了下来，派人将大水鸟拍照送至各报馆，请记者写稿发稿，澄清“大老妖”的真相，并将“大老妖”送达三贝子花园即北京农事试验场展览。如此这般，“大老妖”的传言不再，类似鸣叫也没有再出现了。

吴炳湘的“破案”，虽然揭示了真相，不过也遏制了民间的热情。一些好事者郁闷地想，都说合肥人不懂风情，看来一点都不错——李合肥不浪漫，段合肥不浪漫，吴合肥也是如此。吴炳湘情商如此之低，生厌得像是一个剧透者——这不仅使诸多“阿Q”美梦难成真，也毁了一场传统的“纸上胜利”。

康有为放了“马后炮”

近代中国有两个人敢想敢说敢做，当其时让人石破天惊，因而享有“大炮”的尊称。这两个人，一个是孙中山“孙大炮”，以推翻鞑虏为己任，至情至性，敢想敢干，比如说民初辞去临时大总统一职后，信誓旦旦地宣布下一步的目标是10年建10万公里，20年建20万公里铁路。“20万公里铁路”是什么概念？我百度了一下，比现在中国的铁路里程还长！另一个，就是康有为“康大炮”，喜欢生拉硬拽、借古说今、无中生有、异想天开，比如“子虚乌有”的“光绪血诏”，以及颇有争议的“公车上书”等。还有，就是所谓的“金点子”——移民巴西建立“新中国”的奇思妙想。因为前段时间《南方周末》旧话重提，所以觉得有必要对这事道个来龙去脉。

康有为晚年曾亲自编纂了一册《康南海自编年谱》，对于自己不凡的人生轨迹做了梳理，此举意在以正视听，生怕后人乱点“鸳鸯谱”。据康有为记录:1897年11月,康有为从上海进京,带有一份他认为极其重要、关系着中国“种族生存”问题的奏折。康有为大胆地设想,中国人只有走出去开辟新土,才能“以存吾种”,而南美洲的巴西是建立“新中国”的最佳场所。康有为想力劝光绪皇帝同意将一部分中国人移民巴西,在境外建立一个“新中国”。康有为的想法真大胆,尤其在当时只有少数人知道巴西的情况下。这样的想法,相当于20世纪90年代牟其中提出从喜马拉雅山炸开50米口子,让印度洋暖风进入西藏;或者,像21世纪初想方设法移居火星一样大胆。

其实,康有为的想法并非“空穴来风”——自20世纪初开始,巴西种植园经济发展很快,用工严重不足,巴西种植园主积极要求政府从中国引进劳动力。有人甚至建议以政府的名义招募100万中国劳工来巴西,以缓解劳动力严重不足的状况。一些非法势力在中国私募了不少劳工,远渡重洋后贩卖给巴西种植园主。私下用工导致的恶果,引起过很多麻烦。1879年,巴西政府派特使喀拉多来华,与清廷总理衙门商谈招募华工一事。因为中国劳工曾在秘鲁、古巴等地遭遇“猪猡”待遇,清廷主管外交事务的总理衙门表示不支持这项行动。此后,轮船招商局总办唐廷枢、兵部候补郎中傅云龙去巴西访问,巴西政府向他们表示了希望得到中国劳工的急切愿望。1892年,情况发生根本性的变化,由于美国通过排华法案,拉美国家纷纷效仿,中国海外移民遭遇困难,广东等地因人口过剩导致严重的社会问题。在这种情况下,前驻美公使郑藻如向北洋大臣李鸿章递交条陈，要求朝廷积极主动派出使节前往巴西商谈输出劳工事宜。郑藻如还附呈《查订巴西工商各务事宜》二十条，详细说明了移民中须注意的事项。李鸿章当即将郑藻如条陈抄送总理衙门，阐明自己意见，主张在保证中国劳工安全和权利的前提下，与巴西商谈输出劳工事务。

在此之后，巴西和中国曾借助于驻欧洲使节进行了多轮谈判，在清国驻英、法、意等国公使薛福成的竭力敦促下，事情有了一些进展：1893 年 2 月，巴西总统委派现任奥地利公使华兰德、水师提督辣达略为全权大臣，负责与中国政府谈判劳工输出一事。11 月，辣达略一行到达了上海。没想到正在双方频繁接触并取得一些进展时，巴西国内发生政变，朝野形势一片混乱，辣达略在上海与巴西政府失联，代表团中又有很多人患喉疾，只好离开上海去了香港。一段时间后，巴西政局趋于平稳，巴西政府重新委派阿喜巴吉新任驻华公使，转道欧洲去中国，跟辣达略会合去京谈判。阿喜巴吉到达欧洲后，听说远东一带疫病流行，便滞留欧洲观望。在欧洲期间，巴西国内传来他当选参议员的消息。阿喜巴吉权衡一番后，干脆弃驻华公使一职，回国就任参议员去了。不久，中日爆发甲午战争，清国一泻千里割地又赔款，哪有心思和精力考虑向巴西输出劳工的事呢？于是向巴西大规模输出劳工一事自然而然就耽搁下来了。

甲午战争尘埃落定之后，一直在香港围观的辣达略改变了想法，在日本考察一段时间后返回巴西，向国会报告“日本人更勤劳、更经济，中国人的坏品德会影响巴西”，认为巴西更应从日本引进劳力。巴西输入劳力的目标因此改变，重新派人去日本商谈输入劳工事宜。在此之后，巴西驻华公使毕萨与日本驻华公使曾祢荒助在巴黎签订《巴日修好通商航海条约》，内容涉及日本向巴西移民。第一批日本移民于 1908 年抵巴，此后，日本人源源不断奔赴巴西。据统计，1908～1970 年，共有 30 万日本人移民巴西。

请注意康有为北上向朝廷建言的日期：1897 年 11 月。这实际上是在清国与巴西正式启动谈判的三四年之后，也是辣达略去日本考察之后。康有为大约是从香港那边的朋友处得知此事，灵光一闪，便想着上书光绪皇帝以拯救中华。康圣人兴冲冲地以为他是“吃螃蟹者”，殊不知他早已是“马后炮”了。在《自编年谱》中，康有为叙说他专门为此事找了总理衙门大臣李鸿章，李鸿章听了他的建议后，平和地表示同意，表态说这件事情需要和巴西公使商量一下，只是公使先生还在巴西国内，要等他来中国后再进行研究。没有证据表明康有为曾经单独见过李鸿章。关于李鸿章与康有为的交往，诸多资料显示，戊戌变法期间，两人曾见过一面，那是康有为与李鸿章、荣禄、翁同龢、张荫桓等人同受光绪召见，议题为善后大借款事宜。除此之外，两人再无其他交流。

当然，康有为向朝廷的建议，和清朝与巴西商谈的“劳务输出”有很大区别——后来，康有为在《康南海自编年谱》中解释说：“中国人满久矣，美及澳洲皆禁吾民往，又乱离迫至，遍考大地，可以殖吾民者，惟巴西经纬度与吾近，地域数千里，亚马逊河贯之，肥饶衍沃,人民八百万,若迁吾民往,可以为新中国。”康有为真是敢想敢说敢建议,在巴西建立“新中国”!这哪是光绪皇帝能决定的呢?那是巴西总统的事——一下子拥来数十万上百万人,还要在别人的国度里建“新中国”,你认为巴西总统会答应吗?

老袁老黎一家亲

1913 年袁世凯当上中华民国大总统、黎元洪当上副总统之后，有一次两人聊天，聊着聊着，聊成儿女亲家了——袁世凯主动提出联姻，希望结成儿女亲家。黎元洪满口答应下来。黎元洪的女儿黎绍芬在《黎元洪事略》中记述：1914 年在北京，袁世凯请他们全家去做客，趁势提出了联姻之事。袁世凯当时做出一个公平姿态，提议两家交换，说每家都出一个女儿给对方做儿媳，黎元洪却说："我先给你一个吧。"就这样，当时只有 8 岁的二女儿黎绍芳被家里定了亲，说好要嫁给袁家第九子袁克久（袁铸厚）。

黎元洪很高兴，原配吴氏却不满意。她甚至一反常态，一个月都没有和黎大菩萨说话。丁中江《北洋军阀史话》中说黎太太不满意的主要原因是：袁家的儿子是姨太太所生，而她的女儿是原配生的，是嫡出，女儿"不能嫁给姨太太生的儿子"。黎元洪跟她解释：袁世凯那么多儿女，除大公子袁克定外，都是姨太太生的！到哪再去找原配生的呢？吴夫人这才没话说了，认可了这场婚姻。双方把婚给订了。

没想到在黎家女儿过门之前，袁世凯因为称帝失败驾鹤西归。袁世凯死了，婚姻契约依然继续。慢慢长大的黎绍芳，对这个婚姻越来越不满，郁郁不乐得连精神都有点不正常了。黎绍芳找父亲要求退婚，黎元洪坚决说不，还把她数落了一番。家里人让她到美国去读书，她也不去，变得整天神经兮兮。到了1930年，黎元洪与吴夫人已双双去世，黎绍芳也到了待嫁之年，袁家派人来催婚。黎绍芳的兄弟姐妹们就同袁家商量，说绍芳精神已不太正常了，是不是还要娶？袁家说还是要娶。这态度倒不是仗势欺人，袁家那时候已没有势力了，他们是帮女方考虑，因为当时风气是女方若遭退婚，会是一件奇耻大辱。袁家也不想娶黎绍芳，尤其是袁克久，在听说了一些传闻后，对绍芳的姐姐绍芬说："我是为我的父亲才答应和令妹结婚牺牲我自己的。"婚后一年多，袁克久就纳了妾，而黎绍芳被送进了北京疯人院。

袁黎和亲，只是那个时代的一个缩影。当时权贵之间联姻实属正常，甲跟乙，乙跟丙，丙跟丁，丁跟甲……绕来绕去，晚清和民国那些大人物间，几乎都成亲戚了。袁世凯一生娶了一妻九妾，共生有17个儿子、15个女儿。男大当婚，女大当嫁，娶的和嫁的，都不是一般的家庭：袁世凯的二公子袁克文娶的是天津候补道刘尚文的女儿刘梅真，四公子袁克端娶的是天津大盐商何仲瑾的女儿，五公子袁克权娶的是端方的女儿，十五公子袁克和娶的是天津八大家之一张调宸的二女儿张允倩……在嫁女方面，长女伯祯成年后嫁与清两江总督张人骏的儿子，次女仲祯嫁给了端方的侄子也即薛福成的孙子薛观澜，六女箓祯嫁给了民国总理孙宝琦的儿子，十四女怙祯嫁给了后来民国总统曹锟的儿子，后离婚去了美国……袁世凯有一个三女儿袁叔祯也叫袁静雪，袁世凯做民国大总统的时候，大概想缓解与清皇族的矛盾，便开始打她的主意，想把她嫁给末代皇帝溥仪。家里人都反对，说一入宫门深似海，叔祯到了紫禁城，必定是羊入狼口！这事后来不了了之，大约是双方都不太愿意。身居高位的是没有生活的，全是政治，不仅自己的生活全成了政治，自己老婆孩子的生活也成了政治，全给政治“强奸”了。

中国历史上的领袖很少有宗教家哲学家思想家艺术家的，大都是些“衣冠俗人”。袁世凯也不例外。袁世凯喜欢给儿女们“拉郎配”，也喜欢给部下熟人找对象。袁世凯的北洋有“三杰”：胸有韬略的王士珍为龙，敏捷霸气的段祺瑞为虎，善于谋划的冯国璋为狗。作为老大哥，袁世凯对三人都很关心：袁世凯有一个干女儿叫张佩蘅，张佩蘅的父亲曾是袁世凯的老朋友。张佩蘅很小的时候父亲就去世了，袁世凯的原配于氏便认了张佩蘅为干女儿，一直把她养在袁府。袁家称张佩蘅为大小姐，将她当作袁世凯的亲女儿一样看待。段祺瑞的原配去世后，袁世凯便做媒把张佩蘅嫁给了段祺瑞。张氏贤惠而能干，把段祺瑞照顾得很好。袁、段之间出现分歧，张氏多会向着老袁，让老段多想想袁世凯的恩情。

薛福成的孙子薛观澜后来写回忆文章，说为了称帝这事，段祺瑞夫妇曾数次反目，张氏骂段没良心，段就听着，不吱声。

袁世凯把干女儿嫁给段祺瑞，对冯国璋也很关心。冯国璋的原配夫人去世后，袁世凯从中撮合，让袁府的家庭教师周砥即周道如做了冯国璋的续弦。周砥是天津女师范学堂首届学生，当年由才女吕碧城推荐给袁世凯。袁世凯在家中设了一个女馆，为的是让几个姨太太读些书，几个大一点的女儿跟在后面识点字。周砥是跟吕碧城一样的新女性，眼光很高，一般人看不上，本来决意终身不嫁，不过经不起七大姑八大姨的说合，再加上嫁的又是冯国璋，于是快快乐乐答应下来。袁世凯像嫁女儿一样置办了一笔丰厚陪嫁，把周小姐风风光光地送了出去。冯国璋在习性上是个土豪，对才貌双全的新女子自然十分满意。两人的婚礼十分隆重，一时成为南京的盛事。据说那一天冯国璋身着上将礼服，披挂勋徽；周小姐着绣八团五彩花外套，大红裙戴朱勒，梳本国时装髻，略戴簪饰，披以四丈来长的粉红纱……可惜的是，当日的盛典无照片留存。婚后不久，冯国璋 60 岁生日，周砥 40 岁生日，两人又搞了一次“百岁双寿”的庆祝活动，既是喜庆，也是幽默。

民国时私史众多，八卦泛滥，身居高位的政治人物奇闻逸事小道消息尤其不少。有文人以袁世凯将干女儿嫁给段祺瑞，只将女教师嫁给冯国璋一事为由，发议论说袁世凯厚段薄冯轻王——袁世凯在位时，段祺瑞当上总理，冯国璋只是江苏督军，至于王士珍，更因为没有亲眷关系，大权旁落遭冷遇。也有人说蔡锷起兵发动护国战争后，冯国璋不肯出兵助袁，还公开通电反对帝制，实是袁世凯的偏心引起的。这样的猜测，未免太“那个”了——以小人之心，度“大人”之腹，实在是风马牛不相及相差十万八千里。

老袁老黎之间的联姻，在那个时代里，实属正常。一个人地位再高，毕竟有七情六欲，有七姑八姨。有儿子要娶，有女儿要嫁，自然要寻得好人家。更何况像袁世凯这等“北方农民”，生平最喜欢的，就是迎来送往，还有众星拱月的舒坦和畅快。闲时不是给自己找老婆，就是给别人介绍对象。只是那时候没有电视台歌舞团什么的，否则老袁在麾下的文艺团体多认几个貌美如花的主持人和御用演员做干女儿，嫁一个给段祺瑞，嫁一个给冯国璋，再嫁一个给王士珍，把众“女儿”嫁给众干将……这样，也就不会有人说袁世凯厚此薄彼了。

民国教授拿多少钱?

1917 年 7 月,26 岁的胡适从美国到达上海,先是回到绩溪探望久别的母亲,在老家上庄住了一个月。8 月中旬,胡适北上去了京城,就任北京大学文科教授,讲授中国哲学、英文修辞学课程。北大给这位年轻的教授开了 260 银圆(即大洋)的月薪,相当于今天人民币 20000 多元。年轻的胡适很高兴,他在 9 月 30 日寄给母亲的信中写道:

> 适之薪金已定每月 260 圆……教英文学、英文修辞学及中国古代哲学 3 科,每礼拜共有 12 点钟……适现尚暂居大学教员宿舍内,居此可不出房钱。饭钱每月 9 圆,每餐两碟菜一碗汤。适意俟拿到钱时,将移出校外居住,拟与友人六安高一涵君。

一个月后，北大又给胡适加了薪，升职为本科一级教授。10月25日，志得意满的胡适又给母亲写信：

> 适在此上月所得薪俸为260圆，本月加至280圆，此为教授最高级之薪俸。适初入大学便得此数，不为不多矣。他日能兼任他处之事，所得或尚可增加。即仅有此数亦尽够养吾兄弟全家。及此吾家分而再合，更成一家，岂非大好事乎！

与胡适一样具有相同经历的还有周作人——周作人于1917年到北京大学国史编纂处做编辑，月薪120银圆；半年后出任北大文科（文学院）教授时，月薪一下子涨到了240银圆。当时来高校任职的，很多人归国前生活得一直不错，像胡适留美时享受庚子赔款留学生的极好待遇，除了学杂费外，每月生活费为80美元。时一美元抵2.5银圆，也就是说，一个留学生每月的生活费，相当于200大洋！这样的公派学生，还是活得相当滋润的。

曾任北大物理系教授、系主任的李书华在《七年北大》一文中谈及民国时期北大教授待遇，他说："北大教授待遇最高薪每月280银圆，也有每月260银圆或240银圆。讲师待遇按每小时5银圆计算。助教薪水大约每月五六十银圆至100多银圆。"这是说的20世纪20年代初的标准。到了1927年，一份6月公布的《大学教员资格条例》20条及《大学教员薪俸表》表明：当时的教授一级月俸国币500银圆，副教授一级月俸340银圆，讲师一级月俸 260 银圆，助教一级月俸 180 银圆。这又比前几年高一些了。

有人曾将北京政府民国时期北大的教授月薪做过换算，称北大教授的最高月薪 280 银圆，约合今天人民币 20000 元；即使并非专任的“讲师”，像教育部佥事周树人，在北大担任临时讲师，不领固定的月薪，按授课钟点每小时 5 银圆计算的话，若每周 8～10 小时，收入也可达每月 160～200 银圆，约合今天人民币 10000～15000 元。若教授在外兼职，每月仅外快可以赚 6000 到 8000 元。这样，总收入可以达 3 万元以上。此外，教授们还有一些其他福利，比如可以免费住学校的公寓。胡适起先住在北大公寓，就不收任何费用；清华大学给教授们提供的住宅，也是免费的。1933 年春，清华西院住有闻一多、顾毓秀、周培源、雷海宗、吴有训、杨武之（杨振宁之父）等近 50 家。闻一多住的 46 号“匡斋”是中式建筑，加起来竟有 14 间房屋！1935 年初，闻一多、俞平伯、吴有训、周培源、陈岱孙等教授又迁入清华新南院，学校专门为他们新盖了 30 栋西式公寓，住进去全免费。

这是收入和福利，至于当时的物价和房租，就显得更低了——李书华说“北京生活便宜，一个小家庭的用费，每月几十大洋即可维持。如每月用 100 银圆，便是很好的生活，可以租一所四合院的房子，约有房屋 20 余间，租金每月不过二三十银圆，每间房平均每月租金约 1 银圆；可以雇用一个厨子，一个男仆或女仆，一个人力车的车夫；每日饭菜钱在 1 银圆以内，便可吃得很好。有的教授省吃俭用，节省出钱来购置几千大洋一所的房屋居住；甚至有能自购几所房子以备出租者。”有关资料显示，民国初年2银圆可买一袋洋面，4银圆可买一匹布，1银圆可买七八斤肉。钱非常值钱。张恨水在芜湖一报馆做编辑时，月薪仅6银圆，这是报馆编辑的工资；部队一等兵的月饷是6银圆，也不算低了。在当时月伙食费如果达到2银圆的话，即可以每天吃到猪肉，加上零用也不过3银圆，剩下的钱，可以寄回家。

比较起教授，大学里不在一线教书的人收入稍低。1918年左右李大钊出任北京大学图书馆主任时，月薪是180块大洋。因为李大钊名望较高，还可以在其他几个大学兼课，每月还有课时收入，加起来似乎也不少。其他教职员工的收入要低很多，师范毕业的毛泽东当时在北大图书馆打工，月薪只有8银圆。这也没办法，谁让当时是“教授治校”呢？

民初各国立大学的教授们虽然薪水很高，不过很多时候也是“画饼充饥”——因为民初北京政府一直没什么收入，政府转着转着就不灵了，欠薪情况非常普遍，不仅欠公务员的钱，欠军人的钱，也欠国立大学教职员工的钱。北京大学教职员工的月薪先是一个月以后分两次发放，每次支付半数，且大多以“现洋五成中票五成”发放。所谓“现洋五成中票五成”，指薪俸中一半以银圆支付，一半以钞票即兑换券支付，由于“中票”很难兑现，教授们的薪水实际已打折了。到了北京政府的后期，北京大学等诸多北京高校，欠薪的情况越来越严重，以冯友兰的话说：“当时北京的教育界是非常困难的，为数不多的教育经费，也被军阀们挪用了。学校发工资往往只发几成，甚至有发百分之几的。有一个教授，同时在四个大学里教课，到了年节，四个大学都发不出工资，当时称为‘四大皆空’。”教授讲师们起先还忍一忍，后来实在忍不下去了，便在学校、教育部门口以及街头静坐、游行。五四运动发生前，北京就曾发生多起教授讲师们的讨薪运动。学生运动之所以声势浩大，除了巴黎和会的原因之外，欠薪导致教职员工心生不满，也是其中的一个重要因素。

民国教授工资高，主要是物稀为贵，政府也打肿脸充胖子表明尊重知识尊重人才——那时候的确有人才，北大有陈独秀、胡适、周作人、钱玄同等，清华有王国维、梁启超、赵元任、陈寅恪等，都是赫赫有名的。能当上教授也不容易，像北大正教授加起来只有 80 人。而现在的北大，正教授加起来，至少得八百罗汉了吧？

黎元洪低价买房产

民初两任北京政府总统的黎元洪着实有些意思。冯玉祥曾在回忆录里写道，黎元洪二次担任总统之后，面对千疮百孔的形势和无比复杂的事务，经常向他抱怨：“唉，总统真不是人当的，这个月我又赔了3万多！这样计算，我每年就要赔上36万。长此以往，我实在不能支持了。唉，你们看，这个月，我的煤矿股票和盐票的利息，差不多都赔贴光了。东也捐款，西也募钱，叫人无法应付。每月进个十万八万，仅只捐款一项，就不够开销！”冯玉祥对于黎元洪，明显有揶揄的味道，笔下的“黎大好人”就像是一个锱铢必较的威尼斯商人，或者像一个喋喋不休的怨妇一样。不过揶揄归揶揄，从黎元洪的角度考虑，做这个吃力不讨好的民国大总统，真是件划不来的事。

黎元洪指的赔，可能是指他重归大总统位置之后，由于精力不济无法分心导致生意的亏损。与第一次当总统时不一样，东山再起的黎元洪已是个大富翁——在遭遇张勋复辟那段不堪回首的经历后,黎元洪下野去了天津。不过这位爱吃西餐、爱穿西装、爱骑马、爱打网球的欧美思想与生活方式的崇尚者,没有闲着当寓公,而是在1917年7月到1922年6月的5年时间里,与各方中外人士合伙投资办了20多个银行和厂矿,在商海中赚了个盆满钵满。因此,黎元洪索性连北京政府每月发给他的3000大洋生活费也辞了。

黎元洪的确会挣钱。中华民国成立后,黎元洪被调至北京任副总统,初来乍到,黎元洪不跟老袁争权,凡事唯唯诺诺保持距离,却一直琢磨着怎样挣点实惠。1915年10月,黎元洪在京看中了一套房产,卖房者为正白旗满洲锡龄佐领下良揆。佐领是清朝八旗组织中基层编制单位的长官,为正四品,武职。房产"坐落在东厂胡同,路北接连往东有花园一所,又路南马圈一处及车房一间。东至大街(这里特指马市大街),西至太平胡同,北至翠花胡同。共计灰瓦屋二,148间半,游廊70间。内外装修隔断、门窗、户壁俱全,上下土木相连"。共有:

正宅,计一百二十一间。

正宅东侧屋,计一百〇六间。内有车马房十八间,坏。

正宅东花园,计九十九间。

正宅南角屋,计四十一间。

正宅极东墙外屋,计十八间,坏。

正宅东花园东厂胡同对面屋,计三间,空地一块。

正宅东厂胡同对面马号,计二十二间,坏。

以上共计房屋五百一十间,空地一块。

界址:正宅界,南抵东厂胡同,西抵太平胡同,北抵翠花胡同,东北抵童家祠堂及程姓界,东抵马市大街,东南抵董姓界。

正宅东花园,东厂胡同对面,屋三间及空地一块。界北抵东厂胡同,西抵振兴木厂,东及南面抵广丰木厂。

正宅东厂胡同对面马号界大门北抵东厂胡同内,北房抵詹宅,西抵苏宅,南抵徐、何、王三宅,东抵王、刘及振兴木厂三宅。

以上引用的,是双方正式契约上的文字。此系列房产售卖价格“共价银二万两整”。辛亥革命后,银圆虽为法定货币,但银两仍与银圆并行,大宗交易多以银两为计算标准。银圆每枚重七钱二分,成色为含银 89%、含铜 11%。因此,1 银圆可按银 0.72 两折算。也就是说,这一笔有 148 间半房屋的偌大地盘,黎元洪买下时只花了 2 万元! 这一价格,对比今日京城之房价,不仅是让人“流鼻血”,简直是让人“七孔流血”了。交易完成后,黎元洪派人将这一片地方围上,亲自将此地命名为“大德堂”。黎元洪最为钟情的,就是那个“德”字——既然无才少干,当然就格外爱那个“德”了。

黎元洪短时间内暴富，跟黎元洪良好的社会关系和人脉分不开，也跟他颇为雄厚的家底有关。如果没有资金投入，哪会有丰厚的回报呢？曾于1919年至1923年间任黎元洪与美国人华克合办的中美实业公司总文书，并与黎元洪接洽频繁的薛观澜曾对此有一番分析："袁规定副总统月俸1万大洋，每月公费2万大洋，另支参政院（1914年5月至1915年底）、参谋（本部）总长（1912年4月至1915年底）之薪津，为数可观。且黎有俭德，积聚三载，杠杠然亦富人矣。"这说的是黎元洪做生意前的薪水收入。民国之初公务人员的工资是国会定的，国会甫一成立，第一个法案就是为各级官员定工资标准：大总统的年俸法定为36万大洋，居各共和国总统年薪之冠，比美国总统还高一倍多；议员们为自己定的薪水也高，每月500大洋，当时也属天价。黎元洪的长女黎绍芬曾说："我父是副总统，后又兼参政院院长，月薪5万大洋。"黎绍芬显然把黎元洪的办公经费也计算在内了，其实是没有那么多的，不过即使是1万元，也是一笔巨款了。我在《民国教授拿多少钱？》一文中，提到北大教授一个月的工资是280大洋，这是后几年的事了。与公务人员的标准相比，这个标准一点也不算高，胡适的工资，只有黎元洪的1/35。黎元洪有钱又节省，不像袁世凯那样大方又妻妾成群，自然有投资做实业的钱。钱能生钱，黎元洪用5年时间一下子成为中国的大富翁之一，也是一件不足为奇的事情。

张学良后来在《口述自传》中看不起黎元洪，说黎元洪是一个极庸俗之人。以张公子的浮躁与浅薄，他哪会识人察事呢？黎元洪远比他想象的要智慧得多——平心而论，辛亥革命之后得好处最多的，就算是黎元洪了——从一个小小的新军协统旅长，一跃成为中华民国的副总统，是可谓“一步登天”！这样的天翻地覆，一方面是因为黎元洪的福分，另一方面，则是他为人处世的回报。黎元洪到了北京就职副总统后，以他的资历和经验，仿佛小鱼游入了深海，在这种情况下，不蹚那一汪浑水显然是最好的选择。于是民国初年的政局出现了这样一幕画面：当大总统的袁世凯焦头烂额之际，他的副手兼亲家黎元洪正优哉游哉地做着大宗生意，一笔一笔赚得盆满钵满。

每一个人都有属于自己的独特的处世方式，很难说孰高孰下孰优孰劣，当下的决定是时也运也，兼之转换也。在历史的答卷面前，看起来忠厚老实的黎元洪，与精明强悍能干的袁世凯相比，总体上不落下风，甚至还略占优势。这就是黎元洪的智慧了，这个乱世之中的“九头鸟”，也算是一个“精致的利己主义者”。

民国时期的“谋杀案”

我在写作《晚清有个袁世凯》时，最大的困惑就是袁世凯的死——那样一个敦实强壮、精力旺盛的政治强人，怎么会突然死掉了呢？以袁世凯的身体状况和心理承受能力，一个称帝事件的失败，怎么也不致让袁世凯一病而亡吧？后来相关材料说，袁世凯的死因是尿毒症，因为袁世凯害羞忌医，误了病情而死。这一个死因，好像有些牵强。袁世凯死后，曾有一本署名黄毅的《袁氏盗国记》的书籍对此有详细说明：“5 月 27 日，经中医刘竺笙、肖龙友百方诊治，均未奏效；延至 6 月初四日病势加剧，即请驻京法国公使馆医官博士卜西京氏诊视病状，乃知为尿毒症，加以神经衰弱病入膏肓，殆无转机之望。”佚名《袁世凯全传》也称袁世凯所患，“相传为尿毒症，因中西药杂进，以致不起”。20 世纪 50 年代刘厚生《张謇评传》说：“袁世凯患尿毒症，摄护腺肿胀，如果及时采取外科手术治疗，决无生命之虞。可是在医疗方案上，袁世凯的两个儿子意见分歧，大儿子袁克定相信西医，主张动手术；二儿子袁克文则竭力反对，相持不下，贻误时机，终致不治。”黄毅和刘厚生的说法，因为阵营、动机和年代的缘故，“黑”袁世凯的成分较多，很难让人相信全貌。在此之前，袁世凯曾经几次遭遇暗杀，除了辛亥革命后不久在京有一次差点被革命党用炸弹炸死外，还有一次是在二次革命后，当时《国风日报》主笔，也是革命党人的吴虎曾准备买通袁世凯的厨师在饮菜里下毒。只是吴虎在筹钱之时暴露了目标，刺袁一事没有成功。不过可以肯定的是，还是有人千方百计想着袁世凯一命呜呼的。

民国初年乱世纷繁，不光袁世凯的死扑朔迷离，另外一些人的离去，同样也是扑朔迷离。比如北京政府国务院代总理赵秉均，一个身体强健的大活人，突然就暴毙而亡，实在是一个意外。不是说一个人不能暴毙，而是说他正好身陷宋教仁谋杀案的荫翳之中。还有宋教仁的死，原先一直说是袁世凯这一边暗杀的，现在又有了新说，宋教仁的党内对手陈其美有最大嫌疑。至于陈其美背后有没有人，就不好说了。同属于迷案的还有陶成章被杀——曾经的革命党二号人物陶成章于1912年1月14日在上海一家医院被杀，国民党一直说陶成章的死跟清政府和袁世凯有关系。没想到近一个世纪之后，蒋介石的日记资料在美国斯坦福大学胡佛研究所档案馆公之于世。在日记中，蒋介石记述了暗杀陶成章的详细情况：他是奉陈其美之命深夜撬门潜入法租界广慈医院的，然后，枪击陶氏弹入左脑而亡。蒋介石还为自己的动机作了辩白:“余之诛陶,乃出于为革命为本党之大义,由余一人自任其责。常无求功、求知之意。然而总理最后信我与重我者,亦未始由此事而起,但余与总理始终未提及此事也。”这一件历史疑案的水落石出,一时让很多研究者目瞪口呆。

民国初年被杀的政治家除了陶成章、宋教仁、陈其美之外,还有45岁的进步党首领、梁启超的战友汤化龙。1918年9月,汤化龙受北京政府的委托,在北美考察政治制度的运行情况,在加拿大维多利亚步行至中华会馆门前,一名男子冲了上来,对其腹部头部各开一枪,汤化龙当场身亡。凶手又追杀其他人员未果,被当地警察包围,凶手开枪自杀。当时都以为是北洋政府杀了汤化龙,之后查明凶手为国民党员王昌,背后具体策划者是国民党海外部部长陈树人——陈树人以5000大洋雇用了王昌行凶。与汤化龙案相似的,还有真相出得更迟的黄远庸案——1915年12月27日,避匿于美国的著名记者黄远生被枪杀于旧金山的住宅之内。作为新闻记者,黄远庸曾经批评过许多权贵,很多人认为是袁世凯派人杀了黄远庸。直至60多年后,凶手刘北海临终前道出实情:他是奉中华革命党党魁之命对黄远庸下手的,因为黄曾批评过他们的领袖。至于1925年底段祺瑞的干将徐树铮被杀,都以为徐树铮之死是被人复仇,不过后来的资料显示,徐树铮被杀的指挥者是冯玉祥。在得知徐树铮到北京面见段祺瑞之后,跟徐树铮长期结下梁子的冯玉祥即布置了针对徐的暗杀行动。1925年12月29日,徐树铮决定离开北京。京畿警备司令兼京师警察总监鹿钟麟得知消息后，立即以电话向在张家口的冯玉祥请示。冯玉祥在电话中的答复干脆利落："处置徐树铮的办法，就是逮捕枪决！"29日午夜时分，徐树铮乘坐的列车在廊坊车站被扣，徐树铮及随员被强行请下火车当场枪决。

1927年左右，随着南京政府对北京政府的"改朝换代"，大批文化人"殒命"也是一个谜。这当中，既包括自杀的王国维，也包括莫名去世的康有为，以及后来的梁启超等。1927年6月2日，51岁的国学大师王国维就在颐和园门口那片半人深的池塘里溺水而亡。有人看见他抽了半支烟，就扑通一声跳下水淹死了。虽然口袋里有遗书为证，不过一个大人竟然淹死在半人深的水塘里，怎么说也觉得奇怪。而且王国维的自杀理由不充分，说是为清朝殒命，可清朝已倒台十几年，此时再死，怎么也有点不尴不尬。比王国维死得更蹊跷的还有康有为：1927年3月18日，过完70岁生日的康有为乘船从上海去了青岛。到达青岛后，康有为住在先前买下的天游园别墅里。3月29日，康有为到青岛粤菜馆英记酒楼参加同乡宴，一杯橙汁下肚后，突觉腹痛难忍，当夜上吐下泻不止。当晚，医生诊断为食物中毒。31日凌晨2时，康有为忽然对身边的人说："中国我无立锥之地了，但我是不能死在外国的。"似有交代后事之意，然后一直昏迷。凌晨5时许，康有为"七窍出血"死在门生李微尘的怀里。后来，女儿康同璧认为父亲是"被人在食物中投毒而导致死亡"。康同璧的女儿罗仪凤也持这样的看法，且认定康有为是被国民党下毒害死的。不过此说法一直缺乏证据。也有人认为,康有为是被日本人谋杀的,因为康有为始终不同意溥仪跟日本人走,曾一度与溥仪一起跟日本相对抗,导致日本人怀恨在心。至于梁启超的死,似乎也很奇怪:梁启超本来一只肾脏有问题要开刀,没想到主刀的北京协和医院的院长刘瑞恒将其健康的肾脏切去,以致梁公57岁早夭。这样的鬼使神差,是手术失误,还是在某种压力下的有意为之,那只有天知道了。值得一提的是,刘瑞恒在梁启超死后不久,即被国民党中央任命为卫生部次长。至于梁启超死的原因,那是一直到半个世纪以后,才真相大白。

近来读《国民党特务史》,看到汪伪特务头子、曾为中共党员的李士群被暗杀的经过,很有感触——李士群最后是在国民党军统特务戴笠的要求下,被周佛海和日本特高课课长冈村谋杀的——1943年9月4日,冈村邀请李士群去自己家喝茶吃饭,李士群非常警惕,不过碍于面子还是去了。到了冈村家后,李士群开始什么都不吃,称自己不舒服。后来架不住主人力劝,李士群只是吃了一口牛肉饼。回到家后不久,李士群上吐下泻不止,很快就一命呜呼了。据说,这牛肉饼里掺的是一种极可怕的阿米巴菌,只要吃进一个,一分钟就会繁殖一倍,在繁殖期间没有任何特征和感觉。36个小时后,当病毒的繁殖达到一个饱和点时,会突然爆发让人殒命。以这样的"高科技方式"来杀人,相信很难查出真正的原因。比较起国民党特务只会用枪乱杀一气,日本特务利用"高科技"的方式要狡猾和隐蔽得多。

民国时期就这样杀来杀去。在不明不白死去的人员名单中，还有邓铿、张作霖、张宗昌、孙传芳、萧耀南、吴佩孚、张绍曾、唐绍仪等等。在他们当中，有的是被国民党杀的；有的是被日本人杀的，还有一些，是苏联人干的。除此之外，就是一些不明不白的势力，甚至还出现了职业化的"杀人包办团"以及王亚樵的"斧头帮"等。这些乱七八糟的案件，要由乱世之中的警察机关查出个水落石出，相信不是一件容易的事情。从这一点来看，所谓的"历史之谜"就是这样产生的。值得一提的是国民党。国民党北伐之后统一了中国，成了执政党之后，还不丢弃暗杀手段，接二连三暗杀了不少人，甚至包括手无缚鸡之力的闻一多、李公朴等。真不知他们是怎样想的。这成心是不想好好干啊！执政的都是你，又何必采取暗杀手段呢？真是猪脑子的思维方式。难怪戴笠死得不明不白，也难怪国民党会丢掉天下。

第五辑　皖言徽语

明月与故乡

大体而言，文人一直有个毛病，那就是多情。多情没错，可有时候情不足，仍一个劲地抒发，就变成矫情，变成滥情，变成“作”。例如南宋诗人姜夔与合肥姐妹之间的关系，细细地一想，就给人这样的感觉。

姜夔出身于破落家庭，年轻之时很穷困，有时候饭都吃不太饱，只好跟在一些大户人家后面“打秋风”。姜夔二三十岁时，去过一次合肥，在城南一个叫赤阑桥的地方住过一段时间。那个地方，大约位于合肥城边，住的都是一些贫困户：“我家曾住赤阑桥，邻里相过不寂寥。君若来时秋已过，西风门巷柳萧萧。”这是姜夔在一首诗中透露的。在某一个场合下，姜夔认识了两个青楼歌女，一对姐妹花，不仅人长得漂亮，而且谈吐不俗，一个善琵琶，一个善古筝。姜夔离开合肥后，这对姐妹花就清风明月一样时常出现在姜夔的诗词中，比如：“大乔能拨春风，小乔能移筝，雁啼秋水”“小楼灯火屡题诗”“沉香火里笙箫合”等等，数十年中，一直如此。据学者夏承焘作《合肥词事》考证，姜夔词中凡有梅、柳二物，都暗含了对合肥女子的情愫，这样一推断，姜夔共为这对“姐妹花”写了22首词，占姜夔诗词总数的近三分之一。真是篇篇声声慢，句句啼如血。比如说有一首《鹧鸪天·元夕有所梦》：“肥水东流无尽期，当初不合种相思。梦中未比丹青见，暗里忽惊山鸟啼。春未绿，鬓先丝，人间别久不成悲。谁教岁岁红莲夜，两处沉吟各自知。”此中思念，看起来刻骨铭心。

姜夔与合肥姐妹花到底发生过什么？因为没有旁证，姜夔又从不说得明朗，人们只好从姜夔词中妄加推断：他们应该在一起喝过酒；又似乎在一起游过巢湖，还登上了姥山；并且，姜夔多年后，还去过合肥，到赤阑桥一带找寻她们，却没有找到……真实情况到底如何，姜夔一直语焉不详。姜夔写词，喜欢在题下写一段小序，写得颇有韵致和意味，比如在他的《淡黄柳》一词中，谈到了当年自己在合肥的踪迹：“客居合肥城南赤阑桥之西，巷陌凄凉，与江左异，惟柳色夹道，依依可怜。因度此阕，以纾客怀。”在另一首词的小序中，姜夔写道：“合肥巷陌皆种柳，秋风夕起骚骚然；予客居阖户，时闻马嘶，出城四顾，则荒烟野草，不胜凄黯，乃著此解……”从姜夔这些小序中，看得出来，合肥在南宋时期满城皆柳，灿若烟云。不过即使是在小序中，有关合肥姐妹的落笔，仍是“却是灯火阑珊处”。

不过这一段“情缘”在文学史上一直被人称赞，满纸浓情意，白石最相思。人们都感慨姜夔的多情，感慨那一对姐妹花的命运多舛。不过细细一读姜夔的词，就觉得这一段佳话，怎么都有点矫情和"作"的意味：一个男人，和一对姐妹花，只是见过几面，或者只是喝酒玩耍一番，就如此矢志不忘。不仅不忘，还思念不已直至魂飞魄散。这样的情感，不知道是真情确定如此，还是"为赋新词强说愁"？并且，最让人不可思议的是，姜夔的相思对象还不单是一个女子，而是一对"姐妹花"！我真是不明白，这一段连"露水姻缘"也谈不上的邂逅，何以如此刻骨铭心？也可能是我一直是个理智过分的"凡夫俗子"吧，对于一往情深的古典爱情，如时代一样隔了十万八千里。

不单是我不明白，跟我一样不明白的，似乎还有清代的王国维。王国维在《人间词话》中对姜夔评价很低，他瞧不上白石的写景之作，说"二十四桥仍在，波心荡冷月无声""数峰清苦，商略黄昏雨""高树晚蝉，说西风消息"等，虽格韵高绝，然如雾里看花，终隔一层。王国维为什么说姜白石"隔"？想必还是认为白石言语模糊，不明所以，有矫情的嫌疑。不仅如此，王国维甚至连姜白石的诗品和人品一块贬了："东坡之旷在神，白石之旷在貌。白石如王衍口不言阿堵物，而暗中为营三窟之计，此其所以可鄙也"；又说，"纷吾既有此内美兮，又重之以修能。文学之事，于此二者，不能缺一。然词乃抒情之作，故尤重内美。无内美而但有修能，则白石耳"。想必王国维从姜白石的词中，看出潜藏在内的酸腐、小气和自恋来。以王国维中西杂糅眼光的敏锐，他当然是能看出问题来的。

如今的合肥,因为文化遗存稀缺,对于姜夔与这一对青楼“姐妹花”之间的“佳话”,很是在意。市内桐城路原师范附小一带,就专门立了一个碑,认定现今桐城路从合肥八中至月潭庵一带,就是姜夔所住的“赤阑桥”。不过也有人认为,姜夔在小序中注明赤阑桥在城南,应是在护城河外面的桐城路和芜湖路的交界处。老合肥说,数十年前,这里还依稀有一点小河的。有河的地方,就应有桥,当年的赤阑桥,大约会在那。

对于姜夔的诗词,平心而论,我与王国维的感觉有些相同,觉得“作”的成分不少。很多传统文人都是这样,现实里得不到,就喜欢“画饼充饥”,喜欢自作多情、自恋、“念她”以及“她恋”。只要翻翻古代文本,就会发现到处洋溢着这种“阿Q精神”。难怪当下有人把宋词的内容总结八句话:“小资喝花酒,老兵坐床头。知青咏古自助游,皇上宫中愁。剩女宅家里,萝莉嫁王侯。名媛丈夫死得早,‘美眉’在青楼。”对照姜夔的词,这个总结还真是一针见血。

张献忠的“杀人游戏”

中华民族灾难深重，因为“天生杀人狂”在历史上一直层出不穷，比如黄巢、张献忠等等。这些人视人如草芥，以杀人为乐，如果按照现代心理学来分析的话，这些人都是十足的人格分裂者。黄巢、张献忠是杀人杀出了瘾，就像屠夫，一天不杀猪，两手闲得慌，三天不杀猪，不知饭菜香。黄巢还写过一首著名的《菊花》诗：“待到秋来九月八，我花开后百花杀。冲天香气透长安，满城尽带黄金甲。”凌厉之气，如秋风扫落叶般严寒。这诗的最后一句后来被张艺谋用来做了电影名，周杰伦把之改成《菊花台》唱得脍炙人口。其实哪是什么“菊花台”，就是杀人的地方，是杀人的游戏。

黄巢和张献忠很多时候杀人没有动机，就是好玩。张献忠曾经立过一个《七杀碑》，上面就这样写：“天生万物与人，人无一物与天，杀，杀，杀，杀，杀，杀，杀！”七个杀，一个比一个狠，看得人毛骨悚然。看得出,张献忠对人是怀着恨的,恨得咬牙切齿,他想的是要把人类杀光,以“替天行道”。正史和野史里记载,张献忠以杀人为乐,一干身强力壮的士兵站在那里,一人手上攥一个小孩,然后把小孩子奋力掷在空中,下面用一杆长枪迎着,看能不能接上。有一回,张献忠命令部下将一大群女子杀掉,砍下她们的小脚,红红白白地堆在一起,像一座小山。张献忠带着爱妾去观赏,看了一会,觉得那些小脚都不够好看,便回过头来看爱妾的脚,然后命令士兵将爱妾的脚砍下放上去做点缀。有一天晚上,张献忠莫名其妙地就把自己的老婆和儿子给砍了。第二天起来后,张献忠很是懊悔,恨他的随从没劝阻,于是把随从也给砍了。这样的杀人,真是要脾气啊。张献忠是心情好时要杀人,心情不好时要杀人,心情不好不坏时也要杀人。有时候张献忠杀人还会因为好奇心——有一次,张献忠捉到了一个状元,那个状元非常有学问,张献忠对他很钦佩。张献忠钦佩不是向人请教、洗耳恭听什么的,而是想看看那个人肚子里有什么跟常人不一样。他下令将状元砍死,将肚子剖开,结果看到一大堆血糊糊白花花的肠子,弄得张献忠很失望。这样的做法,是正常人吗?似乎已不是了。

张献忠在四川杀人最多,传说他曾扬言要“杀尽川人”。当时记录张献忠暴行的白纸黑字,至今若让川人重读,夜里仍会恐惧得睡不着觉。据说,在四川,张献忠以开科取士为名,杀无数读书人于青羊宫,又坑成都民众于中园,杀各卫军98万,遣四将军分屠各县,将亿万宝物掷入锦江,决水放流,自谓“无为后人有也”。

一时间,川中四通八达的河流泛红,肥沃的乡野随处暴尸。传说中3岁小孩闻听“张献忠”三字,也会吓得尿流不止。

张献忠是流寇,只攻城不守城,一阵旋风般攻到哪里杀到哪里。当年张献忠横扫江淮,在合肥、六安、凤阳,都杀过无数人,还掘过朱元璋在凤阳的祖坟。嗜杀成性的朱元璋遇到了这样一个主,也算是“一报还一报”。明末一个叫余瑞紫的合肥人,亲历了张献忠在合肥杀人的情况,写了一篇《张献忠陷庐州纪》,是这样记述的——

那是崇祯八年(1635)的事了,那一年的五月初六,天还没有亮,张献忠部攻破了庐州城,我母亲说:“你快跑,别管我!”老婆也叫:“快跑,别连累你!我不过一死。”我于是和二弟一起离家逃跑。到鼓楼南街,街上人已挤满了。往南走,南边是张献忠的士兵;往北跑,北面也已经被张军把守。人们两头乱窜,如鱼游釜中,二弟和我此时失散了。我见到街边一户人家门虚掩着,就钻了进去,钻到了这家卧室床下。这时,又有一个人也在慌乱中跑进了这个院子。后面紧跟着一个张军。那个人吓得要死,浑身发抖,幸好那个军人对他说:“你不用怕,不杀你,吾们老爷要吾们来安抚你们。”我闻听此言,想既然他们不杀人,不如出来,要不然一会军人搜完了东西放火烧屋,反倒无处可逃。于是,战战兢兢地爬了出来。那个军人在院里找到了两头大驴,命两人牵着,到十字街去搬东西。路上经过一户人家，有一个老人守着门。军人问他："家里有牲口吗？"老头回答："没有。"军人即挥刀，把老头劈死。进院搜寻，果然没有牲口，只搜出一大堆绸缎衣服，放在驴背上驮着，来到西门外放下。我又被军人押着回城内去找酒。路上恰巧路过自己家，我从火巷中一望，只见老祖母还扶着后门框站着往外看，我也不敢和她打招呼。这时，我还不知道母亲已经尽节自沉于水塘中，我老婆也跳到塘里，所幸没有没颈，头掩在浮萍之中，得了一命。我弟媳妇周氏晚了一步，刚刚跑到塘边，就被进院来的张军扯住，周氏尽力挣扎，被张军一刀砍在脖子上，昏厥过去。刀砍得不深，没有砍断喉咙，迁延到第二年6月才死去。我抬着酒坛，路过回龙桥巷，到赵家塘石台砌边，只见满塘妇女，有淹死的，横尸水面，也有许多没死的，在塘中半浮半沉。台砌上还站着一个老妇人和一个少妇，犹豫着不敢往下跳。看见我们过来了，那少妇才要往塘里奔。押我的军人上前一把扯去要带走，女人大哭着挣扎。老妇人战战兢兢地从旁劝道："千岁爷爷叫你去，你就去吧！"妇人越发大哭不去。我大着胆子上前劝这位军人说："老爷，这么偌大的一个城，还少这么一个女人？这水淋淋的要她做什么？"这位军爷心肠不错，放过了这个女人。

此上都是余瑞紫在合肥城破后的所见所闻。余瑞紫后来还亲见张献忠攻克六安，攻城之后，张献忠因恨六安人守城顽强，“午后，将六安人尽剁其手。先伸左手砍去，不算，复剁其右手”。那么多的左右手堆在一起，又成一座“手山”了吧？

合肥曾有一个赵千户巷，名称的由来，也跟这一段历史有关。张献忠在合肥屠城之际，满城百姓无不惊慌失措。城中一赵姓秀才曾与张献忠有过一面之交，危急之际，拿出张献忠先前所赠的两面令旗，插在其居所的街头巷尾。张兵见令旗后，无人敢越雷池一步。慌乱中百姓见此情状，纷纷跑进巷中避难。一时间，巷内人山人海。张献忠闻报后，带人来到赵秀才门前，问赵“族下为何如此众多”？赵秀才回答说：“吾无大能，唯族下人丁兴旺，算来有千户人家。”张献忠哈哈一笑，扬长而去。巷内数千百姓得以保全。从此，赵秀才居住的巷陌就被称为“赵千户巷”。古《庐州府志》载，该巷址在昔刘公祠旁。据旧《城郭图》示，昔刘公祠位于今三孝口西北侧。我曾在合肥三孝口一带住过一阵，从未注意过赵千户巷，想必这一条巷子，早已不存在了。

张献忠这样的天生杀人狂，“文革”期间居然有人为他翻案，把他塑造成一个“高大全”。那个时代所做的一些事，真是让人匪夷所思。张献忠若是在世，肯定会对此人大怀好奇心，说不定会砍了这人，剖得他心肝，看它到底是红是绿是黑是白。

李鸿章爱吃什么菜？

我的朋友翁飞博士是专门研究清史的。前些年担任《李鸿章全集》编辑之一时，阅读大量有关李鸿章的原始资料，突然在一堆书中发现几张李鸿章幕僚记录下的菜谱，有李鸿章家宴的，也有李鸿章宴请外宾的。翁博士如获至宝，偷偷藏匿，不予示人，只是在酒酣耳热之时，每每提起。有商家曾出重金想购得菜谱开发李鸿章菜，但翁博士一直不愿松手。因此李中堂究竟喜欢吃些什么菜，也只有翁博士知道了。

我的《晚清有个李鸿章》主要是从历史、政治和文化的角度去分析李鸿章，对于李鸿章的私生活，涉及很少。不过在阅读大量李鸿章的资料中，对于李鸿章的性格、习性以及个人生活，也算是略知一二。闲着无事，也想推断一下李鸿章喜欢的菜肴，算是"山寨版"的"李鸿章菜谱"吧——

从小吃过苦的人一般都喜欢辣与咸。这一点，于李鸿章来说，也不例外。虽然李鸿章小时候不至于食不果腹，但在磨店那个野地，能吃得多少好，肯定也是谈不上的。可以断定，李中堂的口味肯定是很重的，嗜咸辣。这咸辣一旦嗜上，肯定就根深蒂固了。

“李府家宴”的招牌菜，很多人知道是“李鸿章大杂烩”。传说那一年李鸿章出访欧美，一路上吃了两个多月的西餐，吃得肠胃都要造反了，一到美国，就让使馆安排中国菜宴请美国宾客。因中国菜可口美味，深受欢迎，不到一会，满桌的菜即席卷一空。李鸿章命令厨师加菜，但正菜已上完，厨师只好将所剩海鲜如海参、鲍鱼、牡蚝等余料混合下锅，乱炖一气后端上桌子。客人尝鲜后赞不绝口，询问菜名，李大人哪里想得起来呢，只好用合肥话回答了一句：“杂烩”，意思是乱七八糟地放在一起烧的。李大人喜欢吃的菜，自然会有人模仿着去做。孰料后来李鸿章成为清廷的首席谈判代表签条约，不断地赔款割地，引得国人一片骂声，这一道菜也变得更有名了，“李鸿章杂烩”变得一语双关，也成了痛斥李大人的方式了。

“李鸿章大杂烩”的特点是煮，也叫“水碗”。合肥人吃“水碗”由来已久，江淮地区人口味重，吃东西也不讲究，烧的柴也缺乏，做菜习惯于一锅煮，慢慢传下来，就成为地域特色了。“李鸿章大杂烩”就是一锅煮的产物。现在流行的版本做法是，将海参、鱼肚、玉兰片、腐竹、熟猪肚、火腿等先炒，然后放入老母鸡汤等一锅煮。这样的吃法，很符合老爷子的性格，好嚼好吸收，味道也不错。就“李府家宴”来说，“李鸿章大杂烩”应该是一道主菜，没有这一道菜，也可能就不成席了。

比较起“李鸿章大杂烩”这一道菜，据说是李鸿章爱吃的另一道菜“鲈鱼脍”似乎就显得有点不靠谱。电视剧《走向共和》开头就有镜头：李鸿章一边优哉吃着鲈鱼，一边处理着事务，洒脱自如，游刃有余。第二集里，李鸿章觐见慈禧时，特意说：“臣于调养之术有三条心得，一是孔圣人说的‘食不厌精’，臣特别喜欢吃清蒸的淞口鲜鲈鱼，下面的人背地里叫臣‘李鲈’。”《走向共和》如此的细节，出处是哪，我一直不太清楚。关于鲈鱼，比较有名的是西晋张翰借口思念故乡莼鲈，辞去官职回到家乡，故有“张鲈”的说法；而“李鲈”的说法，似乎有点望文会意的意思。李鸿章到底是否爱吃鲈鱼，当问翁飞兄才是。

“肥东到肥西，爱吃老母鸡”，合肥话的发音有意思，“xi”和“ji”分别发作“si”和“zi”，读音相近，并且是短促的舌尖音。合肥人说“鸡”跟其他地方的人不一样，没来由地就让合肥的老母鸡变得很有名了。这也算是一种阴差阳错吧？李鸿章当上大官后，每天都要喝点老母鸡汤，这已成为一种习惯了。“李府宴”的这一道菜，断是少不了的，也算大菜。至于咸货，江淮之间，嗜咸喜辣，咸鸭、咸鹅、咸鱼之类的，都是盘中必有的。合肥一带的咸货一直很有名的，像吴山贡鹅，既嫩又肥，吃起来很是过瘾。咸鱼红烧放糖放酱油很是不错，能烧得赤红赤红的，口感好味道也足。咸鸭煨黄豆也是一道风景，将咸鸭斩好，连同黄豆一道，放入瓦罐，用文火慢慢煨上个五六小时，一掀盖子，云蒸霞蔚，满屋喷香。

合肥有名的，还有糯米丸子。这一道菜是李鸿章的家传，张爱玲的弟弟张子静曾有描述："合肥丸子是合肥的家常菜，只有合肥来的老女仆做得好。做法也不难，先煮熟一锅糯米饭，再将调好的肉糜放进去捏拢好，大小和汤圆差不多，然后把糯米饭团放在蛋汁里滚一滚，投入油锅里煎熟。"合肥丸子和扬州"狮子头"最大的区别是："狮子头"是纯肉丸，"合肥丸子"是糯米丸。扬州一直富甲天下，那里的实力，毕竟不是江淮之间的庐州府所能比拟的。实力影响民俗，这也是常识了。

"李府家宴"自然得上几盘素炒："面粉槐树花"应该也是有的，李鸿章在肥东磨店的老家，前后左右到处都是槐树，早春槐花开，芬芳诱人。槐树花用面粉拖一下，放在油锅里炸，吃起来有鲜鱼的味道。"凉拌马兰头"也应不错，二月里田埂上的马兰头，嫩得能掐出水，放开水里焯一下，放入香干，用小磨麻油拌一下，吃起来极爽口。再有的，就是香椿头炒土鸡蛋了，初春时的香椿头炒土鸡蛋，是全国各地餐桌上的一道名菜。李老爷子应该爱吃得很。

"李府家宴"还应有一些独特的菜：江淮之间的臭豆腐烧臭菜，一直很有名，大名叫作"千里飘香"。"千里飘香"这一类的臭菜系列，不吃也罢，一吃就会上瘾，就如同吸大麻似的。李鸿章想必也会上瘾，他的餐桌上，时不时也会溜上这一类"不登大雅之堂”的菜肴。当然，招待外宾时是不能有这一道菜的，老外对于中国饮食，最怕的就是臭味，你再解释，老外也会皱起眉头。生在江淮之间的我父亲也喜欢吃这样的菜。有一回他从皖南去江北老家，老家亲戚没什么送他的，就送了他一坛“千里飘香”。我父亲带着它上了公共汽车，结果一车的人先是拼命吸鼻子，后来又拼命捂鼻子，全都变得神经兮兮不正常了。我父亲后来实在不好意思，只好让司机停车，忍痛割爱将那一坛“千里飘香”弃之路边。

“李府家宴”最后的主食，以“南瓜稀饭”最为合适。李鸿章晚年牙不太好，少吃多餐，南瓜稀饭已必不可少了。南瓜稀饭黄色配白色，颇有“金搭银”的风采。不过需特别注明的是，稀饭应以干牛屎煨出的为最佳，因为干牛屎点着之后是文火，火势柔而软，煨出的稀饭有特别的青草味吧。昔日的江淮之间，农夫们会专门把路上的牛屎拾进筐子里，揉成泥，一大块一大块糊在自家的墙上晒。远远看去，就像墙上烙着一个个大饼似的，所以有“牛屎粑粑”之称。到冬天里，就拿出来煨稀饭，那稀饭煨出来，真叫一个香，灶王爷在天上嗅到了，口水都能流成雨。吃完稀饭后，李鸿章一般会啜一小杯以人参、黄芩等配制而成的补品。至此，李鸿章家宴，算是大功告成了。

比较起人的地位、思想和兴趣，一个人最难改变的，恐怕就是饮食的口味了。从肥东磨店到京城，从当年那个吟“丈夫只手把吴钩，意气高于百尺楼。一万年来谁著史？八千里外觅封侯”的穷酸书生李鸿章,到那个位极人臣的李中堂,李鸿章经历了很多,也改变了很多,唯独没有改变的,恐怕还是他的饮食习惯。俗语说:“江山易改,本性难移。”确切地说,应该是“江山易改,口味难移”。

李鸿章的大秘密

官场就像养殖场，养得多是猪狗牛羊鸡之类的畜生：像猪的，为“官呆子”，不管是真孬还是装孬，统统不蚀本；像狗的，为“官油子”，表面一心一意，实则三心二意；也少不了勤勤恳恳踏踏实实做事的牛和马。官场既能做事又会做人、既有大局观也有小局观堪称“官狐狸”的，并不多。我写《晚清有个李鸿章》，对李鸿章最大的感受就是：这个人特别聪明，世事洞明人情练达，在含辛茹苦努力推动腐朽帝国进行改革开放的同时，也知大厦将倾，偷偷摸摸将自己的“防空洞”修建得相当地好。李鸿章不仅自己不吃亏，还恩泽后辈，子孙后代也跟着沾了不少光。这一点，李鸿章比他的老师曾国藩强，比他的弟子袁世凯更强。曾国藩和袁世凯都没有捞到什么钱，有的还是“两袖清风”。翁同龢说李鸿章“宰相合肥天下瘦”，这句话有些绝对了，李家虽然不是富甲天下，但富倾东南，却是可以说的。这些，也可以说是李鸿章的智慧吧，一种

"官狐狸"练达无比的智慧。

民间对于李鸿章流言最多的,是李家大量财产的不明来源——其他的不说,在老家安徽,李家就曾大量购置田产,建造"大者数百亩,小者亦百十亩"的庄园式宅第。在安徽拥有的土地,据说在最盛时期达250多万亩,光"粮仓",就建有几十个。当时民间有"半个安徽都是李家的"之说。有人曾统计李家在合肥东乡的土地有约60万亩,占当地耕地面积的三分之二。1984年编辑的《芜湖文史资料》第一辑中,有一篇文章写到李鸿章家族在芜湖的房地产情况:从光绪初年芜湖成为通商口岸,到民国二十年之间,李家在芜湖购置了大量房地产,搞房地产开发——先是向政府和私人购买旧城郊的空地、荒山、荒滩,插草为标,成片划界,开辟街道、马路,兴建楼房,形成市区和住宅区,一时芜湖半数房产尽姓李,隶属几支:一是李鸿章嫡子李经方房下的"李漱兰堂";二是李鸿章次子李经述、四子李经迈以及李鸿章六弟李昭庆房下的"李蔼吉堂""李志勤堂""李固本堂";三是李蕴章之子李经达房下的"李通德堂"。当时芜湖旧城区以外的老市区,包括沿河南路、长街、二街、三街、渡春路、新芜湖、中山路、吉和街、华盛街等地区的地皮房屋,全部或绝大部分都属于"李府"所有。此外,芜湖的一些名胜之地,如镜湖边的柳春园、大花园、景春花园、长春花园等规模宏大的楼台亭阁,也是李氏的家业。解放后,光"李漱兰"一支登记在册的房地产实存数就有276幢,地皮299亩,分布在芜湖市区28条街道和里巷。这些房产还只是"李府"

在芜湖房地产的极少极少的一部分而已。由此可以想象李家全盛时期在芜湖投资房地产的庞大规模。

不过李家拥有庞大的财产也属正常,毕竟,李家人多势众,能力又强。而且,这些房产跟李鸿章也没有太大关系,不属于李鸿章腐败的范畴。李鸿章弟兄共6人,除了李鸿章位居文华殿大学士、直隶总督兼北洋大臣之外,哥哥李瀚章也曾任四川总督,官居一品;李蕴章、李凤章官位也不低;至于李鹤章,是李家生意做得最好,也最有钱的一个。李鸿章的子侄都受过良好的西方教育,开化得较早,懂经济善经营,一直在商场打拼。因为这个背景,李家比别人先致富、致大富也在情理之中。有关李鸿章贪污腐败的闲话,主要集中在李鸿章与外国人打交道方面,是否中饱私囊?是否卖国提成?在这方面,也有一些流言:1894~1895年甲午战争期间,当时有众多官员上书弹劾李鸿章,提到了李鸿章的贪污腐败,以及家庭财产不明的情况。御史安维峻揭露李鸿章避战求和的原因说:李以1500余万两白银交给了日本某商号经营,由盛宣怀代为经理,所以他不愿与日本"失和",以致丢了这笔财产。因为这些说法没有确凿证据,也就不了了之了。1896年,李鸿章欧洲行去了俄国后,与俄国签订了一份《中俄密约》。当时的俄国财政大臣、李鸿章的谈判对手维特后来曾在回忆录中披露,李鸿章"接受了俄国人三百万卢布"。只是维特没有详细说明,这三百万卢布,到底是给了谁?是亲自交给李鸿章的,还是给了代理人?老毛子说话很多是凭空捏造,维特是不是在栽赃,很难说。一切皆有可能吧。李鸿章的嫡子李经方曾在民国二十二年留有一份遗嘱，将自己手中的财产分配给亲戚子女，其中有合肥、芜湖、南京、上海、大连等地的房产、土地、股票等等，价值不菲。李鸿章的嫡子李经方20世纪20年代去世前，曾立遗嘱分配给子侄大批财产，长长的遗嘱中，专门有一小段，写得不清不楚，让子侄们费尽心机也没猜透，原文为：

> 吾在少至老陆续秘密存入一大(行名)银行之款，不计其数，皆无存券。数十年来本利未尝计算，亦不知有若干万。但此银行永远存在，不致倒闭停歇，亦无人可以冒领、盗取。凡吾名下之款，吾子孙将来有德者，该银行当然付给；无德者，亦无从妄取分文。吾后人其各好自为之，此时吾固不能亦无从预为之支配耳。

李经方少年时怎么会在外国银行有存款呢？而且，既没有数目，也没有存单，的确充满悬疑。这一大笔钱，应该是李鸿章留下的才对。如果李鸿章有这么一大笔来历不明的财产，肯定有大量受贿的嫌疑。近年在编纂《李鸿章全集》时，有些研究者想从大量文书中找到一些蛛丝马迹，却一直没有遂愿。梁启超也曾说过：“世人竞传李鸿章富甲天下，此其事殆不足信，大约数百万金之产业，意中事也。”几百万两白银，大约合今人民币10亿元左右，也不是一个小数字了。

有关李鸿章的另一个流言，是其与六弟李昭庆之死的关系。安徽民间一直流传李昭庆是屈死的——李昭庆是李鸿章的六弟，比李鸿章小12岁。有一次，李鸿章带李昭庆上朝，慈禧太后看到与自己一般大的昭庆一表人才、潇洒倜傥，情不自禁示意李昭庆留在宫内。李鸿章表面上千恩万谢，内心却惶恐不安：这是一个大事啊，纸，终究包不住火，万一哪天泄露，李家将大祸临头。李昭庆留宫中七日后，回到天津李鸿章处，脸色苍白肢体无力。李鸿章赶紧在天津找了一处地方将李昭庆藏了起来，在外放风说李昭庆回合肥老家了。过了些日子，宫中又传密旨，再令李昭庆入宫。李鸿章一急之下，奏明李昭庆回原籍后，在老家突发疾病死了。慈禧只得作罢。一段时间之后，李鸿章的政敌、光绪的师傅翁同龢发觉昭庆未死。李鸿章急了，忙令昭庆自尽，告诫其："天威莫测，人言可畏，事到如今，你不死，我们李家会有灭门大祸，只有你死，李家才能得救。"昭庆无奈何之下，只得从命饮鹤顶红自杀。李家避免了一场灾难，李鸿章对李昭庆感激万分，将其长子李经方招为嫡子，还将自己的爵位传给李经方。

李昭庆死的背后，是不是藏有这样的惊天秘密，我不敢断言。李昭庆的照片我没见过，不知具体长相，不过依李鸿章身材颀长、英俊潇洒的相貌而言，李昭庆生得应不差。民间流言还分析说，按常理而言，李鸿章当时只有50岁左右，尚能生儿育女，不必急招继子；并且，以旧的嫡子继承习惯，一般会以兄子过继，如长兄无子，也以二弟三弟之子循序取之。兄弟皆有子的情况下，一般轮不到招六弟之子继承。民间流言还说，李昭庆有一个小女儿，成年后李鸿章亲自做媒，将她许配给了同乡兼世交，四川总督刘秉璋的大儿子、江苏候补道刘体乾，还将芜湖的一处占地面积约2500平方米的大房产“小天朝”作为陪嫁。“小天朝”的每一道大门上方都雕龙画凤，是一幢三进二层砖木结构的徽派大院。李鸿章花这么大的本钱嫁侄女，也是因为他欠李昭庆一条命。

以上流言是否属实，只有天知道。不过大人物都应藏有大秘密，否则何以成为大人物呢？只是秘密没公开而已。如果李鸿章晚年能抓紧时间，悄悄写一本《我做直隶总督和北洋大臣的日子》，把有些事情交代清楚，为自己一些行为辩护，那么，怎会有如此流言呢？不过李大人没做的事，当今的人可以做。这样一本书，既可以洗清自己的污点，也能暴露了自己“不得已”的心路历程；既为历史研究提供了便利，也让后人版权获利，同样是泽被后世。

孙传芳之死

施剑翘杀孙传芳,是民国时的一个大案。我关心此案,是因为刺客施剑翘祖籍是安徽桐城(枞阳)。桐城(枞阳)那么一个文气充沛的地方,在近现代不长的时间里接连出了两个闻名天下的刺客:一个是刺杀清末“六大臣”的吴樾;另一个,就是刺杀孙传芳的施剑翘了。

吴樾充人体炸弹,刺六大臣一事,我就不再提了。施剑翘是一个女子,为什么要杀孙传芳?那是因为当年直奉大战时,奉系张作霖率大军南下,直逼长江流域,孙传芳带兵进行反击。在皖北固镇一带,孙传芳与张宗昌的部队正面交火,指挥奉系部队的,是张宗昌的第二军军长施从滨。施从滨尽管手下有白俄雇佣军和铁甲车,但仍敌不过孙传芳的部队。最后被三面围住,施从滨赶忙钻进铁甲车逃跑。哪晓得孙传芳早派人拆掉铁轨,铁甲车翻覆倒在地里,施从滨和随从全部被捉。得意忘形的孙传芳命令大刀队将施从滨枭首于蚌埠车站,曝尸三日,以示军威。

施从滨被杀之时,女儿施谷兰刚刚 20 岁。这一个异常刚烈的女子,发誓报仇。不过一个弱女子哪里杀得了手握重兵的大帅呢？施谷兰便想找男的帮忙。一开始指望自己的堂兄,堂兄吓坏了不敢答应,施谷兰一气之下与他断绝关系。施谷兰在选择丈夫时,总是哭诉自己的仇恨,恳求男子帮她报仇,若同意相助,便以身相许。很多男子在知晓这个情况后,都知难而退了。有一个男子,叫施靖公的,同意帮施谷兰杀孙传芳。施谷兰便嫁给了施靖公,也生了两个儿子。没想到施靖公再也不提此事,并且不让施谷兰提,一提就动怒。施谷兰一气之下带着两个孩子离开施靖公,回到娘家,改名施剑翘,决定自己动手,亲手来杀孙传芳。

时间过得很快,施剑翘这边在磨刀霍霍,孙传芳那边已与张作霖捐弃前嫌,化敌为友。此后,孙传芳又尽遣军队,公开声明不参与任何政治,闭门谢客。不仅如此,孙传芳还皈依了佛教,法名"智园",与前北洋政府总理靳云鹏共同发起成立了居士林。放下屠刀、立地成佛的孙传芳还热衷于做一些善事,比如盛夏之时,命家人在门前放置绿豆汤,让行人解渴等等。有一年中秋夜,一个盗贼潜入孙府行窃,被抓获后,孙传芳不仅没惩罚他,还让家人施舍钱粮后放归。当时有小报以《孙公馆缉贼赏米,中秋夜乐善好施》为题加以报道,一时广为流传。

孙传芳下野后一直寓居津门,先住在法租界,后迁至英租界。施剑翘对于他的行踪,掌握得一清二楚。1935 年 11 月 13 日,照例是居士林上课，老和尚在台上讲《楞严经》，孙传芳颈挂佛珠，身披袈裟，坐在第一排合十谛听。当老和尚讲解到了“我说是人，然始宿债，一时酬毕，长揖世间，永脱无漏，虽未即明，无上觉路”这一段时，忽然有一个女子从后面走近孙传芳，掏出勃朗宁手枪，对准孙传芳的后脑勺连开三枪。孙传芳应声仆地，血流了一地。后来有人说佛经真是一语成谶——据说那天孙传芳起床后，一上午都在书房里练书法，吃过午饭，准备出发到居士林，他的夫人劝他，下雨就不要去了，但他还是坚持要出门，不误功课。这一坚持，劫数就到了。

凶手就是施剑翘。开完三枪后，施剑翘拿出印好的传单撒向庭院，又将手枪交给前来的警察。传单的正面印着：“各位先生注意：1. 今天施剑翘（原名谷兰）打死孙传芳，是为先父施从滨报仇；2. 详细情形请看我的《告国人书》；3. 大仇已报，我即向法院自首；4. 血溅佛堂，惊骇各位，谨以至诚向居士林及各位表示歉意。报仇女施剑翘谨启。”背面印七言诗二首：“父仇未敢片时忘，更痛宣堂两鬓霜；纵怕重伤慈母意，时机不许再延长。不堪回首十年前，物自依然景自迁；常到林中非拜佛，剑翘求死不求仙。”《告国人书》共 1000 多字，大意是：10 年前大军阀孙传芳竟忍心残杀一战俘，“鬼蜮其心，豺狼成性，冒天下之大不韪，启内战之端源，粉身碎骨，死有余辜。”

施剑翘刺孙传芳在当时引起了一番轩然大波。对于施剑翘的刺杀动机，有过各种各样的猜测。有人认为施剑翘的幕后指使人是国民党，因为蒋介石最恨之人就是孙传芳，并且，孙传芳当时是日本人极力拉拢的对象，得先下手为强防止孙传芳上“贼船”。这种说法流传最为广泛，因为国民党最擅暗杀，已为社会所公认。也有人说刺客背后是冯玉祥，因为冯玉祥最恨孙传芳，而他也习惯于做这种暗杀的事……无论哪种情况，“为父报仇”之类只是借口。对于施剑翘刺杀工具手枪的来源，也有过不同看法。施自己说是从一个士兵那里买来的；有人怀疑，一般人到哪能找到这么适合暗杀的枪呢？……林林总总，莫衷一是。好在施剑翘判得并不重——当年12月26日，天津地方法院裁决：施剑翘杀人属实，杀人后自首，但情不可悯，判处有期徒刑10年。施剑翘不服判决，上诉后河北省高等法院宣判：施剑翘自首不能成立，但她出于孝道，改处有期徒刑7年。施剑翘服刑一年后，国民党政府突发特赦令，给施剑翘以特赦。在此之前，刺杀张宗昌一案的凶手郑继成也被特赦。此两案，从外部看，有极大的相似之处。在此之后，施剑翘加入到了抗日救亡的社会救助工作当中。解放后，因为施剑翘是受国民党特赦的，自然也引起有关方面的审查。在此期间，施曾在苏州灵岩寺皈依佛门，又以居士身份先后在五台山以及北京香山碧云寺修行。一番审查后，施剑翘终于又成了“英雄”，并一度出任了北京市政协委员。

细细地寻思一番，桐城虽称“文都”，却出“武侠”。这两个“刺客”所选择的刺杀时间，都有点“哪壶不开提哪壶”的意味：吴樾刺杀“六大臣”的时候，清政府正全力实施新政，派“六大臣”是为了出洋考察西洋政治制度，以推动政治改革的步伐。吴樾在这个时候动手，很多人觉得时机不对。何况，吴樾的暗杀，有着太多的血腥味——据说吴事先剪断了自己的舌头，又将自己炸得血肉横飞……至于施剑翘杀孙传芳——同样也有一些看法，对于一个“放下屠刀”皈依佛门的“下野军阀”，这厢还穷杀不舍，虽然动机是“尽孝”，但冤冤相报一地鸡毛……对于两位“英雄”，偌大的中国生产一些觉悟不高的看法，也是情理之中，权且听着就是。

中国近代史上的很多事情，就是这样不清不楚。本来看起来应该英武豪迈的，却因为事情的扑朔迷离，让人很难理直气壮。也许，还是社会和历史太复杂了吧？我现在写到这段历史时，还是能感到那种无所不在的戾气，也罢也罢，不说也罢。

吕碧城的秘密

近代女词人吕碧城是我的乡贤，安徽旌德人。我刚工作时去过旌德庙首的吕家大屋，那屋真大，总共有几十间，黑漆漆阴森森的，像是栖着无数幽灵的中世纪古堡。我在里面走得晕头转向，一直担心自己会变成一只黑蝙蝠。后来我参观歙县郑村的汪氏大屋，虽然号称是徽州"第一老宅"，但我觉得要比吕家大屋小。按理说吕碧城的父亲吕凤岐也就是一个山西学政之类勉强算作是厅级之类的干部，怎么会有如此的钱财？我当时想不通，现在仍没有想通。

吕碧城的母亲不是正房，是继室，嫁给吕凤岐后生了4个女儿。吕碧城排行老三。吕碧城出生在山西，小时候曾经在庙首待过一段时间，对于家乡的一切，记忆犹新。她以后写的好几首词，都可以看出皖南的影子。这是别话，不提。

吕碧城小小年纪时，她的父亲吕凤岐就死了，也因此，吕碧城后来的成功，与父亲显然无关。吕碧城的一夜成名，现在看来，很大程度上是因为英敛之——吕碧城16岁那一年，在天津一个偶然的机会，认识了《大公报》的老板英敛之。英敛之对这个漂亮的女文青一见钟情，便把她留在大公报馆当见习编辑，又力推她的诗词，介绍各路精英人脉让她认识，也由此，吕碧城得以石破天惊。

关于吕碧城与英敛之的关系，已经被人议论上百年了。我看了很多书，尽管有很多猜测，但好像并没有人抓到确切的证据。这是因为当时没有《8周刊》之类的刊物，也没有专业偷拍狗仔队拍到二人开房之类的镜头。因为没有证据，所以也就不能铁板钉钉。与此同时，那时的世事人心，还是比较正人君子的，一般不刻意纠缠这类花边，不像现在对陈冠希、阿娇穷追猛打，一有风吹草动立即水泄不通般围观。不过两人的关系也可以看出一些端倪，比如说英敛之1904年5月13日见到吕碧城后写的日记中，说自己"怨艾颠倒，心猿意马"什么的；并且，英敛之的夫人在吕碧城来过的几天后，执意要去北京读书。这些，也意味一些东西风生水起了。

英敛之比吕碧城大16岁，当时正是40出头，气宇不凡，一表人才，比他后来的孙子英若诚以及曾孙英达帅得多。王忠和的《吕碧城传》对两人的关系一直不敢下结论，只说英敛之是一个天主教徒，言下之意是发乎情止乎礼什么的。这是什么逻辑？不成立。反正，自认识吕碧城后，英敛之就围着吕碧城团团转了。他先是在《大公报》上力推吕碧城的诗词，发编者按，邀名家写评论；然后又将吕碧城介绍给津门的时要名流严复、严修、方若、傅增湘等人，甚至把吕碧城推荐给当时的直隶总督袁世凯当家庭教师。那时津京地区的各种聚会上，常常有吕碧城的丽影芳踪。当时各界名流纷纷追捧，著名诗人樊增祥、易实甫、袁世凯之子袁寒云、李鸿章之子李经羲等，都跟在吕碧城后面蝶恋花。当时的内廷秘史缪珊如有诗赞说："飞将词坛冠众英，天生宿慧启文明。绛帷独拥人争羡，到处咸推吕碧城。"在这种情况下，年轻的美女加才女吕碧城就是想不出名也难了。出名了的吕碧城曾不无得意地说："由是京津闻名来访者踵相接，与督署诸幕僚诗词唱和无虚日。"试想，吕碧城23岁时就成为北洋女子师范学堂的总教习也就是校长，没有英敛之在后面撑腰，几乎是不可能的。

不过后来吕碧城与英敛之之间，还是闹掰了。这当中的具体原因，已无人知晓，个性应该是一个方面吧？或者，跟婚事有关？又或者，有其他人横刀夺爱？在这当中，吕碧城的二姐吕美荪似乎难脱干系——吕美荪也是一个才女加美女，才貌双全，不输吕碧城。传说英敛之弃吕碧城选择了美荪——英敛之如何跟性格孤傲的吕碧城闹翻，又传说中跟温柔娴静的吕美荪有了关系，外人已无法知晓详情。反正，最后的结果是，吕碧城、吕美荪、英敛之花开三朵，各属一枝：吕碧城绝情英敛之，决意留学欧美；吕美荪突然嫁人，且没有告知英敛之；至于英敛之呢，则转卖了大公报馆，去北京专心兴办辅仁大学。三个人之间的反常行为是不是存在着某种联系，那只有天知道了！值得一提的是，擅长篆刻的吕碧城一直自刻一枚“敛之氏”的印章带在身边，此中因果，该是刻骨铭心吧？三人之间的恩怨情仇，就像是法国情爱片中大起大落的波澜——只不过没有人把它拍成电影罢了。

有关吕碧城情事的秘密暂且不表，现在来说一说吕碧城的第二个秘密——按照一般书籍的说法，吕碧城自1915年辞去大总统府秘书一职之后，去了上海做生意。由于她天资聪明，人脉粗壮，仅两三年时间，就赚了一大笔钱。不过诸多资料一直没有细说吕碧城究竟做什么生意，又是怎样赚得硕大一笔钱。有人读吕碧城《游庐琐记》时，发现吕碧城曾与一个德国茶商同去庐山，联想到吕碧城的家乡徽州产茶，便猜想她在做茶叶生意。这样的推理，似乎有些牵强了。反正，在上海滩待了一段时间之后，吕碧城一下子变得非常有钱，有钱到什么程度？一些事例可以佐证：吕碧城在上海时，跟北洋政府原外长陆宗舆等人是邻居，生活奢华，出入高级汽车，入住豪华别墅，还雇用了两名印度门房。因为有一个印度门房长得像陆宗舆，吕碧城每每玩笑说陆外长给她看大门。1918年，吕碧城去美国，美国商会代表给她献上巨束鲜花，表明美国商界对她的欣赏与认可。吕碧城到美国时住的是最豪华的旅馆，而且一住就是6个多月。在纽约，吕碧城曾经受到当地一个女富豪的宴请。这位女富豪非常有钱，被当地人尊为“第二个上帝”，连士兵在马路上遇见她都要行礼。赴宴前，有人向吕碧城眉飞色舞地谈这个富婆的资产。吕碧城不动声色地听着，脸上露出不屑的神情，然后说：“你知道吗，我比席帕尔德夫人还要富呢。”她的实力，由此可以看出。

吕碧城的万贯财产从哪里来？这钱跟英敛之有关系吗？或者与挥金如土的袁二公子袁寒云有关？或者在她的背后，还有一些更厉害的角色？乱世之际，神秘莫测，一切皆有可能。一个漂泊的乱世佳人，往往是藏有大秘密的。这样的大秘密藏在心中，时间久远便会沉淀淤积，发酵变酒。一个人，天天饮着这样的酒，很容易一半清醒一半醉，把真实世界看作南柯一梦，然后四大皆空一切“好了”。吕碧城的结局，就是如此。

每一个成功的男人后面，都有一个默默无闻的女人；而每一个成功的女人后面，都有 N 个成功的男人。吕碧城的秘密，也属于这样的范畴。

吕碧城与秋瑾

近代吕碧城真称得上是一个神秘人物。她的身世,她的经历,她的思想和结局,在很大程度上,都称得上是一个谜。同样,吕碧城与“鉴湖女侠”秋瑾之间的交往,同样也是扑朔迷离。

吕碧城在天津少年成名时,秋瑾正跟丈夫王子芳住在北京。丈夫在清廷度支部,也就是以前的户部谋差,秋瑾无事时则读读书、写写诗、练练字什么的。也就是在那段日子,秋瑾认识了丈夫同事的妻子吴芝瑛。吴芝瑛是吴汝纶的侄女,安徽桐城人,出身书香门第,博览群书。在吴芝瑛家中,秋瑾接触到大量进步书籍和报刊,思想上也越来越趋向于革命,行动也越来越富有激情。因为诗写得好,人漂亮又豪爽,秋瑾在北京南方文人的圈内很有一些小名气,常以“碧城”为号写一些诗文流传。当吕碧城的诗、词、文不断在《大公报》推出的时候,秋瑾看到另一个“碧城”佳作迭出,很震惊,很快就成为吕碧城的“粉丝”。1904 年的时候,秋瑾决意改变一成不变的生活，考虑去日本留学。那一次去天津办些手续，就顺便去了大公报馆拜访时任副刊主编的吕碧城。

秋瑾来报馆的时候，装扮得很特立独行：头上梳一个女人的发髻，身上却一袭男人打扮，穿着长袍马褂，看起来风流倜傥，把一帮男编辑看得一愣一愣的。秋瑾见到吕碧城也很吃惊，没想到吕碧城如此年轻，也如此漂亮，一叙之下，得知吕碧城比自己小9岁，更是啧啧惊叹。当晚，吕碧城邀请秋瑾留宿自己屋内，彻夜长谈，直至天明。两个人谈些什么，吕碧城并没有提及，不过可以推断的是，双方都是有主见的人：秋瑾想以自己的革命主张说服吕碧城；吕碧城也想以自己的改良和立宪说服秋瑾，只不过谁也没有成功。并且，双方对于满人的态度也不一样：秋瑾是坚定的民族主义者；而吕碧城则温和得多，并且吕碧城当时正跟旗人英敛之坠入情网，自然不会赞同秋瑾的“偏激”主张。第二天早晨，二人友好分手了。吕碧城后来在叙述这一段情景时，不无得意地说：秋瑾一看才华不如自己，便将自己的名号“碧城”让出，以后再也不用“碧城”这个号了。

女人与女人之间的关系永远是微妙的——秋瑾在与吕碧城见面之后，不久就东渡日本了。到了日本之后，秋瑾给吕碧城写了两封信，吕碧城都刊发在《大公报》上。在此之后，两人断了联系，思想和行动南辕北辙：秋瑾忙于革命，也与徐锡麟有了非同一般的友情；吕碧城呢，则先坠入情网，然后由情悟道，对宗教和解脱有了浓厚兴趣。一直到秋瑾1907年从日本回国，大约是约吕碧城写稿吧，又跟吕碧城重续旧情——吕碧城后来回忆，她曾为秋瑾创办的《女报》撰写了发刊词。不过后人查实《中国女报》创刊号，发刊词的署名却是“秋瑾”。这当中的误差，是吕碧城记忆有误，还是秋瑾篡改了吕碧城的名字；或者是吕碧城答应自己写文章以秋瑾的名义发表。故人皆逝，一切都不得而知了。不过两位才女的交往，似乎一直不咸不淡。颇有意味的是，虽然两人诗词绝佳，但从未见二人你唱我和——才气是一种锋芒，这两个人，大约都有些忌惮彼此的寒光吧？

这一段续缘没有延续多长时间，到了 7 月份，秋瑾因徐锡麟安庆暴动一事被捕，很快被杀于绍兴古轩亭口。吕碧城在听说秋瑾被杀，五味杂陈，用英文写了《革命女侠秋瑾传》，发表在美国纽约、芝加哥等地的报纸上，叙述了自己与秋瑾的交往，表达了一些悲伤，也表达了一些困惑。那一个“碧城”的激奋，是这一个“碧城”所无法理解的。秋瑾被杀后，很多资料说是吕碧城冒着极大风险，派仆人到绍兴为秋瑾收殓遗体，暂厝于卧龙山下；后来又委托吴芝瑛、徐自华等人移至西湖边上安葬。还有资料言之凿凿地说吕碧城的这一番举动差点惹出了麻烦，只是因为有着袁二公子等人的背景，清廷才没把吕碧城怎么样。我没有看到材料的具体来源，很多资料在叙述这一段时，都语焉不详；也有的干脆说没有这回事，指出秋瑾的遗体是由当时的慈善组织“同善局”出面收殓的。吕碧城到底是不是出面替秋瑾收过尸，现恐怕很难验证了。

不过秋瑾的死，对于吕碧城的触动是很大的，这样一个既漂亮、有才气，且有胆识的女子，就那样离开了人世。一想起这事，吕碧城对于人生又增添一些虚幻感。1916 年秋，吕碧城与袁克文、费树蔚等诗友游历杭州，路过西泠桥畔秋女侠祠时，想起与秋瑾的一面之缘，吕碧城感慨良多，当即赋诗一首，题为《西泠过秋女侠祠次寒云韵》：

松篁交籁和鸣泉，合向仙源泛舸眠。
负郭有山皆见寺，绕堤无水不生莲。
残钟断鼓今何世，翠羽明珰又一天。
尘劫未销惭后死，俊游愁过墓门前。

这首诗似乎写得一般，旧伤新愁，难以言表。这个时候，距秋瑾被害已近 10 年，清廷已被推翻，共和的民国一直不尽如人意，乱哄哄的你唱罢后我登场。世事变得更加纷乱了。吕碧城此时 34 岁，却望穿秋水成为一个佛教徒了。从诗中看，吕碧城自称“惭后死”，其实并不是对秋瑾之死愧疚，而是对于自己仍存于这个世上颇感羞赧，浮生于世，强自欢颜，实在是没有太大的意义。这一个“碧城”的“觉悟”，就不是那个“碧城”所能理解的了。

吕碧城与苏雪林

旌德县政协的方光华兄在看过我的《吕碧城的秘密》一文后，打电话给我纠错，说我文中所写的吕家大屋，并不是当年吕凤岐的家，而是吕氏祖屋。至于吕凤岐的老宅，就在他家对门，算是一个大屋，20 世纪 80 年代时拆掉了。光华兄是歙县人，当年从徽州师专毕业后，娶了一个庙首吕姓女子为妻。掐指算来，也算是吕碧城的远房亲戚了。他的话自然没错。我差一点冤枉吕凤岐了。在这里，订正一下。

不过这个吕家大屋，跟吕凤岐还是有关系的。我查了查有关资料，吕家大屋应该是当年吕贤基的老宅。这个吕贤基，就是当年带李鸿章父子从京城来安徽组织乡勇抗击太平军的工部左侍郎。吕贤基来安徽之后不久，在舒城一役中战败，投水自杀。算起来，吕贤基应该是吕凤岐的曾祖父。吕贤基是管工部的，那时候的工部，负责全国各地官府设施的建设，以这样的地位和权力，在建官府工程的同时，为自己家谋这样一个“大屋”，是再正常不过的了。

吕家在庙首是大户，当年吕碧城成为“民国第一才女”，庙首人曾是很风光，就像现在的芜湖人因赵薇自豪一样。那时吕碧城在词坛的地位，有点像王菲现在在歌坛的状况，身后歌迷粉丝一大片。不仅仅是庙首人、旌德人，连皖南其他县的人，也因为这位乡贤，脸上平添光晕。比如邻近太平的苏雪林，也是吕碧城狂热的粉丝。苏雪林后来曾经写过一篇《女词人吕碧城与我》，讲述自己对吕碧城的崇敬以及对自己的影响，试录如下：

现住怡保市的朱昌云先生，是我一年前在通信里缔交的一位文友，他好读书，擅写作，曾以其大著数种惠赠。我来星洲后，他又寄来一本《晓珠词选》，这本集子是我乡先辈作家吕碧城女士的遗著，而经昌云先生的朋友程万鹏的注评，程君在扉页上签了名托朱君转给我的，是一本罕见的珍籍。碧城女士家学渊深，才华艳发，清末民初，声华藉甚。我无缘识荆，但和她的大姊惠如女士倒见过一面。她于一九一五、六年间在南京任第一女子中学的校长，办学以严厉著称，学生毕业出校在社会上担任各种职务，衣饰行动，尚受校长干涉。1918 年间，我已毕业于安徽省立第一女子师范，任教母校。有一次率领学生到南京参观，与几位同事去拜谒这位有名的教育家，请教一些治学做人之道。吕校长对我们发表许多意见，完全是一种训导式。她知道她学校有个毕业生在我母校教音乐体育，竟毫不客气地对我们说："你们是我学生的学生，那么，我便是你们的'太老师'了，太老师说的话都是一辈子的经验之谈，不会骗你们，你们应该遵守。"我们那时虽算当了师长，究竟还是几个"黄毛丫头"，平日震于品惠如校长的威名，早已心存畏惮，现在当然只有唯唯称是，按照"徒孙"的辈分，向她恭敬行礼而别。

后来我在报纸上时常读到吕碧城女士的诗词，我那时也学着胡诌一些旧式诗歌，可是若和碧城相比，便成了山歌村谣了。有人劝我和碧城女士通信，请她收我于门下，有她指点，也许可以渐跻于大雅之堂。我想起她令姊吕校长的威棱，未敢尝试。因为在她作品里，我觉得这位女词人性情高傲，目无余子，哪里会瞧得起后生小辈像我这样的人？写了信去，她不理，岂非自讨没趣？

一九二八、九年间，我的第一部著作《李义山恋爱事迹考》在上海北新书局出版。半年或1年以后吧，碧城女士自欧洲某处写了一封信，给北新书局的老板李小峰索阅此书。小峰把那封信转给我，意欲我自己寄书给她。我想碧城女士那封信并非是写给我的，何苦去献那种殷勤？最大原因，则因吕氏"碧城"二字之名取自李义山《碧城》三律，"碧城""紫府"虽属神仙之居，但自从我在义山诗集里发现唐代女道士不守清规，惯与外间男子恋爱的事迹，便主张《碧城》这三首七律，是义山记述他恋人宋霞阳所居寺观，及寺观中一切的诗。如此，则清高严洁、迥出尘外的仙居，一变为那些不端男女们密约幽期、藏垢纳污之所，对于吕氏那个美丽的名字，唐突未免太大了，所以更没胆量把那本小书献给她。小峰是否寄了，我不知道，但我想他一定没有寄。因为不敢寄书，又一度失去与这位女词人通信的机会，引为终生之憾，至今尚懊悔不已。

碧城女士不但才调高绝，容貌亦极秀丽，樊樊山赠她的诗所谓"天然眉目含英气，到处湖山养性灵"。又说"十三娘与无双女，知是诗仙是剑仙"。又赠她的词"冰雪聪明芙蓉色，不栉明经进士，算兼有韦经曹史"。都批评得极其确切。我记得曾从某杂志剪下她一幅玉照，着黑色薄纱的舞衫，胸前及腰以下绣孔雀翎，头上插翠羽数支，美艳有如仙子。此像曾供养多年，抗战发生，入蜀始失，可见我对这位女词人如何钦慕了。

这篇文章见于1964年新加坡的《恒光月刊》，文中记述的，应是苏雪林的真实情感。苏雪林老家所在的太平县岭下村，离吕碧城家所在的庙首很近，翻过几座山就到了。苏雪林特别崇拜吕碧城，也算是情理之中。苏雪林虽祖籍太平，但出生在浙江省瑞安县。从家庭条件来看，苏雪林家比吕碧城家要有钱得多，苏雪林有一个叫苏成美的叔祖，靠贩茶叶等赚了很多钱，时称"苏百万”;苏雪林的祖父当过县令,自己的父辈们又在外地经商,家庭一直非常有钱。不过苏雪林自小就对经商不感兴趣,她感兴趣的是从文,俗语说“一代经商,二代当官,三代从文”,从商有什么意思,那是帮别人赚钱;当官有什么意思,那是帮别人办事;只有从文,才能活得更加自己,也能跟千古流芳沾上一点边。所以凡是有权有钱的后代,有点想法的,自然想干点与艺术有关的事情。苏雪林的从文,也是如此。

苏雪林喜欢从文是一回事,有没有这方面的天赋又是另外一回事。与吕碧城相比,苏雪林的才气明显逊色很多。苏雪林的理解力浅薄,个性刚硬,还不是一盏省油的灯,所以文学资质平平。在对鲁迅的态度上,更让她减分很多:苏雪林一开始是捧鲁迅,说鲁迅“是中国最早、最成功的乡土文艺家,能与世界名著分庭抗礼”。又说,“谁都知道鲁迅是新文学界的老资格,过去10年内曾执过文坛牛耳……”孰料没几年后苏雪林突然骂起鲁迅,偏偏她骂得又极不艺术,简直如泼妇骂街似的放坏水,这就没有档次了:

鲁迅的心理完全病态,人格的卑污,尤出人意料之外,简直连起码的“人”的资格还够不着。

鲁迅平生主张打落水狗,这是他极端褊狭心理的表现,谁都反对,现在鲁迅死了,我来骂他,不但是打落水狗,竟是打死狗了。

我不怕干犯鲁党之怒以及整个文坛的攻击，很想做个堂吉诃德先生，首加鲁迅偶像以一矛。鲁迅在世时，盘踞上海文坛，气焰熏天，炙手可热，一般文人畏之如虎，死后淫威尚复如此，更使我愤愤难平了。（苏雪林《与蔡孑民先生论鲁迅书》，载1937年3月1日《奔涛》半月刊第一期）

鲁迅的性格是怎样呢？大家公认是阴贼、刻薄、气量褊狭、多疑善妒、复仇心坚韧强烈，领袖欲旺盛。（苏雪林《鲁迅传论》，1966年11月7日完稿，载《传记文学》）

苏雪林为什么骂鲁迅？有人说是因为她崇拜同乡胡适，鲁迅骂胡适，所以苏雪林就骂鲁迅。还有人认为苏雪林当年追鲁迅，没想到鲁迅根本不正眼瞧她，很是伤了自尊，于是就气急败坏骂鲁迅。这就有点八卦了。骂鲁迅不奇怪，但以苏雪林为文的方式骂鲁迅，就有点奇怪了——好像有私仇似的！这其中带着个人原因吗？或者，就像现在的“愤青”一样无厘头，胡乱地“泼粪”以解心中的怨气。

现代较出名的女作家中，张爱玲、萧红才气上流；庐隐、石评梅、丁玲等才气一般；比较弱的，算是“二苏”苏青和苏雪林。苏青是靠大胆出名，大曝个人隐私，以身体写作；苏雪林就更弱了，虽然极其勤奋，一生写了六千万字，但却几乎没写过什么好作品，也没有带出什么好学生。至于她的学术著作《屈赋新探》等，只要想一想苏雪林这个人，就知道那些论文的分量了——以苏雪林做人的学问和境界，她哪里能理解得了屈原呢？据说胡适有一次看到苏雪林研究《红楼梦》写的文章，实在太不靠谱，于是以师长身份提笔写信劝告苏雪林，叫她别去“研究”《红楼梦》了！以胡博士文质彬彬的修养，下定决心写这样的信，当为“是可忍，孰不可忍了”。

没有才气和学问也是可以当上教授的，就如同没有本领能当官，没有好嗓子能当歌星，没有好的相貌也可以做“鸡”一样。古今中外，什么行业混饭吃的都有，而且能吃得很好。

半路杀出个江朝宗

我的家乡旌德在民国初年历史上，还是颇出一些人物的，除了文化上有一个吕碧城、政治上有一个江亢虎外，军队中更有一个江朝宗——此人在民国初年曾任京城步兵统领，也就是旧时的“九门提督”，现在称首都卫戍区司令。这个位置，地位不算高，权却极大。尤其是在动乱的年代，往往是最高领导直接倚重的。不过江朝宗似乎在这个位置上做得并不好，把一辈子的名声都赔进去了。

江朝宗出生在安徽金寨县，旌德江村只是他的祖籍。不过江朝宗一直自认是旌德江村人。江朝宗的升迁，是走淮军这一路的：先是跟着刘铭传，后来又跟着北洋系的袁世凯、段祺瑞，顺理成章就成了北洋的人。大约是这个人看起来赤胆忠心吧，江朝宗一直官运亨通，很快就升到九门提督的位置上。1916 年夏，黎元洪和段祺瑞因对德宣战一事发生矛盾，段祺瑞一气之下辞去总理职务去了天津。段老板撂了挑子，手下人自然不服气，先是皖督倪嗣冲宣布脱离中央，然后，奉督张作霖、鲁督张怀芝、闽督李厚基、豫督赵倜、浙督杨善德、陕督陈树藩、直督曹锟等，也相继宣布“独立”。黎元洪一看这么多地方“独立”，一时不知如何是好，忙招长江巡阅使张勋进京调停。张勋听招后，即带领五千“长辫军”入京。因为张勋来京，段祺瑞和倪嗣冲暗地里都晓得，江朝宗也支持张勋的行动。

张勋到了北京后，黎大菩萨手下没兵啊，只好让一帮武夫挟制，由他们宰割了。张勋提议黎元洪解散国会，黎元洪推托说：按照民国法律，解散国会要由总统和总理会签，即总统签署命令，还得国务总理盖章签字，否则一律无效。当时黎元洪任命的内阁总理李经羲在天津，不敢上任。有人去找李经羲，李推托说自己尚未就职，不算总理，不签这个字。张勋便去找在京任代国务总理的伍廷芳，让他签字解散国会。伍廷芳是大律师出身，把法看得大如天，根本不愿签。张勋一气之下从腰中抽出大刀，向桌上一拍，威胁说：你怎么不识时务？伍廷芳看都没看，长胡子一抖，说：解散国会非法，我死也不盖印！我是个基督徒，你杀了我，我正好上天堂！

伍廷芳死扛，张勋也没办法，便又去逼迫黎元洪，黎元洪死咬着有法可依，必须按规矩办事。有人提议：让黎元洪免去伍廷芳的代总理一职，由新代总理签字，这样既合法又合理。不过谁来干这个“签字总理”呢？脑子稍清楚一点的，都不愿背这个黑锅。

陆军总长王士珍看大家有意让他出任,忙坚持推托说:如果你们要我干这个签字总理,我马上就辞职!王士珍不愿干,江朝宗却挺身而出:“我来给总统解这个围吧。”看到有人愿意做冤大头,众人喜出望外。黎元洪顺水推舟签署了总统令,免去伍廷芳的代总理一职,由江朝宗接任,同时命伍廷芳立即交出总理大印。

江朝宗急吼吼带一帮人马到伍廷芳的府上去讨大印。伍廷芳一听原委,胡子气得翘上了天,吩咐闭门不见,有事明天去国务院再说。江朝宗吃了闭门羹后恼羞成怒,派人把军乐队调来,在伍宅门口一字排开,一二三把军号军鼓搞得震天响。伍廷芳在里面任由其吵闹,坚持不理。江朝宗急了,又让人把马队调来,让骑兵围着伍宅不停地绕圈,马蹄声声,灰尘蔽天,鸡犬不宁,伍老爷子在屋里就像热锅上的蚂蚁一样。快到天明时,江朝宗更是急火攻心,他让人在门外堆积木柴,点起了一堆大火,火光冲天中,有人朝府内大喊:再不开门交印就要纵火烧宅了!伍廷芳家人一下慌了手脚,一齐跑到伍廷芳面前劝慰:“这个江朝宗是个浑人,什么事都能干得出的,既然总统已让他代理总理了,横竖就把印给他算了!”伍老爷子早已被折腾得精疲力竭,想想也是,自己哪里斗得过这个精壮汉子呢!秀才遇到兵,有理说不清。便让家人打开门,把国务院大印扔了出去。江朝宗像藏獒一样扑过去,抱起大印,登车直奔总统府。此时天已大亮。

黎元洪解散国会的命令已签署,文件放在办公桌上,只等新国务总理来盖印。江朝宗急急地赶到,大气都未平,连忙在上面签字盖印。签完之后，黎元洪例行公事跟江朝宗握手，冷冰冰地示谢。然后，黎元洪命秘书收起总理大印，说内阁即将重组，总理另有其人，这个印，还得继续给李经羲留着。江朝宗只得苦笑，直到现在，他还没看清大印是圆的还是方的，这个东西就长出翅膀飞走了。算起来江朝宗履行总理职务，从盖印到签署，总共只有1分钟。现在说旌德江村人江朝宗曾任北洋政府国务总理，这个总理，只是一根烟的总理。

解散议会这种事，是恶行啊，岂是为了示忠逞勇就能干的？签上的字，会钉在历史的耻辱柱上，想抹也抹不掉。江朝宗真是一个浑人！一个人没有历史感，是很容易犯一些低级错误的，因为他没有比较，也没有是非，只把当下看得天大地大。浑人江朝宗更愚蠢的错误还在后面——日本进军华北之后，江朝宗业已退休，竟然不甘寂寞重新出山担任伪北平市市长。官迷心窍，不知是非，也罢也罢。江朝宗这样的人，跟历史上的樊哙、许褚、李逵、程咬金之类一样，杀人如麻，逞勇糊涂。这样的人，每一个开国皇帝似乎都养有几条，他们只专属于最高领导，主人让他咬谁，他就咬谁。

小人得志汪时璟

我的家乡旌德是一个山区小县,一直摇摆于宁国府与徽州府之间。与徽州各县相比,历史上出的名人不算多,但在近代史上,却出了一系列人物:除了政治上的江亢虎、文学上的吕碧城、军事上的江朝宗,以及胡适厉害的老婆江冬秀之外,还出了一个银行家兼汉奸汪时璟。只不过关于这个人资料极少,乡党们一直懒得提他。

汪时璟,字翊唐,生于1887年,安徽旌德人。早年留学日本,入日本陆军经理学校高等科第二期,与王生和殷同是同期同学。汪时璟回国后,曾担任过北洋政府财政总长王克敏、张弧的秘书及被服厂厂长;后来又调任中国银行武汉分行经理、沈阳分行经理等职。汪时璟能力一般,但做事兢兢业业。七七事变后,日本人成立华北伪政府,要找一个人来管银行,当时华北伪政府的委员长、同为安徽人的王揖唐相中了汪时璟,他们在一起仔细磋量,决定以北京维持会的名义成立“中国联合准备银行”(简称“联银”),发行钞票。“联银”于1938年3月10日正式开业,汪时璟为“联银”总裁。大约是汪时璟比较熟稔经济吧,不久又兼任伪经济总署督办,独掌华北财经大权。

周作人的日记中曾记载了与汪时璟的一些交往:因为工作不力,1943年,华北政务委员会全体委员按汪伪国民政府的意思,集体提出辞呈,周作人也在其中,当时他担任伪华北教育总署督办。官场不顺,周作人心情很是郁闷。2月6日下午,汪时璟来访,传达了朱深(后出任伪华北政务委员会委员长)让其出任伪北大校长的想法,这也意味着周作人辞去华北教育总署督办位置的辞呈得到了批准。周作人心情不好,当下就推辞了。当晚日记云:“汪翊唐(即汪时璟)来,述朱三爷(即朱深)意,令长北大,笑谢之。手段亦仍如髯公(即王揖唐),思之不快良久。”周作人跟汪时璟应在日本时就熟悉,且关系一直不错。当年华北伪政府委员长王揖唐劝周作人出山替日本人做事,周作人提出自己书生做官,性格不宜,且与当局多人概不熟识,只恐落落难合。王揖唐告慰汪时璟也在政府之中,周作人这才同意就任。

也许是长期在有钱单位工作,汪时璟这人喜欢讲排场,对于衣食用具,极其考究;式子正,“谱”大得吓人——他当伪“联银”总裁后,在所属各局、室安装了红绿灯及电铃,红灯亮表示总裁到,绿灯亮指总裁走,电铃响表示总裁召唤。他所住的地方北兵马司一号,原来是张作霖赠送其女婿、前东三省总督赵尔巽之子的住宅。这个大院本已相当阔绰,汪时璟还嫌不满意,又在河北省银行支款10万元,大肆修整以显品位。其后又在后花园秦老胡同修建楼房一所准备搬家。汪时璟在“联银”工作期间,一个人就占用汽车三辆,其中还有一部是北京独一无二的防弹汽车。除此之外,汪时璟还曾收纳日本名妓,在广安门外为伊购置新居。他的所作所为,其他伪组织的汉奸都望尘莫及。

大约是汪时璟这个人特别“敬业”吧,甘当走狗,为人无耻,自然被列入抗日暗杀的名单。有一次,有好几个人翻墙而入汪宅,翻越第二道院墙的时候被警卫人员发现,双方发生枪战。不过汪时璟却一直没有收敛,依旧忙忙碌碌一副“小人得志”的样子。曹汝霖在《一生之回忆》中写道:“有一天晚上,我去看叔鲁,正与叔鲁聊天,汪翊唐来了,神情很得意,向叔鲁伸了两指说,报告委员长,联银券已发行到两亿了。叔鲁听了,即大声说,你是来表功的吗?这种滥纸,少发一张,即为百姓少受一张的痛苦,我正设法筹划增加发行准备,你亦应有点打算,不要一味讨好他们。这是你的责任。翊唐本来表功,想不到反受了一顿埋怨,遂无精打采,连称是是而退。”汪时璟“只顾低头拉车,不顾抬头看路”,连他的同党和上级,都看不过去了。汪时璟虽然“敬业”,但效果显然不好,这个由汉奸政府发放的“联银券”引起物价飞涨。最初发行的“联银券”,票面只有1元、5元、10元三种,后来随着发行量的增大,印刷速度跟不上,就增发50元、100元票面大钞,到日本投降前,竟然出现了5000元票面大钞。五六年的时间内,华北一带玉米面的价格上涨了1万多倍。汪时璟主事的失败,坑苦了多少中国人!

1945年日本战败后,汪时璟这才幡然觉醒,携带库存大批金银表册及调查室所搜集的有关金融经济及日伪军情报等文件,由军统周济陪同飞往重庆向蒋介石邀功。因为身份太敏感,汪时璟住了10来天,蒋介石根本不见他,汪时璟只好悻悻回到北平。这年年底,北平市警察局局长兼军统局北平办事处主任马汉三通知汪妻殷醉丹,请汪时璟出面请客,做客者是他的"战友"王克敏、王荫泰、王揖唐、齐燮元、曹汝霖、周作人、唐仰杜、苏体仁等。汪时璟不敢问原委,只好照办。一干人吃饭的时候,戴笠突然出现,宣布入席诸位被逮捕,听候国法审理。当夜不准回家、不准出门,均住在汪时璟家的大客厅内,只允许汪回楼上居住,只有汪时璟的老婆殷醉丹可以自由出入。汪时璟的妻借此之便,把贵重的珠宝、细软物品和古玩碑帖等,私自运出,先寄存别处,后转往上海。

1946年1月,汪时璟被戴上手铐押解南京,后被判处无期徒刑,押赴上海提篮桥监狱服刑。在监狱期间,汪时璟曾与周佛海同囚一室。汪妻于解放前夕,带子女、财物去香港。1953年汪时璟病死于狱中,死时67岁。

前有江朝宗,后有汪时璟,两个汉奸此起彼伏,实在是一件令旌德人尴尬汗颜的事情。这当中可以有这样那样的理由,不过切忌小人得志。这个世界上的许多坏事,都是那些得志的小人干的。

徽州出了个“老愤青”

徽州历史上是出过一些人的，有一些人很为徽州长脸，像胡宗宪、王茂荫、胡雪岩等；有一些人则让徽州的脸丢大了，丢脸的人当中，杨光先似乎是个典型代表。

《清史稿》说杨光先是江南歙县人，是歙县哪里，没有具指。杨光先早年生活在徽州，顶着个千户之名，一直衣食无虞。后来，大约觉得生活太平淡了吧，整天看山看水看风景太无聊，于是就把千户之位让给弟弟，来到京城做了一个职业“斗士”，专门跟“奸雄”做斗争。杨光先第一状告的是崇祯时的兵科给事中陈启新——杨光先听说陈启新非议宋太宗的《劝学歌》，立即拍案而起，义愤填膺给皇帝上书指责陈启新废前圣之学，“如此作孽，真不容于天地之间矣”。不过这一次上书由于杨光先没有直接证据，一次“群众来信”也不可能把事闹大。崇祯十年(1637)时，40岁的杨光先听说大学士温体仁乱政贪污，突发惊人之举，以布衣身份,抬一口棺材向皇帝上书,以示不达目的,决不罢休。杨光先的"炒作"原本是想引起崇祯注意,没想到这一夸张的举动让喜怒无常的崇祯很反感,杨光先"偷鸡不成反蚀一把米",被抓起来打了一顿板子后流放辽西。好在杨光先的运气不错,他的"敌人"温体仁不久病故,杨光先被赦免回乡,他的"英名"也广为流传。

不过杨光先并没有在明朝捞到官职——明朝很快灭亡,满人取而代之。也许是满人听说过杨光先的"义举",便给杨光先在钦天监里安排了一个小差事,杨光先一下子成为"贰臣"。不过蛰伏在大机关的小公务员杨光先仍想通过一些"惊人之举"来引起人们的注意。清朝初定,顺治皇帝对西方先进的科技很感兴趣,十分信任德国传教士汤若望,将汤若望运用西方天文学成果制定的新历法取名为《时宪历》,颁行天下,取代年久失修、错误百出的《大统历》和《回回历》。随后主政的多尔衮又任命汤若望为钦天监监正,管理有关历法事宜。堂堂的华夏,怎么能用"洋鬼子"来掌握"天历"呢?"老愤青"杨光先愤怒了,奋笔疾书撰写了《辟邪论》等文章,上书要求将汤若望等"妖孽"连同"妖书"一起烧掉。杨光先肯定是读过《西游记》的,他上书的论据是,一看汤若望长得金发碧眼,就知道不是好人,是妖怪!汤若望说"地球是圆的",那么,球上球下之人脚心相对,球下的人岂不是倒悬?自古以来只听过顶天立地的人,从未听过有倒立的人,你西洋人试着倒立在天花板上走给我看看?

杨光先在顺治年的那些上书,一篇篇都被抛弃了,因为无凭无证，朝廷也懒得理会这样一些“疯子”。不过看得出来，那时候清廷的言论相对还是自由的，“文字狱”尚没有出现。很快，杨光先等来了机会。小皇帝康熙继位，辅政大臣鳌拜反对西洋学说。在这种情况下，杨光先愤然上了《请诛邪教状》书，这一本折子比前几本厉害多了，折子列举汤若望西洋新历的多条罪状：一是所颁《时宪历》封面上有“依西洋新法”字样，是“暗窃正朔之权，以尊西洋”；二是新的历书只推算了200年，是诅咒大清短命；三是汤若望为顺治帝幼子荣亲王所选择的殡葬时辰不吉，以致连累顺治帝和董鄂妃在短短两年内先后驾崩；还说汤若望在澳门屯兵等……这个哪是折子啊，分明是刺向汤若望等人的锋利“匕首”。

因为有了杨光先这一把“凶器”，朝廷的排外势力联合起来动手了——汤若望以及钦天监中支持他的官员杜如预、杨宏量、李祖白、宋可成、宋发、朱光显、刘有泰等均因“妖言妖行”被判凌迟处死。没想到的是，判决那一天，天空突现彗星，京城又发地震，孝庄太后等人唯恐“天谴”，急忙干预，将汤若望、杜如预、杨宏量免予一死，羁于狱中（后汤若望获孝庄特旨释放，两年后病死），只处死了李祖白父子等5人。李祖白跟徐光启一样，是一个中国学者，是当时难得的科学家，曾协助汤若望写出《远镜说》一书，将伽利略发明的现代望远镜制作方法介绍入中国。这一段由杨光先引起的“主义和科学”之争所导致的杀戮，史称“康熙历狱”。

杨光先赢了，“老愤青”风光无限，仿佛一下子成了《封神演义》中捉妖的姜子牙。不过连他自己也没想到的是，因为他对汤若望等人的攻击，朝廷误以为他很懂历法，任命杨光先为钦天监监副：你不是说别人不行吗？那么就让你来！杨光先这下急了，自己哪懂什么历法啊？算账都不一定行。这样的事，就等于让一个文盲去当中科院院长。杨光先写了长长的《不得已》一文，上书请辞。朝廷一看杨光先上的书，心想这人真是赤胆忠心啊，立场坚定，谦虚谨慎，当即传下话来：国家重任，岂能推辞，升任“一把手”！在这种情况下，杨光先只好硬着头皮上任了。

结果可想而知，杨光先“丑”很快丢大了——接掌钦天监之后，手忙脚乱，无从下手，所造的历法谬误百出：不仅一年出现两个春分、两个秋分，还把闰月算错；并且，对天文事件的推测，也全部失败。如此情况下，朝廷只好起用比利时传教士南怀仁来治理历法。杨光先一看“鬼子”复辟，“爱国之火”又熊熊燃烧，当即提出要跟南怀仁比试历法的准确度。结果可想而知，在一场现场举行的推算中，“爱国的历法”无情地败给了“不爱国的历法”。“老愤青”无可奈何地败下阵来。

不过即使到了这个份儿上，杨光先依旧“赤胆忠心”：说中国的历法是从尧舜留下来的，“安可去尧舜之圣君而采用天主教历”？“中国以百刻推算，西历以九十六刻推算，若用西历，必至短促国祚，不利子孙。”杨光先一口咬定“臣只知历理，不知历法”，“宁可使中夏无好历法，不可使中夏有西洋人”。这是什么鬼话！简直是“文革”时“宁要社会主义的草，不要资本主义的苗”的蓝本。这时候鳌拜已被杀，杨光先的后台也没了。“洋鬼子”南怀仁也学会政治斗争,“落井下石”参了杨光先一本,列举证据称杨光先为鳌拜的党羽。这个时候的“划线”就是置人于死地啊——结果杨光先被判死刑,后赦免回乡。在回老家徽州的路上,杨光先越想越气,悲愤交集的情况下,最后一命呜呼。徽州“老愤青”终于未能重演当年“舁棺死劾”后的“咸鱼翻身”。想想“老愤青”杨光先的一生,其实也相当可悲,问题就是问题,主义就是主义,何必硬将二者扯在一起呢?到头来害人害己呢?

杨光先是个“老愤青”,也是一个以笔作刀的“暴民”——其实专制制度不仅仅出暴君和暴臣,更层出不穷的,是各式各样攻击性极强的“暴民”。杨光先的故事告诉我们:一、“愤青”不是年龄,而是情绪,“愤青”往往在大旗之下,怀有不可告人的私利和目的;二、“愤青”的危害性远甚芙蓉姐姐和凤姐的“三俗”;三、“愤青”的本质是认知水平差,对常识缺乏,很多“愤青”受过高等教育,却未必比卖菜的老太太更懂常识;四、一个国家的“愤青”越多,说明这个国家和民族的理性思考能力越弱……这样的总结,对还是不对?

汪然明不爱柳如是

钱谦益与柳如是这一对老夫少妻的姻缘，一直是中国文学史上一个著名的“花絮”，由此引起的“羡慕嫉妒恨”波及很广。数百年之后，还有陈寅恪情不自禁为之作传。只是很多人不知晓，柳如是在认识钱谦益之前，还与同样年纪的汪然明交往密切。比较起与钱谦益的关系，柳如是与汪然明的交往，很有点“像雾像雨又像风”。

汪然明是杭州一个很有钱也很有名的徽商。有说是徽州休宁人，也有说是歙县人，反正都是徽州人，是徽州在外的一个富商。汪然明很有钱，也很大方，据说有一年饥荒，他家来了无数“吃大户”的。汪然明一时拿不出那么多现钱，卖了 22 亩地分金赠人，也因此得了个“黄衫豪客”的绰号。

汪然明是个“风雅之人”，当时很多有钱人都在西湖边建园林小住。汪然明也不例外，他在杭州西湖旁建了三处宅院：一是城内的缸儿巷，二是西溪的横山别墅，三则是湖边的“不系园”。“不系园”不是园林，而是一艘大游船——远远看起来，就像是一座游动的、变化莫测的园林。“不系园”语出于《庄子》：“疏食而遨游，泛若不系之舟。”江南一带的大文人陈继儒、董其昌、李渔、钱谦益、王修微等名流，都是“不系园”的常客。大才子董其昌与女画家杨云友还在这里订下终身。戏剧家李渔在杭州生活时，也是“不系园”的常客，他还以身边的人事撰写了一个剧本《意中缘》——以董其昌为主角，也将汪然明作为一个豪士一并写了进去。除了“不系园”外，汪然明在西湖边还有几艘做工精巧的小船，取的名也风雅：“雨丝风片”“团瓢”“观叶”“随喜庵”……借舫是要有条件的，须得是“名流、高僧、知己、美人”四种之一。不是这四种人，汪然明都懒得看上一眼。

柳如是就是借汪然明的小画舫时，跟汪然明认识的。在此之前，柳如是因为与几社、复社名流的交往，在江湖上很有些名气。柳如是到了杭州之后，写信给汪然明，说是借舫，其实是想认识一下。如此知性美女来借舫，汪然明自然乐意，不仅愿意借，还愿意陪吃陪游。大约此次交往的印象不错吧，双方开始了吟诗唱和。柳姑娘写的是《雨中游西湖》：“鹃声雨梦，遂若与先生为隔世游矣。至归途黯淡，惟有轻浪萍花与断魂杨柳耳。回想先生种种深情，应如铜台高揭，汉水西流，岂止桃花千尺也。但离别微茫，非若麻姑方平，则为刘阮重来耳。秋间之约，尚怀渺渺，所望于先生维持之矣。便羽即当续及，昔人相思字每付之断鸿声里，弟于先生，亦正如是。书次惘然。”感慕之情，油然纸上，并约好秋天再见。

一段时间之后，柳如是又来到杭州。这一回，柳如是没有住在客栈，而是住在汪然明西溪的别墅里。汪然明特意为她挑了一间屋子，题为“桂栋药房”，双方开始了亲密的交往。汪然明还携柳如是两次去了徽州老家，到齐云山和商山一游。关于这两次游历，柳如是后来在给汪然明的信中，都有深情回顾。从信中看，两人的关系相当暧昧。汪然明还出资给柳如是出了两本尺牍集册《月堤烟柳图》以及《湖上草》。

汪然明与柳如是的关系，有点像现在的大商人与女明星的关系吧，算不上情爱的“一对一”，不承诺也不负责——以大商人所见的世面，汪然明自然不会为柳如是这样的烟花女子动明媒正娶之心。与汪然明同时保持亲密关系的，还有同为江南名妓的王修微、杨云友、林天素、张宛等等。对于她们，汪施主一概“博爱”，他甚至还让林天素给柳如是的书作序。不过在汪然明心目中，也是分些厚薄的：林天素排第一，王修微排第二，柳如是排第三。这当中的原因，大约是柳如是个性太强，心计也太深了些。以汪然明的老于世故，当然会洞若观火。

双方就这样交往了一段时间。一段时间后，众女子都没有得到汪然明的承诺。林天素率先出走福建，汪然明追去福建。柳如是酸溜溜地写信给汪然明，说自己得嫁人了；还说，等到汪携林天素回来后，要亲自恭贺。柳如是便去了嘉兴，去搞定早先见过一面的钱谦益——同样是“冒昧”地上门求见，一住下就不走了。钱谦益毕竟是个读书人,哪里见过如此"尤物"呢,立马变成了个花痴,连"艳诗"也写上了,这就是著名的"我爱你乌个头发白个肉"。柳如是呢,"投桃报李"的诗竟是"我爱你白个头发乌个肉"。这样的诗,就像陈冠希的艳照,二人对赏,自是情趣四溢,一旦公开,则有几分污秽低级了。

钱谦益与柳如是如胶似漆。有人邀请钱谦益去黄山白岳一带转转,钱谦益邀柳如是同行,柳如是可能觉得已跟汪然明去过,再跟钱一起不妥,便拒绝了。旅途之中,钱老夫子念念不忘的还是柳如是青春的身子骨,在黄山写有《禊后五日浴黄山下汤池,留题四绝句,遥寄河东君》如下:

香溪禊后试温汤,寒食东风谷水阳。却忆春衫新浴后,窃黄浅绛道家装。

山比骊山汤比香,承恩并浴少鸳鸯。阿瞒果是风流主,妃子应居第一汤。

沐浴频看称意身,刘兰赠药想芳春。凭将一掬香泉水,噀向茸城洗玉人。

齐心同体正相因,祓濯何曾是两人。料得盈盈罗袜少,也应抖擞拂香尘。

信达柳如是,柳作《奉和黄山汤池留题遥寄之作》以和:

素女千年供奉汤，拍浮浑似踏春阳。可怜兰泽都无分，宋玉何由赋薄装。

浴罢汤泉粉汗香，还看被底浴鸳鸯。黟山可似骊山好，白玉莲花解捧汤。

睡眼朦胧试浴身，芳华竟体欲生春。怜君遥嘆香溪水，兰气梅魂暗着人。

旌心白水是前因，觑浴何曾许别人。煎得兰汤三百斛，与君携手袚征尘。

诗写得都很“艳”，双方都是过来人，雅也赏得，俗也赏得。这时候柳如是还没有正式进门。后来野史说柳如是嫁了钱谦益后，还养有很多“面首”。说“面首”我想是不准确的，以柳如是的男儿气和开放程度，有一些相好的男性朋友并不奇怪吧，更何况两人相差近40岁左右。

以上都是我看乱七八糟资料的梳理。读了诸多关于钱、柳、汪的书，我最想弄清楚的，竟然是汪然明与柳如是有没有一腿？真是不可救药！陈寅恪是借柳如是移情的，就差没把柳如是写成“冰清玉洁”了！黄裳是个读书人，对于两人之间的关系，写得比较绅士，点到即止。而我作为一个现代媒体人，更愿意从常识出发，把两人“诗化”的爱情，看作寻常男女之事。毕竟，这样的事，现实中有很多翻版。在历史看不清楚的时候，我们可以从很多当下事例中，找到活生生的样板加以对照。

欢喜冤家汪然明

北京师范大学出版社 1992 年曾经出了一套“馆藏珍稀图书小说系列”,共有 10 种,分别是:《欢喜冤家》《金石缘》《清风闸》《补红楼梦》《风月梦》《忠孝勇烈木兰传》《狐狸缘》《续儿女英雄传》《花柳深情传》《青洪帮演义》。因为《欢喜冤家》是“西湖渔隐主人”所撰,我特意从“孔夫子旧书网”购得一本,想看看这本书到底写些什么。因为此前看到一说法,说这个“西湖渔隐主人”,就是曾经跟柳如是关系不一般的徽商汪然明。

按照本书出版说明的介绍,《欢喜冤家》是一部明清话本小说,又名《贪欢报》,后世坊刻本有的改题为《艳镜》《三续今古奇观》《欢喜奇观》,全书共二十四回,分别叙述“非冤家不能成欢喜,非欢喜不能成冤家”的故事。以我读后的印象来看,这一本书,跟《三言二拍》之类,没有太大的区别,就是一本短篇市井故事集,其中有一些事涉及徽州和徽州人,比如说第三回《李月仙割爱救亲夫》、第十二回《汪监生贪财聚寡妇》以及第十九回《木知日真托妻寄子》等。

《木知日真托妻寄子》的故事比较完整:说直隶徽州府休宁县有一个叫木知日的徽商,夫妻俩十分恩爱,生了两个儿子。木知日要出远门到广东、四川一带做药材生意,便把自己的老婆儿子以及生意上的事托给好朋友江仁照应。哪知道这个江仁不是什么好鸟,不仅贪污木知日的钱财,还对木夫人丁氏不轨。一个家丁发现此事后,专程赶到四川告知木知日。木知日十分信任朋友江仁,对家丁的告状不理不睬。家丁一气之下自杀身亡,变成鬼魂来报复江仁。江仁鬼魂附体后,丧心病狂跳河而亡。家丁阴魂不散,又去迷木知日的妻子丁氏,丁氏也不治病亡。在此之后,江仁年轻漂亮的老婆方氏帮助木知日照顾两个孩子。在亲友的撮合下,木知日娶了方氏,重新过上了安康的生活。两家终究变一家,好人必然有好报。

很多年没有读过此类古代话本了,捧书重读,重温情趣,发现了几点有意思的现象:一是古代话本虽说尽男女之事,但很少算真正的爱情故事,因为中国古人从不晓得谈恋爱,只是“男欢女爱”。二是这些话本总携有不少诗词,逢到写景物写人物,或者作者感兴趣的地方,便大书特书一番,以示抒情。这是因为话本作者都是落魄文人,科举落榜,诗词格律的情结还是有的,写市井故事不情愿彻底“俗”下去,逢有机会,会不由自主地“卖弄”一番,又是诗又是词地大张旗鼓。这一本《欢喜冤家》也是如此,文白相杂，诗词相间，有的还写得相当不错。三是这一类市井小说，写到男女之事，总避不了大段大段的性描写，写得风生水起"如诗如画"，诗词赋一拥而上，中国古代文人的聪明才智，在这里表达得淋漓尽致。如第一回《花二娘巧智认情郎》写到三官与二娘偷情，一段诗词写得彩云追月般精彩：

> 雨拨云撩，重整蓝桥之会。星期月约，幸逢巫楚之缘。一个年少书生，久遭无妇之鳏，初遇佳人，好似投胶在漆。一个青春荡妇，向守有夫之寡，喜逢情种，浑如伴蜜于糖。也不尝欺香翠幌。也不管挣断罗裳。正是：
>
> 雨将云兵起战场，花营锦阵布旗枪。
>
> 手忙脚乱高低敌，舌剑唇刀吞吐忙。

《欢喜冤家》的作者"西湖渔隐主人"之所以被认定是汪然明，是因为汪具备写作该书的诸多条件：一是喜欢隐居西湖，堪称"西湖渔隐主人"；二是汪然明很有文才，诗词文章皆佳；三是汪然明对市井生活，尤其是对徽州的地理风貌及徽商的性格特征很熟悉；四是这本书本身就是汪然明的"文化公司"推出的……可以说，"西湖渔隐主人"就是汪然明的可能性是很大的。

一个能写市井小说的人，一定是个"走地人"——《欢喜冤家》的原序就说：喜谈天者，放志乎乾坤之表；作小说者，游心于风月之乡。直接的说法就是，小说家都是深谙风月之人，"老实人"

哪里写得出好小说呢？非得是“深谙市井事，腹中有乾坤”的人精才是。以汪然明写《欢喜冤家》的老辣和彻底，甚至猥琐和淫秽，与柳如是之间的交往，相信很难是彻底的“君子之交”。连单纯的贾宝玉都可以跟袭人有“云雨之情”，为什么汪然明和柳如是不曾是一对“欢喜冤家”？

从有关资料看，汪然明不仅精通人情世故，而且还是一个倜傥洒脱之人，拿得起放得下，一直活到 79 岁才辞世。清代史料笔记《焦廊脞录》有汪然明的小传，说他“弥留待尽，神明湛然，犹要云将诸公品画谈诗，吹箫摘阮，视荫既移，抗手告别而卒”——一个人的死前态度，可以看出一个人是否活得明白。以汪然明的生死态度、他的性情以及对女子的态度，他还真像是一个贾宝玉。当然，这应该是一个不排斥肉体关系的老贾宝玉。

方国泰自讨苦吃

1782年的时候，徽州府歙县罗田村有一个秀才方国泰，看村落中别的家族、别的人家都有朝廷旌表的牌坊、匾额什么的，脸面上实在挂不住。方家一直是书香门第，好多代都是读书人，文化上都有些建树，出过好多本诗集什么的。思前想后一番，秀才方国泰便给县府写了一个报告，陈述方家有文化、有传统、有底蕴，请求县知事上报朝廷恩准，给予方家表彰。为示证据，方国泰将自己的五世祖方芬所著的《易经补义》《涛浣亭诗》，以及七世祖所著的《陛辞疏草》等书一并报上。方国泰这么做，也就是文人的虚荣心在作怪。报告转呈到安徽学政手中后，学政照例翻阅了一番，一抬眼就看到了“征衣泪积燕云恨，林泉不共马蹄新”“乱剩有身随俗隐，问谁壮志足澄清？”以及“蒹葭欲白露华清，梦里哀鸿听转明”等诗句，心里一惊，顿时紧张兴奋起来：诗中味道明显不对，这个“清”那个“明”的，明明是“反清复明”嘛！于是学政赶忙向巡抚谭尚忠汇报，谭尚忠一下子也高度紧张起来。商议之后，奏明高宗皇帝：称发现书中语意狂悖，奏请将方芬刨尸戮尸，将方国泰处斩。也就是将方国泰的五祖从坟里挖出来，尸体砍上几刀，然后将方国泰处斩。谭尚忠这么做，也是有根据的：远的，是当年顺治皇帝处理的"《明史》案"——对于非法主编《明史》的已经死去的庄𬬮、朱国桢开棺戮尸；庄𬬮的全家包括他仍活着的父亲、朱国桢的后人以及曾经参与补书、印刷、刊刻、校对的全部儒生、工匠，统统杀头。近的，是在乾隆手中办的"徐述夔案"：因为"文字反清"，结果是徐食田等五个参与出版校对者被判斩首；曾孙和孙媳被发配为奴；已死的徐述夔以及儿子也被开棺戮尸，枭首示众。

奏折递交上去后，上谕下来，乾隆不认定方家的诗句是反清，反而把安徽巡抚谭尚忠狠狠地责备甚至羞辱了一番。乾隆说：谭尚忠奏已故歙县贡生方芬所著涛浣亭逆诗、伊孙方国泰藏匿不报，请将方芬刨坟僇首、方国泰照大逆知情隐匿拟斩立决等因，已批刑部议奏。据称查出方芬诗集内"征衣泪积燕云恨，林泉不共马蹄新"，又"乱剩有身随俗隐，问谁壮志足澄清"，又"蒹葭欲白露华清，梦里哀鸿听转明"等句，虽隐约其词，有厌清思明的意思，本来属于狂妄，是书生遭遇兵火流离转徙的不平之鸣，并无公然毁谤本朝的意思。方芬老于贡生，贫无聊赖，郁不得志，借诗发发牢骚也很正常。何况方芬早已死，我也不认为他有什么做得过分的地方。如果只是因为这个判他们大逆之罪，那么当年杜甫写了许多穷愁的诗句，即使是孟浩然亦写有“不才明主弃”的诗句，难道要称他们为大逆不道？

接下来乾隆话题一转，提及了“徐述夔案”，说当年徐述夔写的诗是反诗，是明摆着的，因为他的诗中有“明朝期振翮，一举去清都”之句，至于其他悖逆之句，不胜枚举。如此大逆不道，罪大恶极，不可不办。至于其他的，从前查办河南祝万青家词匾对及湖南高治清所刻《沧浪乡志》，吹求字句，办理得太过分了，我已经屡次下旨告知各督抚，不要再拘泥于文字，牵强附会文中的意思，不要刻意苛求意思。难道谭尚忠不知道吗？

乾隆耿耿于怀提到的“徐述夔案”，让安徽巡抚谭尚忠惊慌失措——“徐述夔案”是前几年邻省江苏办的一个案子：江苏扬州有一户人家蔡嘉树，租了当地大户徐食田的十几亩田地，因为租金纠纷，徐家要收回自己的田地。蔡家便使“阴招”了，以徐家早已死去的祖父徐述夔刊印散发的书中有“忌讳之词”一事，向官府告发，说徐书中有“明朝期振翮，一举去清都”一句“非常悖逆”。报告传到江苏布政司陶易处，陶易见到案卷后，觉得这并不存在着大问题，很明显这是蔡家人的“挟嫌倾陷”。哪知道案件报到乾隆这里，乾隆皇帝却批复道：蔡氏说得有理，此句乃“借‘朝’夕之‘朝’作‘朝’代之‘朝’，且不用‘上’‘到’等字而用‘去’清都，显寓欲复兴明朝之意，大逆不道至此已极。”乾隆一生气，后果很严重：不仅徐食田等五个参与出版校对者被判斩首；曾孙和孙媳被发配为奴；已死的徐述夔以及儿子也被开棺戮尸，枭首示众。更严重的在于江苏布政使陶易对于此案的判断不妥,也被判了斩首罪,虽然最后乾隆降旨“加恩改为应斩监候,秋后处决”,但陶易还是病死在狱中。此案一出,天下震惊,天下官员无不战战兢兢。

一段时间后,刑部遵旨努力将情况调查清楚,上奏折说:方芬系本朝的贡生,生于明天启年间,死于康熙二十九年,著有《易经补义》一部,《涛浣亭诗集》一本,另外方国泰的七世祖方有度,著有《陛辞疏草》一本。诗内悖谬之处,因是祖上所著,相隔有百把年了,也不明白当时作诗的本意。至于书中有“避寇”诸句,方国泰解释说是曾经祖父言及,是当年福建一带的强盗来攻打徽州府城,一家逃避,这个“寇”指的就是福建一带的强盗……刑部最后的意见是将方国泰判处其杖一百,徒三年之刑。这一次,乾隆没有节外生枝,同意了刑部的意见。安徽巡抚谭尚忠终于将一颗几乎跳出来的心,落回到胸腔里。

几乎相同的案件,乾隆两次的态度为何迥然不同?禁书的是皇帝,不禁书的也是皇帝;杀人的是皇帝,不杀人的还是皇帝。皇帝的脸真是如小孩脸一样变幻莫测——是乾隆两次的心境不一样?或者,是局势的不同?前者必须杀鸡给猴看,后者又必须安抚一下吓得屁滚尿流的鸡?政治就是这样,从不是丁是丁,卯是卯,它永远千差万别,让人丈二和尚摸不着头脑。

不过细细地想起来,那些专制者的脾气,还是好捉摸的——恩威并施也好,宽松抚慰也好,其实都是为了他的那个家天下,为了神圣不可动摇的淫威。就乾隆而言,虽然在60年的帝王生涯中,“创造”了 130 多起酷刑“文字狱”,但相比较而言,乾隆还算是一个“清头”的,比起那些不“清头”的皇帝们,不知道要好多少。至少,他还基本人格健全,没有变态。要知道,皇帝杀人多少,完全取决于他的脾气好坏和大小,要是不幸遇到一个精神病,那就算你见到鬼了。

江春这个人

歙县籍的盐业总商江春，算是扬州盐商中的大佬了，他曾是两淮的八大总商之一。乾隆年间扬州共出现过八位盐业总商，也就是当地盐业协会的会长。在这八位总商当中，有四位是徽商，他们分别是汪应庚、汪廷障、江春以及鲍志道。

江春是歙县江村人，这个“江”，是“济阳江”，也是来自中原的江姓。我看过同为“济阳江”的旌德江村的江氏宗谱，序言上是这样写的：“江氏始居，起于济阳，又自济阳而临淄，自临淄而河南考城，自考城而汝宁江家宅，自江家宅而处州，而山阴，而宣城，而金鳌里，而歙州，而婺源，而浮梁，而贵溪等处，其居族迁移之不一也。”这一段话，是对江氏源流的介绍：江姓开始于周朝的江国，即在现在河南的信阳一带，后来南下，先是到了山阴也就是现在的绍兴，后来转到宣城，再转到旌德江村。这一支在南朝时出了一个有名的人物，就是“江郎才尽”的江淹。与旌德江姓不一样的是，歙县江村的江姓是从浙江开化迁来徽州的，虽同属“济阳江”，却早早分叉，只剩根部相连。

江春家世代为盐——祖父江演于顺治初年来到了扬州，“数年积小而高大”，成为两淮盐商的中坚人物；父亲江承瑜继承祖父产业，不断成长壮大，为两淮盐区总商之一。江春出生于清康熙五十九年(1794)，算是江家的“富三代”了，由于父亲早逝，19 岁时江春就袭任总商。《歙县志》特别提到了江春：“练达明敏，熟悉盐法，才略雄骏，举重若轻。”还说，江春这个人，一表人才，少年老成，多才多艺，诗写得很好，而且为人幽默风趣，用现在的话来说，就是很有个人魅力。

乾隆六次下江南，几乎都与江春发生了故事——乾隆十六年(1751)乾隆首次下江南，江春率汪廷璋、黄履暹、洪征治等总商在蜀冈御码头接驾，这四总商皆为徽州歙县人。乾隆二十二年(1757)，为迎接乾隆第二次下江南，江春筹资在扬州天宁寺兴建行宫，并将瘦西湖北边的江园献为官园迎驾。乾隆下江南时就住在江园，见这里如此漂亮，一高兴亲笔题字“净香园”给它命名。乾隆第四次下江南来扬州，扬州已经建好瘦西湖了，江春请乾隆去参观，乾隆边看边随口说：要是有一座白塔就好了。第二天江春又请乾隆去瘦西湖，映入乾隆眼帘的，是湖面高耸的白塔，跟北京北海的几乎一样——这是江春连夜布置人用盐专门垒出来的。乾隆第五次下江南，江春率两淮盐商在熙春台为乾隆祝七十大寿，唱了一出又一出大戏，这就是扬州当时津津乐道的“春台祝寿”。此一次，乾隆游览了江春的东园。乾隆四十九年（1784），第六次下江南，乾隆再次来到了江春东园和康山草堂，面赐江春7岁的幼子江振先“金丝荷包”；乾隆还写了《游康山即事二首》《游康山》等诗。诗写得虽然不怎样，但可以看出皇帝对江春的喜爱之情：

新城南界有山堂，遗迹其人道姓康。
曾是驻舆忆庚子，遂教题额仿香光。
重来园景皆依旧，细看碑书未异常。
述古虽讹近文翰，一游精鉴不妨详。

几次成功的接待后，乾隆赐予了江春“布政司”的红顶，官至一品。不过这也只是一个待遇，不是实职。除此之外，乾隆还两次“赏借”给他55万两帑银。所谓帑银，也就是国库里的钱，用盐商的话说就是“万岁爷发的本钱”，说白了就是无息或低息贷款。这与其说是钱，还不如说是皇帝的“龙恩”，是皇帝的垂青，让人特别有面子。所以江春每每提及这个帑银，总是得意万分。钱还是钱，但是由皇帝赏的钱，就不一样了。

乾隆为什么喜欢江春呢？不仅仅因为江春模样清秀、为人洒脱、会办实事，还因为江春这个人好玩幽默，不像周围的那些人“面目可憎、言语无味”。每当新的两淮巡盐御史上任前，乾隆总要对他们说：“江广达人老成，可与咨商。”“广达”就是江春行盐的旗号。有了这话,哪个大臣敢怠慢呢?所以很多大臣都与江春亲密无间,尤其是朝中几位徽州籍大臣老乡,更是与江春走得很近。江春这个人很爱家乡,住的吃的用的,随处都是徽州特色,尤其是家中的厨子,都是徽州带去的,烧的都是地道的徽州菜肴。所以户部尚书曹文埴等徽州"老乡"都愿意去江春家做客。江春与曹文埴还成了至交,除了公事和私事,他们还有一个共同的爱好,那就是喜欢听戏,是铁杆的戏迷。江春还养有两个戏班"德音班"和"春台班"。乾隆五十五年(1790),"春台班"曾与"三庆班""四喜班"与"和春班"一道,奉旨入京为乾隆皇帝八十大寿祝寿演出。这就是京剧历史上著名的"四大徽班进京"。徽班进京,留在京城,慢慢变化,也就产生了京剧。京剧有如此大的发展,江春有很大的功劳。

江春还办有一个秋声馆,是一个文人们经常聚会吃喝玩乐的地方。各路知名文人来这里,吃喝玩乐全免费。当时"扬州八怪"中的一些人,比如说郑板桥、金农等,都是这里的常客。江春还请一些大文人,担任秋声馆的主持。因为有大文人在,小文人们也蜂拥而至,比如说蒋心馀,就曾帮江春主持过秋声馆。蒋心馀所撰的杂剧《四弦秋》、传奇《空谷香》等,都是在秋声馆担任主持时写的。当时的江南大文人厉鹗,也常"泡馆",一待就是一整天,甚至很多天足不出户。秋声馆有琴棋书画,还养有一些蟋蟀,那些文人墨客吟诗作画累了,就玩斗蟋蟀的游戏,然后如蟋蟀般斗嘴打架。厉鹗曾写过一首《齐天乐·秋声馆赋秋声》,这一首词,上面有："讶篱豆花开，雨筛时节，独自开门，满庭都是月。"由这首词，可以看到秋声馆的特色，不是俗不可耐，而是清雅和有情趣。当时的江南文人首领袁枚，更是秋声馆的常客了。袁枚写过一首《扬州秋声馆即事寄江鹤亭方伯兼简汪献西》，看得出，这首诗就是在秋声馆写的。除此之外，江春的墓志铭还是袁枚写的。虽然说吃人家的嘴软拿人家的手短，但不可否认，在江春与袁枚之间，还是有共同语言的，也是有真感情的。

有一次江春带着袁枚、曹震亭一行游黄山。曹震亭是一个知县，也是一个文化人。山中下起了细雨，江春随口吟了一首诗："非是山行刚遇雨，实因自入雨中来。"意思是我们走在山路上，不是刚刚遇到雨，而是我们是从雨中来啊！这个雨，就是黄山的雾，雾大了，浓密了，就跟雨差不多了。袁枚很赞赏江春的"诗心"，评价说："其心胸笔力，迥异寻常，宜其隐于禺筴，而能势倾公侯，晋爵方伯也。"意思是说，江春虽然是做生意的，整天跟钱财打交道，但心中不俗，气度不凡，胸中有着春夏秋冬。袁枚应该不是拍马屁，江春不装腔作势，不颐指气使，他对文人真好，喜欢文化，也尊重文化。这样的人，文人自然也会敬重他。江春如果能当上宰相，还真会迎来一次文化大繁荣。

王翠翘的故事

明朝歙县籍海商汪直、许栋、许(徐)海对抗明王朝一事,一直是历史上的一个悬案。汪直、许栋、许海为明朝"海禁政策"揭竿而起,联合浙江、福建、广东等地的海商起来造反。在这个过程中,他们把基地设在日本九州,也招纳了一些日本浪人和武士加入,最后竟被称为"倭寇"。如此定性,实在有些勉强,因为汪直与日本浪人的关系,实际上是一种雇佣关系,他出钱,那些日本浪人为他卖命,汪直是"花钱买凶"。说他是"倭寇",明显是明王朝故意将性质上升为民族矛盾,以最大限度赢得民众支持。这一场长达数十年的战斗,竟然有那么多的徽州人卷了进去:汪直、许栋、许海是徽州人,胡宗宪是徽州人,连劝降汪直的罗龙文也是徽州人。真是山不转水转,转来转去,把一个偌大的历史事件,转成了徽州人之间的纷争,由此可见"天下徽商"的风采。

汪直一事难以定性,史书记载也是不清不楚。比如很多史书中，汪直一直被写作“王直”，把他的姓都搞混了；至于其他人的身份和姓名，更是含混不清莫衷一是，比如说许海，大部分书籍写的是“徐海”，还说他是浙江人，曾是杭州虎跑寺的和尚，法名明山。为什么会出现这么多谬误？这跟当时汪直们隐瞒自己的身份和籍贯有关。那时候造反是要连坐、要灭九族的，谁敢说自己的真实姓名和籍贯呢？所以多是以讹传讹了。我到歙县许村采访的时候，听说过不少有关许栋、许海的传说——许栋、许海其实都是许村人，当年汪直出道时，曾经是许栋的手下，许栋被官兵剿杀之后，汪直当上了首领。至于许栋与许海的关系，当地人有的说是父子，有的说是叔侄，有的说是兄弟。反正两人有着血缘关系。

宋起凤的《稗说》当中，有一则故事是说徐海的，说的是徐海及夫人王翠翘与胡宗宪之间的恩怨情仇。当然，在《稗说》中，“许海”是写作“徐海”的——

胡宗宪有一次与才子徐渭也就是徐文长游湖时，见到邻船上有一位绝色女子，惊为天人。这位女子，就是当时名满江南的名妓王翠翘。王翠翘当时正与海商徐海相好。不久，徐海造反，将王翠翘带到身边做压寨夫人，诸事都听从王翠翘的主意。

胡宗宪任职七省兵马统制之后，决意招降汪直与徐海。他了解到徐海与王翠翘的关系后，便派人馈以重金，以国家大义劝导王翠翘：如果徐海接受招安，定将不亏待他。于是徐海在王翠翘的说服下，接受招安并来到胡宗宪驻地受降。

哪知胡宗宪对徐海的承诺根本没获通过，监军钦差大臣、严嵩的干儿子赵文华坚决主张将徐海绳之以法。这种情况下，胡宗宪只得派兵围剿徐海。在没有防备的情况下，徐海全军溃败后自杀。王翠翘被官兵们活捉。庆功宴上，胡宗宪将王翠翘招来，当众对王翠翘说："如果不是因为你，现在大家根本得不到安宁，你的功劳不亚于古代那些和亲的公主。"口气甚是恳切。并且，胡宗宪希望王翠翘能嫁给大才子徐渭。王翠翘拒绝了，她说："我是个薄命的女子，承蒙你看得起，让我为国家的大事出力。我感谢你把我当作知己，但我不敢把自己的私情放在公家的大事之上。徐海待我情深义重，他因为我而死，同时又死了那么多的兄弟。你是好意，让我嫁给名流。我要是厚着脸皮再结新欢，不仅对不住徐海，也对他是极大的侮辱。你要是真的可怜我，就请借我一只船，让我拜祭一下他吧。"于是，王翠翘乘舟设祭于江中，盛装浓抹，明艳如仙，令人不敢正视。王翠翘泪流满面地拜祭一番，又操琴弹奏了一曲徐海生前最喜爱的乐曲，然后，摔碎琵琶，纵身一跃，跳入大江……

无独有偶，嘉靖年间大才子王世贞的笔记体小说《艳异编》，有一篇《王翘儿》似乎也是写的徐海与王翠翘的故事：王翘儿本是临淄民家女，少时被卖到妓院，善弹胡琵琶。倭寇为乱之际，翘儿窜走桐乡，为徐海所掳后宠爱有加，尊为夫人。后来胡宗宪派人用金珠宝玉私贿翘儿，翘儿于是连续十三夜说降徐海。徐海听从投降，丝毫不加防备，被胡宗宪尽歼。中军行酒，胡宗宪与翘儿乱，醒后悔，以翘儿配一永顺酋长。翘儿与酋长舟过钱塘，翘儿意不自得，叹曰："明山（徐海）厚我，我以国事诱杀之。杀一酋而更属一酋，何面目生乎？"遂投水而死。

民国时歙人许承尧的《歙事闲谭》中，也转载了一篇《罗小华诱致徐海事》，原文出自张潮编撰的《虞初续志》——这个张潮，祖籍也是歙县人——说的是王翠翘年少时被卖入妓院，冒姓马，后来有人将她赎了出来，迁居到嘉兴，更名为王翠翘。当时有一个歙县呈坎人叫罗龙文，绰号叫小华道人，很有钱，便将王翠翘包了。罗龙文不仅包了王翠翘，还包了另一个小妓女绿珠。

那时候王翠翘就已经跟徐海好上了。有一次，徐海欠了赌债，藏匿在王翠翘那里，让罗龙文发现了。罗龙文看徐海相貌堂堂，像个壮士，不仅没怪罪他，反而请他喝酒，将自己喜欢的绿珠也送给徐海。徐海后来造反，声势越来越大，有一次，乘将巡抚阮鄂围于桐乡的时期，将王翠翘和绿珠都抢走了。徐海立了王翠翘作为压寨夫人，对她很好，大事小事都与她商量。

一段时间之后，胡宗宪主政浙江，想招降徐海，便派华老人去见徐海。徐海见华老人想劝降自己，便将华老人捆绑起来准备杀了。王翠翘劝徐海说："你降不降是你的事，杀来使干什么？"徐海便将华老人放还了。

罗龙文听说这件事情之后，便通过胡宗宪的幕僚徐渭，请求见胡宗宪。胡宗宪一听罗龙文是自己的同乡，对罗龙文很客气。罗龙文便作为胡宗宪的说客去见徐海。徐海一听是罗龙文来了，赶忙请至上座，又让人备酒，握着罗龙文的手说："足下从大老远赶过来,是为胡公做说客的吧?”罗龙文笑着回答说:“我不是为胡公而来,是为老朋友来的,现在汪直已准备投降了,你也赶快做决定吧,否则的话就要当俘虏了。”徐海吃了一惊,说:“不说这个,我们喝酒吧。”喝到脑酣耳热之际,徐海请出王翠翘和绿珠来见罗龙文。几个人叙了一些旧事,罗龙文回去向胡宗宪做了汇报。胡宗宪根据罗龙文的建议,派人给王翠翘送了很多金珠宝玉,让她劝说徐海投降。在王翠翘的劝说下,徐海带着人马来到桐乡向胡宗宪投降。胡宗宪和钦差赵文华、阮鄂等接见了徐海。为表示亲热,胡宗宪还特意从堂上走下来,拍了拍徐海的脑袋,说:“朝廷今赦免了你,你要记住,不要再造反了!”

徐海出了桐乡城之后,看见官兵紧急调集,觉得情形不对,赶紧回到基地。原来胡宗宪不想杀徐海,但赵文华逼迫他杀徐海。于是胡宗宪只好命令俞大猷率军队向徐海的基地发动进攻,这个时候恰巧刮起大风,风助火旺,徐海的人马一下子溃散。徐海仓皇投水,官兵将他捞起来后砍下了他的脑袋。王翠翘也被捉住了。

徐海被歼灭,胡宗宪很高兴,大宴官兵,自己也喝得烂醉。席间,胡宗宪还命王翠翘来陪酒唱歌,酒醉之时,胡宗宪与王翠翘发生了关系。胡宗宪醒酒之后,很是羞愧,便将王翠翘送给降将永顺酋长。王翠翘什么话也没说,跟着永顺酋长就去了。船行到钱塘江上的时候,王翠翘越想越难过,长哭道:“明山对我那么好,而我以国事诱杀之,毙一酋,又属一酋,我又有什么面目活呢?”于是向着江潮大哭，跳入水中而死。

王翠翘的故事，除了以上引用的三篇之外，还有余淡心的《王翠翘传》、陆次云的《王翘儿传》等。这些文章对于王翠翘一事的记载，虽然在一些细节上有所不同，但在整体面目上，还是很相似的。从这些笔记中可见一些端倪：一是王翠翘确有其人，并且，是她劝降丈夫徐海投诚朝廷的；二是朝廷不可信任，言行不一，出尔反尔；三是在民女王翠翘面前，权倾朝野的权臣胡宗宪患得患失、优柔寡断、占人便宜，一下子就显出个人的“小”来。

“孤军深入”做什么？

历史总是留下一些“谜案”，比如说明朝嘉靖年间，嘉靖皇帝差点被十多个宫女勒死，具体原因是什么？莫衷一是。另一例，则与所谓的“倭寇”有关：嘉靖三十四年（1555）夏天，有几十个“倭寇”从浙江入境，深入徽州府歙县境内，转了一圈之后，又沿旌德、南陵、芜湖东突，一路上他们不杀平民不抢劫，暴走数千里，杀死杀伤四五千官兵，历时80多天，最后在太湖一带被绝对优势的明军围歼。

这几十个人的身份是什么？他们来自何处？为什么会孤军深入来到徽州？身负什么使命？为什么明军一个活口都不留？当时的相关资料没有详尽的解释。《明史·日本传》等一些相关志书上说，此行共有六七十人，着红衣黄盖，6月7日从浙江上虞县登岸。上岸后，他们没有“烧杀抢掠”，而是直接“孤军深入”——从杭州的北新关向西剽掠淳安，突破徽州的歙县，到达绩溪、旌德，又经过泾县、南陵，到达芜湖；然后焚烧长江南岸，奔向太平府，进犯江宁镇，直接侵犯南京。从叙述的地名，我们基本可以勾勒出一张路线图，一个由浙江、徽州、南京、太湖诸地连接的半圆形路径。

就像是一支特种部队深入腹地——在徽州，当地官吏和士绅如临大敌，全州府的战斗力都调动起来了，富庶的大户人家纷纷捐钱捐粮给官府，以请求保护；在芜湖，官兵开始围追堵截，但这伙人非常剽悍，他们击退了大队官兵并杀死了县丞；在江宁镇，他们杀死了当地的总兵；在南陵，当地派出三百官兵守城，这些人击溃守兵，冲进了县城。周边三个县的官员赶来增援，官兵引弓射箭，他们竟徒手接飞箭，把当地的官兵吓得目瞪口呆。

最令人瞠目结舌的一幕还在后面，这伙人接近南京城下的大安德门时，竟准备攻打南京城。驻守南京的兵部尚书张时彻赶忙下令关闭城门，同时命令市民自备粮械，登城守卫。一万多人军队被几十个人吓得不轻，实在是让人大跌颜面。此事的目击者，时任南京翰林院孔目的文人何良俊在笔记里记载说："贼才七十二人耳。南京兵与之相对两阵，杀二把总指挥，军士死者八九百，此七十二人不折一人而去。南京十三门紧闭，倾城百姓皆点上城，堂上诸老与各司属分守各门，虽贼退尚不敢解严。夫京城守备不可谓不密，平日诸勋贵骑从呵拥交驰于道，军卒月请粮八万，正为今日尔。今以七十二暴客扣门，即张皇如此，宁不大为朝廷之辱耶？"明代的著名学者归有光当时在南京城内参加科考，根据他的说法,南京“举城鼎沸”,此情此景,让他感慨不已:“平昔养军果为何?”

攻城只是虚晃一招,这伙人又朝秣陵关进发,从溧水向溧阳、宜兴流动,在溧阳和宜兴打劫过。听到官兵从太湖出发的消息后,这伙人越过武进,抵达无锡,在无锡惠山寺驻扎下来。这时候四面八方的明朝官兵如潮水一样涌上来了,这伙人在当地找了一个向导,一昼夜奔180多里。抵达浒墅后,向导跑了,这伙人迷失了方向,被四面八方赶来的官兵围住。一番厮杀后,这些人寡不敌众,全部战死,没有一人逃脱,也没有一人被生擒。这伙人到底有多少,史料记载不一,有称“五十三人”,有称“六七十人”,有称“七十二人”。考虑到“五十三人说”的《筹海图编》作者郑若曾在抗倭总督胡宗宪幕中,战役记载都是出自军方塘报,应该比较准确。

在此之后的明朝,一直没有对外公布这事的翔实原委,也没有对这些人的身份做出解释。官方的说明,只是把这数十人称为倭寇,统一口径说,这一小股部队是倭寇的先头部队,其志在于“大举入寇”。但从这些人的行为来看,想想也难以服众:行程数千里,基本不刻意掠财、不杀平民,只是杀死围追堵截的官兵四五千人,并杀死明朝一御史、一县丞、两个指挥、两个把总,最后全军覆没,无一人投降,后面却没有大股部队的接应。也有人说这伙人是汪直或者倭寇的侦察兵,这也不对,如果只是作为侦察兵,干吗要冒进到徽州这样的腹地来呢?以卵击石也没有太大的必要吧？

我一直对于历史上这一场事件有着很大兴趣。从这伙人的路线图可以看出，似乎这一小股倭寇的目的地，就是徽州府的歙县。这些人为什么冒如此大危险，深入偏僻的徽州呢？值得注意的一点就是，当时所谓倭寇的总头目汪直就是歙县人；除他之外，几个大头领许栋、许海等，也是歙县人。他们之所以造反，也是当时明朝的海禁政策引起的。联系到这些，很可能这一群身份不明的倭寇是受汪直的派遣，回自己的老家办一件重要的事情，比如说把自己的亲属接到身边来，或者从家乡带出什么物件，等等。至于这一件事具体是什么，是接什么人，带什么物件，那就只有天知道了。

胡宗宪的“不得已”

徽州人潘之恒的《亘史》，是一部很有意思的“百科”书籍，书成于万历四十年(1616)，原本有七十九目，九百八十六卷，极为浩瀚。从内容占有量和写作量来说，不可能仅凭潘之恒一人之力所为，估计是潘之恒花钱请人收集整理。徽商一向如此，有了钱，注意力就放到文化上去了。《亘史》中有一个“谭部”，也就是故事类，记录了很多市井故事，其中有一节《罗龙文传》，就是写歙县呈坎人罗龙文与绩溪人、抗倭统帅胡宗宪之间的恩怨情仇。

《亘史·罗龙文传》对罗龙文评价甚高，说他“慧而技巧，敏以能辩。凡募古必极精工，其制松烟墨宝重一时，奚李莫能尚”。这一段话，是说罗龙文不仅有智慧、有口才，而且还能做一手好墨，甚至比徽州的李墨还好。罗龙文本来是个做笔墨生意的徽商，之所以自告奋勇劝许海投降，应该是出于国家大局，或者是为朋友许海着想。不过他始料未及的结局是许海被杀，王翘翠投海自尽。悲剧结果让罗龙文很是愧疚。

汪直、许海之乱平定后，罗龙文成为严嵩儿子严世蕃的幕僚。一段时间之后，严嵩倒台，严世蕃和罗龙文被杀。在罗龙文家，搜出了一件被弹劾时胡宗宪自拟的圣旨草稿。这是胡宗宪让罗龙文转给严世蕃，再让严世蕃转给严嵩，用来拟圣旨时做参考。这样的行为，就如同现在替领导讲话稿打的草稿。此类事情，并无大碍。不过这一次严世蕃、罗龙文成了朝廷要犯，胡宗宪因跟二人联系紧密，自拟圣旨自然罪大恶极。有人趁机落井下石，胡宗宪被逮捕下狱，最终死在狱中。

胡宗宪算是明朝的能臣了，胸怀大志，才情出众。胡宗宪进士出身，先是在江浙一带当了几年知县，后来又以御史身份巡按宣府、大同等边防重镇。在宣府、大同任上，有一次士卒不满朝廷让他们迁徙的决定，集体哗变造起反来。胡宗宪临危不惧，单骑劝慰，轻松地解决了这一次兵变，显露了过人的胆略和过硬的心理能力。在此之后，胡宗宪被派往抗倭第一线浙江，出任浙江巡按监察御史。当时东南前线的指挥是“四驾马车”：总督张经、巡抚李天宠、督察军务赵文华和巡按胡宗宪，四个人职务相当，职责权力不明确。内斗的结果是，胡宗宪联手内阁首辅严嵩的义子赵文华，抓住张经和李天宠的问题，上书弹劾大获全胜，被任命为兵部左侍郎兼都察院左佥都御史，总督浙江、南直隶、福建等七省军务，担当了抗倭前线的统帅。

胡宗宪在内斗上不手软，在外斗上，也颇有谋略。他的步步高升，跟战功显赫分不开——在平定汪直和许海的过程中，经常是亲临一线，身先士卒，冒着矢石督战。胡宗宪不是手无缚鸡之力的书生总督，他“为人魁岸彭硕，膂力绝人，尤善骑射”。不过杀汪直也好，杀徐海也好，都不是胡宗宪的初衷，他其实是想招降汪直与徐海为他所用的。在给朝廷的奏折中，胡宗宪建议为汪直赎死罪，让他去戍守边疆。汪直接到胡宗宪的劝降书来到杭州后，形势很快就不受胡宗宪左右了，很多大臣上书强烈反对招降，更有人说胡宗宪受了汪直等人的贿赂。这个罪名胡宗宪可不敢当！胡宗宪当然不会为了汪直与徐海，置自己身家性命和前途于不顾。在这种情况下，胡宗宪证明自己清白的唯一方式，就是杀了汪直和徐海。如此看来，汪直和徐海之死，是再正常不过的事了。

比较起海瑞这样的“官呆子”，胡宗宪处世要灵活得多，应变能力很强，这一点，似乎跟后来的李鸿章有点相像。胡宗宪与李鸿章相像的地方在于：好事做了不少，坏事也做了不少；正事做了不少，“邪事”也做了不少；有时候为了办正事，又不得不做一些“邪事”—— 比如，胡宗宪为通过赵文华攀上严嵩，对赵文华“谄奉无不至”，当上总督后，常向嘉靖皇帝献“祥瑞”、献“秘方”，以博得皇帝喜欢。那时的嘉靖皇帝喜欢炼丹，喜欢房中术、长生不老术，也喜欢稀奇古怪的东西。既然皇帝喜欢，很多大臣在办“公事”的同时，也争先恐后办一些这类“私事”，胡宗宪也不例外。平定汪直造反后的第二年，大批新倭寇增援而来，沿海形势再次被动。嘉靖皇帝龙颜大怒，免去了俞大猷等将官之职，对胡宗宪严厉斥责。此时钦差赵文华已获罪处死,胡宗宪失去支持,更是惶恐不安。正在此时,胡宗宪的部下在舟山捕捉到一只白鹿,胡宗宪一听大喜,亲自去京城献"祥瑞"。嘉靖见到这只稀罕的白鹿,以为吉相,心情大好,一方面行告庙祭礼,一方面厚赏胡宗宪。不久,胡宗宪又得了一只白鹿,再次去京献给嘉靖。嘉靖帝更高兴了,在玄极宝殿及太庙行祭礼酬谢,又给胡宗宪以奖赏。在此之后,胡宗宪不断献"祥瑞"、献"秘方",以求嘉靖欢喜——《明史》说胡宗宪献白龟二只、五色芝五株……献十四个"秘方"——这十四个"秘方",都是些房中术、壮阳术、养生术之类,不能公开,也不能示人,只能让皇帝享用。皇帝一高兴,事情就好办——献"祥瑞"和"秘方"的结果不仅使胡宗宪暂时躲避了危险,还得到了一个"太子少保"的封号。

堂堂正正的胡宗宪无奈之下也做着这些"拆烂污"的事情。想想胡宗宪们真是不容易,不仅要出生入死办打仗这样的"正事",还得欺上瞒下,办一些正人君子所不齿的"邪事":向皇帝献"祥瑞""秘方",向各路"菩萨"比如严嵩等进献金币、玉帛、奴婢及珍奇宝贝奇技淫巧等。即使是这样,也免不了背后有人捅刀告状,左也不是右也不是。胡宗宪功冠东南,累死累活,却有人上书说他侵吞国库,聚敛富人财物无数。封建专制下的官吏制度就是这样,皇帝高高在上,众臣竞相争宠:献"祥瑞"和"秘方"是争宠,告御状、栽黑赃同样是争宠——不把你踩下来,他如何得以高升呢?争宠争得急了,就如疯狗一样互相撕咬。到了后来,南京给事中陆凤仪一下子罗举出胡宗宪附严嵩奸欺贪淫的"十大罪状"——这时候动乱平定了，胡宗宪也没有什么用处了，嘉靖于是下令将胡宗宪收归大牢。一代能臣胡宗宪就落得个这样悲凉结局。其实何止是胡宗宪呢，那样的体制下，有几个能臣有好下场呢？

天下都是皇帝的，所以哪有什么忠和奸呢？所以说胡宗宪是奸臣也好，忠臣也好，都跳不出皇权那个一亩三分地。不过就个性而言，胡宗宪显然要比李鸿章强烈得多：李鸿章中年之后，就很少写个人诗词与文章了，唯恐诗文中暴露思想和个性，让人看得通透得不偿失；胡宗宪却个性鲜明，习惯我行我素，携妓酣饮不拘世俗。明人沈德符在笔记《万历野获编》中曾描述：有一次酒后，胡宗宪竟然掏出自己的小弟弟，炫耀跟秦时嫪毐的一样强大。胡宗宪一心往上爬的同时，竟有着至情至性，实属难得。明朝之后的官场多是是非不分庸庸碌碌的机器，像胡宗宪这样的"真人"，还真属稀缺资源。

胡适走哪条道去上海？

1904年，胡适虚岁14，面临人生选择。有一次母亲冯顺弟带胡适回娘家，碰到了在泾县恒升泰药店当管事的兄弟冯诚厚。冯诚厚看了看胡适，说："这孩子也不小了，下半年店里忙，不如叫他到县里去帮帮忙，学做生意。"冯顺弟问儿子："跟舅舅到城里去学手艺，你去不去？"胡适连连说："去！去！"

一月，本家叔叔胡祥鉴问冯顺弟："你什么时候给儿子说媳妇呀？"胡祥鉴在旌德县城开馆，想把江村人江冬秀介绍给胡适。冯顺弟说："嗣糜才14岁，现在说媳妇，是不是早了一点？""也不小了，看中合适的，不如先定下亲事，等大了再办事。"

订婚之后，冯顺弟心事重重地对儿子说："嗣糜，你三哥去上海医肺病，我想要你跟三哥一起去上海读书，你愿意？"

"愿意。"胡适兴奋地答应。这时候他名义上14岁，实际上只有12岁挂零。

于是胡适跟三哥一起，去了上海。自此，开始了自己闯荡天下之路。

胡适是什么时间离开上庄去上海的？时间很好推测。胡适在《十七年的回顾》一文的开头，以及《四十自述》一书第一节《九年的家乡教育》最后一段，都有过准确的说法："其实只有12岁零两三个月"就离开母亲到上海了。胡适是12月17日出生的，如此推断，应该是1904年的春天去上海的。过完春节出门，符合徽州人的习惯，也符合当时的情况。

那么，胡适又是走哪条道离开上庄去上海的呢？

从家乡上庄去上海，一般来说，有三条道：一是经徽杭古道，先从上庄翻越大翠岭，从伏岭开始，登逍遥崖、江南第一关、栈岭等，走约三天三夜，可以到达余杭县，再由余杭乘火车去上海。二是水路。在新安江沿岸上船，经浙江淳安、建德、桐庐到杭州，这一条水路，是徽州人最普遍的出行路线。从上庄出发，要走五六十里山路，可在绩溪临溪，或者歙县渔梁上船，一直航行到杭州。三是向北走，从附近的旌德到泾县，从旌德的三溪或者泾县上船，先到芜湖，再从芜湖换大船到上海。从上庄到旌德，大约50华里，到泾县，大约100华里。

先说第一条路线。大陆出版的易竹贤《胡适传》对于胡适去上海之行，有一段带有文学性的描述：1904年春天，胡适告别了母亲和家乡，跟随他的三哥，到上海去求学。他身穿蓝呢平袍，外罩绛色大袖马褂，脑后一条小辫子，用红头绳扎着，翘翘地拖在后面，完全是一副地道的乡里土少爷打扮。当年由绩溪上庄出门，只能步行。他们经道遥崖、江南第一关、栈岭，沿新安江、富春江而下，至余杭乘小船，走了七天七夜才到杭州，然后乘火车，来到十里洋场的大上海……

易竹贤断定胡适从绩溪“徽杭古道”去上海，说法来源，引用台湾胡钟吾所作《胡适博士上世源流及生年事迹考》一文：1953年2月10日，胡适在台北铁路饭店绩溪同乡会欢迎会中，“详述少年时在家，送亲友出门，携带雨伞干粮（用面粉做的菜饼），由绩溪步行经道遥崖、江南第一关、栈岭，到余杭，乘小船至杭州，坐火车至上海的故事”。不过细细推敲，胡适并不是说他自己，而是说很多亲友。至于自己从哪一条道去上海的，并没有清晰表明。值得一提的是，胡适对于“徽杭古道”感情尤其深，不仅前文中说过，在跟苏雪林的谈话，以及很多场合都曾提及。既然很多乡里乡亲都走这一条路，胡适走这一条路的可能性也是很大的。

易竹贤这一段表述，还有两个问题：一、胡适的装扮。虽然晚清时男人也扎辫子，不过从来不会用红头绳。二、路线。作者判断胡适是从江南第一关，即道遥崖、栈岭去余杭的，如果走这一条线，就不必再乘船沿新安江、富春江而下。

胡适后来到台湾，有一次在讲学中谈及汉朝的无为之治，说这个大帝国，没有军备，没有治安警察，也没有特务，租税很轻。附带提到自己小时候，曾从安徽南部经过浙江到上海，到了杭州，第一天才看到警察，以前走了七天七夜，并没有看到一个警察或士兵,路上一样太平。这一段话,暴露了一个信息:胡适当年还真的从绩溪走到过杭州,而且确切是“走”。这也意味着,胡适从“徽杭古道”离开绩溪去杭州、上海的可能性很大。不过这一段话,没有说明时间——这一次七天七夜的行走,不知道是不是指1904年那次。

胡适去上海是不是走的第二条道路,也就是新安江水路呢?也不明确。不过这一条路,胡适3年之后,也就是1907年5月走过。当时胡适在上海发了脚气病,按照徽州人的习俗,得回老家医疗。胡适不得不先坐轿到达杭州,然后再乘船回徽州。后来胡适在《四十自述》中,对于这一趟回家,有明确的说法:“丁未五月,我因脚气病又发了,遂回家养病(我们徽州人在上海得了脚气病,必须赶紧回家乡,行到钱塘江的上游,脚肿便渐渐退了)……”这一段话,表明胡适这一趟回徽州,是走的新安江水路,钱塘江即新安江。胡适在上庄待了两个月后,仍从水路返回上海,即由新安江乘船,在浙江建德转向东北流,经过七里泷、桐庐、富阳到达杭州。胡适还写了一首诗:

富春江上烟树里,石磴嵯峨相对峙。西为西台东钓台,东属严家西谢氏。子陵垂钓自优游,旷观天下如敝屣。皋羽登临曾恸哭,伤哉爱国情靡已。如今客自桐江来,不拜西台拜钓台。人心趋向乃如此,天下事尚可为哉!

胡适去上海，还有第三条路，也就是经北面的旌德，从泾县和芜湖转道上海。是不是这一条路，胡适同样没有说明。不过胡适父亲胡传当年离开上庄赴上海，一直习惯走这一条线。《四十自述》中，胡适引用了一段父亲胡传的日记，这样记录：

[光绪十五年(1889)二月]……五月初九日，起程赴沪，天雨，行五十五里，宿旌之新桥。

“旌之新桥”，指的就是旌德县的新桥村。这个新桥，距旌德县城5里，正好在旌德至泾县的必经之路上，是一个依山傍水的小村，只有几十户人家。既然胡适父亲经常走这一条路线，胡适选择这一条路也很正常。我在文章的开头也说了，胡适的舅舅正好在泾县开药店，如果胡适选择北上，从泾县歇一歇脚，是再好不过的选择了。这一条道，胡适晚年跟胡颂平的谈话录，也曾提及，他说：“民国六年第一次回国时，到了芜湖，由芜湖再回绩溪还有五天的旱路，另有七十里的夜航船。”

需要强调的是，胡适1904年去上海，其实还有一个任务，就是陪三哥去上海治肺结核病。三哥到上海之后，不到半年，就去世了。从这一点看，病情是很严重的。一般来说，一个孩子，带一个病人出远门，家人不会选择最艰难的道路。由此看来，胡适走第二条、第三条路线可能性较大。以胡适的家境情况，轿子费和船费是付得起的。胡适几年后在上海患脚气病，也是让人先用轿子抬上船，再乘船返回徽州的。

以上分析可以看出，胡适去上海读书，走哪一条路出山，都属正常。不管是走“徽杭古道”，走新安江水路，还是通过旌德泾县芜湖，终究是胡适到了上海，先是上了中国公学，后来又考取“庚子留学生”，漂洋过海到了美国。在此之后，徽州山村一小少年，成了现代史上最著名的学者。现在看来，很多同时代的名人，价值是越来越小，只有胡适，是越来越大。这一个了不起的人物生在徽州，对于彼此，都是一件造化。

胡适从不“万金油”

年少时不懂胡适，以貌取人，见胡适长得清清朗朗文质彬彬，便以为他是一个十足的书生，是说话一定轻言细语咬文嚼字的人。后来看了不少胡适的文章，大吃一惊，原来胡适竟然如此大胆，可谓口无遮拦、英气十足，一点也不弱于鲁迅。看起来，胡适还真是一个“胡大胆”。

大胆不在新文化运动，提倡“德先生”“赛先生”，或者最先写作白话诗《尝试集》等。胡适的大胆，在于他在很多时候，都敢直抒胸臆——梁启超去世之后，胡适在日记中如此评价：“任公才高而不得有统系的训练，好学而不得良师益友，入世太早，成名太速，自任太多，故他的影响甚大而自身的成就甚微。近几日我追想他一生著作最可传世不朽者何在，颇难指名一篇一书。后来我的结论是他的《新民说》可以算是他一生的最大贡献。”这一个评价，对于习惯为尊者贤者死者讳的中国人来说，简直是晴天霹雳！

胡适的大胆,还在于他敢直接顶撞持枪的当权者——1928年,蒋介石统一中国后推行独裁,胡适当即创办《新月》月刊,发起"人权运动"抨击国民党专制。胡适撰写《新文化运动和国民党》一文,直指国民党对于舆论的钳制:"上帝可以否认,而孙中山不许批评;礼拜可以不做,而总理遗嘱不可不读","在思想言论这一点上,我们不能不说今日国民政府所代表的国民党是反对的。"在《人权与约法》一文中,胡适点名道姓地批评蒋介石:"如安徽大学的一个学长,因为语言上顶撞了蒋主席,遂被拘禁了多少天。他的家人朋友只能到处奔走求情,决不能到任何法院去控告蒋主席。只能求情而不能控诉,这是人治。"在《我们什么时候才可有宪法?》中,胡适写道:"程度幼稚的民族,人民固然需要训练,政府也需要训练。人民需要'入塾读书',然而蒋介石先生、冯玉祥先生,以至于许多长衫同志和小同志,生平不曾梦见共和政体是什么样子的,也不可不早日'入塾读书'罢?"这样的指名道姓,直接给蒋介石以难堪。胡适当然知道蒋介石是杀手出身,脾气暴躁,修养较弱,一生气就骂"娘希匹"。他这样讲,很明显是置安危于脑后。

胡适批判蒋介石,蒋介石也伺机攻击胡适。1943年,蒋介石在《中国之命运》中表明了对胡适所代表的自由主义的否定,将自由主义与共产主义相提并论,认为这两种思想"客观上是与我民族的心理和性情,根本是不能相应的",甚至把"自由主义"视为帝国主义文化侵略的马前卒。50年代到台湾后,蒋介石通过"国防部总政治部”发布一册《向毒素思想总攻击》，不点名批判胡适“制造人民与政府对立，破坏团结，减损力量，执行分化政策”，其“目的在散播和推广个人自由主义思想，好叫人们尊崇他为自由主义者的大师，由他领导来批评现实、批评时政、批评当政者，促进所谓政治进步，造成与自由民主的英美国家一样。这是他不了解中国当前革命环境，完全近乎一种天真的妄想”。

都说不是冤家不聚头，不打不成好朋友，有时候还真是这样。1931年清华大学拟请胡适去当校长，呈文请示中央批准。蒋介石批示："胡适系反党，不能派。"这就把胡适的"校长梦"给破碎了。胡适在日记中无奈地写道："今天报载蒋介石给了我一个头衔（'反党'）。"《独立评论》出刊的那一年，1932年的11月28日，蒋介石邀请胡适一起吃晚饭，作陪者有宋美龄、陈布雷和裴复恒。可能是跟大文豪吃饭很有面子，附庸风雅的蒋介石余兴未尽，第二天又请胡适吃饭。胡适这一回给蒋介石带去一本书，是他自己写的《淮南王书》，也是他《中古思想史长编》的传奇五，是胡适政治理想的集中体现。他希望蒋介石能留意《淮南王书》中"无为主义的精义"，做一个能开放视听、尊重民意的"虚君"。胡适又"幽默"了一下蒋总统。1958年，胡适回台湾出任"中央研究院"院长，蒋介石参加了胡适就职仪式，当晚气得睡不着觉，起来吃了几次安眠药。蒋介石在日记里说，这是自己生平受到的第二次大的侮辱。蒋介石生气不是因为胡适照相时跷起了二郎腿，而是胡适当面驳斥他的讲话，认为蒋所说的"复兴文化之礼"是要求学术为政治服务，有违“学术独立”的精神。蒋介石一晚睡不着后也不敢对胡适怎么样，那是因为他其实还是对胡适服气的。有些事情虽然不愿意也不能承认，不过其中方向，还是心知肚明的。

胡适的敢说，还在于他对于《红楼梦》的评价上。对于这一部几乎没有人敢说“不”的恢宏巨作，晚年的胡适对于它的评价并不高。在1960年11月20日给苏雪林写的信中，胡适这样说：

> 我写了几万字考证《红楼梦》，差不多没有说一句赞颂《红楼梦》的文学价值的话。大陆也曾指出我只说了一句“《红楼梦》只是老老实实地描写这一个‘坐吃山空’‘树倒猢狲散’的自然趋势，因为如此，所以《红楼梦》是一部自然主义的杰作。”其实这一句话已是过分赞美《红楼梦》了……我曾见到曹雪芹同时的一些朋友——如宗室敦诚、敦敏等人——的诗文；我也曾仔细评量《红楼梦》的文字以及其中的诗词、曲子等。我平心静气的看法是：在那些满洲新旧王孙与汉军纨绔子弟文人之中，曹雪芹要算是天才最高的了，可惜他虽有天才，而他的家庭环境及社会环境，以及当时整个的中国文学背景，都没有可以让他发展思想与修养文学的机会。在那一个浅陋而人人自命风流才士的背景里，《红楼梦》的见解与文学技术当然不会高明到哪儿去。他描写人物，确有相当地细腻、深刻，都只是因为他的天才高，又有“半世亲见亲闻”的经验做底子。可惜他的贫与病不许他从容写作，从容改

削，他的《红楼梦》，依据我们现在发现的可靠资料看来，是随写随抄去换钱买粮过活的，不但全书没有完成，前八十回还有几回是显然“未成而芹逝矣”（脂指本二十二回笏记）。我当然同意你说：“原本《红楼梦》也只是一件未成熟的文艺作品。”……我向来感觉，《红楼梦》比不上《儒林外史》；在文学技术上，《红楼梦》比不上《海上花列传》，也比不上《老残游记》。

1960年11月24日，胡适又给高阳写信，对于《红楼梦》的评价，胡适说了几乎同样的内容：在那个贫乏的思想背景里，《红楼梦》的见解当然不会高到哪儿去，《红楼梦》的文学造诣当然也不会高明到哪儿去。胡适接着重复了他认为《红楼梦》在思想上比小《儒林外史》，在文学技术上比小《海上花》《儒林外史》以及《老残游记》的观点。

胡适说的有没有道理？应该是有的。或者说，是一家之言吧。美国最著名的汉学家葛浩文就说，中国小说在西方并不特别受欢迎与小说中的人物缺少深度有关。葛浩文说，中国小说的叙述是以故事和行动来推动的，对人物心灵的探索少之又少，而把人物写得跃然纸上，使人物形象烙印在读者记忆里，是西方敏感的读者评价小说好坏的一个标准。葛浩文还谈到了《红楼梦》，说中国古典名著，如《红楼梦》等，要是用西方当代小说评论的标准来看，不见得能算是伟大的小说，因为书里夹杂了太多无关紧要的琐碎细节,使得叙述不够流畅。《红楼梦》就不算是一个结构严谨的小说,不该有的都有了,该有的却不一定有。葛浩文说得比较含蓄,想必他的看法,跟胡适的还是很一致。

地位都如此"如日中天"了,还成不了"万金油",或者是刀切豆腐面面光,胡适的至情至性可见一斑。胡适之所以敢说话,还是跟他的性格有关——这个看起来温文尔雅的徽州人骨子里却是一腔血性,也难怪年轻孟浪的胡适当年在上海滩醉打巡捕。不要以为细面嫩肉温文尔雅的都很书生,卢俊义、罗成都是书生,刺秦王的荆轲其实也是书生。

后　记

阿城前些年有两本书相当出彩，一本是《威尼斯日记》，另一本则是《闲话闲说》。两本书都是在境外先出的，境内的作家出版社买来版权，重新付印。这一套书的好在于装帧雅，内容也雅，东拉西扯地乱点鸳鸯谱，有一股淡雅悠闲的名士之风，仿佛清风明月，也仿佛陈年的“花雕酒”。

闲话如清风明月，自有它的好。闲话的特点是真且自然，相比之下，正经话往往显假而“作”。《红楼梦》就是满纸的闲话，尽是“荒唐言”；文中一些诗文、药方、菜谱更是“闲话的闲话”，看起来跟“红楼主题”一点关系也没有，但它仍旧是好，好得使《红》书多了一份从容，多了一份浑于天然。张岱的《陶庵梦忆》也是闲笔，闲笔所到之处，石破天惊，红梅花开；满纸的文字全都活了，如蝌蚪一样游弋于水中。古语说：“有品方能闲”“心闲更觉桂花香”，很多人不明白，以为像偈语。实际上到了那个心境上，也就明白了。当然，心境是很重要的，一宽容，就有心境了；一智慧，也就有心境了。心境开阔了，博大了，淡漠了，就开始闲了。心闲了，才能“闲话闲说”，落笔所到处，满纸桂花香。

好文章都有“闲”的精神，看起来东拉西扯，里面却有无形的细线牵引着，“藕断丝连”在一起。比如说爱情，看起来如神圣光晕，实际上按照有关科学家的研究结果，完全是一种本能，是生物和化学反应产生的能量，是一种叫作苯基乙胺的物质在作怪，主导分泌出多巴胺，从而发生爱情。科学家无趣地阐释道：这种物质在体内高峰值阶段为6个月到4年的时间，过后有两种情况，一是被一种叫作内啡肽的物质代替，引导婚姻；另一现象则是停止分泌，也就是通常所说的爱情变淡分手。这样一解释，是不是很无趣？搞得罗密欧、朱丽叶，还有焦仲卿、刘兰芝，一个个成了化学牺牲品似的。还有更不知趣的化学家，断定汉民族之人口众多的原因是因为饮食习惯——汉族人以稻米为主食，而稻米中精氨酸的含量比较高，而精氨酸是能让人提高生育率的一种成分。所以，不仅仅是中国，以稻米为主的南亚以及东南亚人口繁殖也特别快，泰国、缅甸、印尼以及印度人都比欧美人能生得多。吃稻米的就是厉害，谁让稻穗长那么多颗粒呢！

吃的不同，还造成了生存习惯不同。汉民族比较勤劳，那是水稻生长的周期决定的。水稻的生长周期长，耕耘种管的事务也多，劳动就习惯成自然。人一埋头于事务当中，享受生活的机会就少了，苦思冥想的机会也少了，自由支配的时间更少了，这无形当中扼杀了人的很多创造力。以面包为主食的欧美，由于小麦种管事务较少，面包作为食物也易保存，做一次可以吃几天，就减轻了妇女在炊事上的劳动时间，使得妇女有较充裕的时间承担下一代的文化教育。长此以往，区别加大。欧美下一代的素质自然会提高不少。人多地少，直接带来的是贫穷，还让人的价值降低，很难获得尊重和权利。除此之外，人口的众多，还使得人们在无形的拥挤下，为生存徒耗了很多精力和智慧，使得人们很难静下心来把人生走向想得很清楚。这也使得汉民族从总体上而言缺乏大局观，人生哲学不尽合理。

地理与气候的不同，带来了饮食和生活方式的不同；饮食和生活方式的不同，又造成了东西方文化和习俗的巨大差异，这是一般人在比较当中所无法判断的。看起来毫不相干，其实却有盘根错节的联系。比如说一个人足不出户，眼界不阔，必定难以通达；一个民族守土重迁，是不是难以智慧？方块字形，是否造成了中国人思维方式的刻板简单、非白即黑？相比之下，使用曲线文字的民族思维方式上则灵活得多……诸如此类的问题，细细地追究起来，实在是鸿蒙难解，一说就错。归根到底，还是一个风马牛的问题，看起来风马牛不相及，实际上仔细一想，它们哪是不相及呢，简直就是一个东西。

“闲话”就是这样东拉西扯忽隐忽现。“闲说”并不是乱侃，而是娓娓道来，画龙点睛，点石成金；恬淡通达的触摸中，云破日出豁然开朗。一本正经道貌岸然理直气壮的，往往是假话大话空话废话；随意轻松娓娓道来的，反而有三分真味。文学也是，诗与赋都容易“洒狗血”，反而是随笔，处处见性情，难以“伪君子”。清代有个李渔和袁枚，吃喝玩乐的家常中，处处都是世间的真谛，大道理都在常识中。关于李渔和袁枚，少时读他们文章，我一直分不清他们之间的不同。在我眼中，这两个人实属同类，好吃好喝好艺好色，桃花流水过人生。尽管袁枚曾稍稍看不上李渔，批评李渔的烹饪之术太过“矫揉造作”，过于强调简单粗制，把很多原本不错的食物，异想天开地弄得一团糟。后来我才搞清，李渔比袁枚要大95岁：李渔是清朝初年的人，袁枚则属清朝中期。也就是说，袁枚一辈子，都没有见到过李渔。不过见过没见过不要紧，袁枚就像是李渔的再度投胎，实在是一类人。以中国文化的DNA来说，过一段时间，便会有这样的“灵童”转世。中国文化的精髓，就是在专制和虚伪的刻板和愚民中，轮回不断，秘传三昧真火。

凡事皆有阴阳：男人为阳，女人为阴；入世为阳，出世为阴；从政为阳，从文为阴——在很多人看来，当下世界，天布乱象，满地生金，正是大笔捞钱花钱的好时机。一个七尺男人，无事时枯灯独坐，天马行空不着边际，从事着只适合于女有、女做、女享的读书写作之事，实在无聊无趣无用至极。这有什么办法呢？想想只能如此，机缘难得，命运所为，更何况我做得心安理得，所以也就一意孤行向前了。这个世界，如果全是“修齐治平”的心机之人，或是大笔捞钱大笔掷钱的江湖大佬，那么还真是阴阳失衡乱了套了。与其郁郁寡合，还不如来一下自我安慰——自古以为皆如是：书中自有黄金屋，笔下也有颜如玉，人生就是鬼扯淡，活着偏爱野狐禅。

我等如蚕，终身碌碌，既然吃了那么多桑叶，总得吐出一缕丝吧——作茧自缚，做点无用之事，也是一种快乐吧！